王剑冰经典散文

大家经典

旷野

王剑冰 著

山东文艺出版社

图书在版编目（CIP）数据

旷野/王剑冰著.—济南:山东文艺出版社,2022.7
ISBN 978-7-5329-6556-4

Ⅰ.①旷… Ⅱ.①王… Ⅲ.①散文集-中国-当代 Ⅳ.①I267

中国版本图书馆 CIP 数据核字(2022)第 008544 号

旷野

王剑冰经典散文

王剑冰　著

主管单位	山东出版传媒股份有限公司
出版发行	山东文艺出版社
社　　址	山东省济南市英雄山路 189 号
邮　　编	250002
网　　址	www.sdwypress.com
读者服务	0531-82098776（总编室）
	0531-82098775（市场营销部）
电子邮箱	sdwy@sdpress.com.cn
印　　刷	山东临沂新华印刷物流集团有限责任公司
开　　本	880 毫米×1230 毫米　1/32
印　　张	9.625
字　　数	215 千
版　　次	2022 年 7 月第 1 版
印　　次	2022 年 7 月第 1 次印刷
书　　号	ISBN 978-7-5329-6556-4
定　　价	59.00 元

版权专有，侵权必究。如有图书质量问题，请与出版社联系调换。

目　录

辑一　水墨

- 003　绝版的周庄
- 006　古藤
- 009　荒漠中的苇
- 012　瓦
- 015　水墨周庄
- 021　菊
- 024　朝歌老街

辑二　旷野

- 029　那年好大雪
- 036　旷野
- 058　地气
- 063　夜黑里
- 070　跟二叔上了一回地

辑三　天边

- 075　巴颜喀拉
- 085　白云生处
- 095　彝山的快乐
- 100　斜雨过大理
- 103　苗家五彩衣
- 107　一样或不一样的韵致
- 111　哀牢深处

辑四　春秋

- 121　郏县三苏园
- 125　我已经变老,你却还是那样
- 132　春秋那棵繁茂的树
- 138　俊男潘安
- 145　颍水旁,黄城冈

辑五　绝响

- 153 ｜ 黄河口的威风锣鼓
- 157 ｜ 太行大峡谷
- 162 ｜ 日照
- 165 ｜ 鲲鹏之树
- 170 ｜ 崂山的道骨仙风
- 180 ｜ 留一个夜晚，给婺江
- 185 ｜ 明湖春柳
- 189 ｜ 嵩岳绝响

辑六　塬上

- 195 ｜ "陕"在哪里
- 199 ｜ 掘出的第一镐
- 201 ｜ 重复着一个事情
- 206 ｜ 鸟在春天的快乐
- 209 ｜ 敏感鸟鸣
- 211 ｜ 天空的关注者
- 213 ｜ 一群蚂蚁
- 215 ｜ 天又一次黑了
- 217 ｜ 巨大的安静

辑七　时光

- 221 ｜ 大海·夕阳
- 226 ｜ 扬州慢
- 236 ｜ 道口·书院·秋声
- 240 ｜ 官渡怀古
- 244 ｜ 太姥山
- 248 ｜ 潍坊的风筝
- 253 ｜ 系缆或解缆

辑八　发现

- 259 ｜ 驿路梅花
- 263 ｜ 青州缘未了
- 268 ｜ 石问
- 277 ｜ 靖安的发现
- 281 ｜ 小沟背
- 285 ｜ 祖巷

辑一

水 墨

绝版的周庄

你可以说不算太美,你是以自然朴实动人的。粗布的灰色上衣,白色的裙裾,缀以些许红色白色的小花及绿色的柳枝。清凌的流水柔成你的肌肤,双桥的钥匙恰到好处地挂在腰间。最紧要的还在于眼睛的窗子,仲春时节半开半闭,掩不住招人的妩媚。仍是明代的晨阳吧,斜斜地照在你的肩头,将你半晦半明地写意出来。

我真的不知道,你在那里等我,等我好久好久。我今天才来,我来晚了,以致你这样沧桑。而你依然很美,周身透着迷人的韵致。真的,你还是那样纯秀、古典。只是不再含羞,大方地看着每一位来人。周庄,我呼唤着你的名字,呼唤好久了,却不知你在这里。周庄,我叫着你的名字,你比我想象的还要动人。我真想揽你入怀。只是扑向你的人太多太多,你有些猝不及防,你本来已习惯的清静与孤寂被打破了。我看得出来,你已经有些厌倦与无奈。周庄,我来晚了。

有人说,周庄是以苏州的毁灭为代价的。眼前即刻闪现出古苏州的模样。是的,苏州脱掉了罗衫长褂,苏州现代得多了。尽管手里还拿着丝绣的团扇，已远不是躲在深闺的旧模样。这样，周庄这位江南的古典秀女便名播四海了。然而，霓虹闪烁的舞厅和酒楼正在周庄四周崛起，周庄的操守能持久吗？

参加"富贵茶庄"奠基仪式。颇负盛名的富贵企业和颇负盛名的周庄联姻。而周庄的代表人物沈万三也名富，真是巧合。代表富贵茶庄讲话的，是一位长发飘逸的女郎，周庄的首席则是位短发女子，又是巧合。富贵、茶、周庄、女子，几个字词在春雨中格外亮丽。回头望去，白蚬湖正闪着粼粼波光。

想起了台湾作家三毛，三毛爱浪游，三毛的足迹遍布全世界，三毛的长发沾得什么风都有。三毛一来到周庄就哭了，三毛搂着周庄像搂着久别的祖母。三毛心里其实很孤独。三毛没日没夜地跟周庄唠叨，吃着周庄做的小吃。三毛说，我还会来的，我一定会来的。三毛是哭着离去的，三毛离去时最后亲了亲黄黄的油菜花，那是周庄递给她的黄手帕。周庄的遗憾在于没让三毛久久留下，三毛一离开周庄便陷入了更大的孤独，终于把自己交给了一双袜子。三毛临死时还念叨了一声周庄，周庄知道，周庄总这么说。

入夜，乘一只小船，让桨轻轻划拨。时间刚过九点，周庄就早早睡了，是从没有电的明清时代养成的习惯？没有喧闹的声音，没有电视的声音，没有狗吠的声音。

周庄睡在水上。水便是周庄的床。床很柔软，有时轻微地晃荡两下，那是周庄变换了一下姿势。周庄睡得很沉实。一只只船儿，是周庄摆放的鞋子。鞋子多半旧了，沾满了岁月的征尘。我为周庄守夜，守夜的还有桥头一株灿然的樱花。这花原本不是周庄的，如同我。我知道，打着鼾息的周庄，民族味儿很浓。

忽就闻到了一股股沁心润肺的芳香。幽幽长长的，经过斜风细雨的过滤，纯净而湿润。这是油菜花。早上来时，一片一片的黄花浓浓地包裹了古老的周庄。远远望去，色彩的反差那般强烈。现在这种香气正氤氲着周庄的梦境，那梦必也是有颜色的。

坐在桥上，我就这么定定地看着周庄，从一块石板、一株小树、一只灯笼，到一幢老屋、一道流水。这么看着的时候，就慢慢沉入进去，感到时间的走动。感到水巷深处，哪家屋门开启，走出一位苍髯老者或纤秀女子，那是沈万三还是迷楼的阿金姑娘？周庄的夜，太容易让人生出幻觉。

古　藤

　　翻下来，腾挪上去，再翻下来，再腾挪上去，就像临产时的巨蟒，痛苦得不知如何摆放自己的身体；又似台风中的巨浪，狂躁不安地叠起万般花样。

　　这该是多少藤的纠缠啊！洋洋洒洒不知多少轮回。可主人说这只是一根藤时，我吃惊了。怎么能是一棵藤呢？但它确实是一棵藤，一棵独立的藤，学名叫"白花鱼藤"。

　　好美的名字，有色有形。

　　这棵藤距离何仙姑家庙不远。它沾了何仙姑的仙气，或何仙姑沾了它的仙气，也未可知。《仙佛奇踪》说：何仙姑为广州增城何泰的女儿，生时头顶有六条头发，经常在山谷之中健步如飞。传说武则天曾遣使召她去宫中，入京途中她却突然失踪，百日之后成仙。此后，还有人为吕洞宾和何仙姑罩上了感情色彩，说何仙姑成仙返回家乡，在家庙的树林里乘凉，师傅吕洞宾欣然而往，匆忙间用拐杖叉住了何仙姑的绿丝带，何仙姑掩面飞往天庭，吕洞宾丢掉拐杖去追何仙姑。于是，仙姑的绿丝带化作了盘龙古藤，吕洞宾的拐杖也变成了支撑古藤的大树。当然这只是传说，但我仍然会恍惚间把这藤想成何仙姑长长的六缕头发。

我敬慕地站立着，品读着这棵意象万千的古藤。

它一定受过无尽的苦痛。风雨剥蚀过它，雷电轰击过它，战火侵袭过它。它依附的大树长大，长高，长老，直到一个夜晚轰然倒塌。那伤感的声音，把一棵藤的后半生弄得不知所措。现在那棵树只剩下一段冒出地表的枯树桩。

藤，身子一半已朽，一些枝条乱于风中。

藤，要么死亡，要么活着。

没有依托就不再存有想法，就像失去娘的孩子，自己为自己坐桩，自己为自己盘腾，直立而起，倒下，再直立。藤留下坚毅、痛苦、挣扎的过程。1300年风霜雨雪，把它变成根，变成树，变成精。

藤，木的典范，水土的凝铸，生命的阐述，像不羁的狂草，有重笔有轻染，有淋漓的汁点。

据悉，藤依然六月开花如瑞雪，而后还结果，花开季节，芬芳遍地，香气袭人。该是多么迷人的意境！

人其实同藤一样，从一点点爬起，活得不知有多么艰难。要依靠亲人，依靠师长，依靠同事，依靠社会。要学着做人，学着生活，学着面对。

见过一些社会底层的老人，这些人多是农家人，田间辛劳一生，慢慢地累弯了腰，在墙角路边聊度余生，那腰也像一棵藤。还在医院看到一个老态女子，弯了的腰使头几乎垂于地面，走路时双手撑在脚上，脚挪手也挪，身子像个甲壳虫。如果不是住进了产房，你几乎忽略了她是一个女人。可她确确实实地生出了一个孩子，成为一个母亲，那是个大胖小子呢。这个枯藤一般瘦弱的女人，总是弯曲着身子，幸福地搂着她的白胖的儿子。那是她身上滋长出的嫩芽，是她生命的又一次接续。她不需要谁的同情与搀扶，她诠释了一个生命。

我们试图找到白花鱼藤的起点与终点。很多的人绕来绕去，终不得结论。它没有根吗？没有头吗？也许真的找不到答案了，它不再靠根活着，不再靠头伸展，只要生命在体内一息尚存，就以藤的个性，滋生、蔓延、上升、翻腾。

很多人开始同这棵藤合影，但总是找不到合适的角度，它真不同于一棵树、一束花。有的干脆坐在了它弯曲的躯干上，于是又有一些人坐着或趴上去，我真担心它那枯老的身子会突然颓毁。但藤承受住了，为了人们的某种满足。

我们热热闹闹地走后，它还将留在那里，守着它的岁月、它的孤独，当然也守着它不甘的倔强、它对生命和希望的投入。

荒漠中的苇

汽车穿行于茫茫戈壁已经很久了。

人们初开始的兴趣早已变成了朦胧的睡意。公路像条细细的带子在沙漠中甩来甩去，不知尽头在何处。有人不停地在后悔，应该走另一条国道的，是我等少数几个出的点子，说走这条路可以看到五彩城。遥远的五彩城，直到我们走到了天黑，看到一颗好大的月亮，也没有见到它的踪影。

旅途上的事情是不能凭美丽的想象来完成的。慢慢地我也没有了什么兴趣。除了沙漠还是沙漠，而且沙漠的颜色还不是金黄色，粗糙的暗褐色沙石，在公路的两边铺向无尽的远方。胡杨呢？红柳呢？几乎看不到什么植被，偶尔有几株沙棘，一晃就过去了。有时出现不高的丘陵，也仅够让视线有个起伏的弧度。

沙海茫茫，真正是茫茫了。

窄窄的戈壁公路上跑着的几乎只有我们这一辆汽车，弱小的一叶扁舟样地在大海的波涛中翻涌。

中间在什么地方吃了一顿简单的午餐，然后就昏昏沉沉睡着了。醒来已是半下午，车子还是不急不躁地跑着。

我又一次把头靠在窗户上，无聊地看着已不成风景的风景。就在这时，我竟然看到了一种熟悉的植物，是的，是那种水乡才能看到的植物——苇。

起先我有点不相信自己的眼睛，以为是看错了。当这种植物又一次在我的视线中出现的时候，我真正地看清了，是苇！

在我的感觉里，苇属于弱者，弱者都是以群体的形式出现的，所谓芸芸众生。群体才能产生勇气，才能产生平衡，才能产生力量，才便于生存。

苇就是一种群像的结合体，荡漾是她的形容词。我曾在双台河口湿地，在我的家乡渤海湾，在孙犁笔下的白洋淀，看到过面积逾十万亩甚至百万亩的芦苇荡。那一望无际的芦苇，像纤腰袅娜的女子，一群群相拥相携地在风中悠悠起舞。蒹葭苍苍，白露为霜。所谓伊人，在水一方。作为一种最为古老的水生植物，苇给人们带来的总是美好的想望。

很多女孩子借用了苇的名字。那是一种带有情感的、内涵丰富的、柔韧的、温馨的表达与体现。

可眼前这些苇却显得这般瘦削，不成气势。就像初生小女的头发，稀稀落落地表明生命的再现。或像耄耋老者，以几许羊胡迎风，扬头看着不多的时日。

我想象不到在这样荒凉（不只是荒凉，简直是恐怖）的地方，怎么会有苇这种植物生长。是鸟的羽翅？是风的神力？她们真的不该诞生在这里。在白洋淀、沙家浜，苇正牵裳起舞，接受着游人的赞叹；在渤海湾、黄海滩，苇也是丰足地吸吮着大地的乳汁，欢快地歌唱。

这该是植物中的弱女子啊，给她一片（不，哪怕是一点）

水,她就敢生根、发芽、开花,摇曳出一片星火,一片阳光。

那确实是一小片水,好像是修路开挖出的低洼地,仅仅是存留了一点点雨水,绝不会是人力所为。她们就结伴地生长起来,那是多么少的伴儿啊。但女子们还是愿意有伴的,这是她们的天性。孤芳自赏似乎不称为苇,况且在这样的地方,她们别说孤芳,即使是群艳也难以引人注目。如果不是我惺忪中的一瞥,一个王姓男子也就同她们连一目的交情也错过了。

那片水只剩了一点点,而她们的长大,还不是借助那一点水吗?看她们的样子,也就是刚刚过了童年而进入青春期。那可是戈壁滩,是茫茫大漠,她们会摇曳、会挣扎多久呢?

水涸地裂,沙丘涌动,她们都活不了。我已经看到,离水稍远的几株已经干枯颓折。

不过我想,既然作为一种生命,站立于这个世界,就有她生命存在的意义和可能。这个生命就会不讲方式、不图后果地向上生长,直至呼出最后一息。

苇,或被风收去,或被沙掩埋,都会以她最后的努力,度过她最美丽的时光。苇,你的意思不是萎,是伟!想起金克木《生命》一诗中有一句"生命是伴着芦苇的啜泣与哈欠",暗自笑了。这不知写于何时何背景的诗句,有些明了又有些不明。我这时倒想改一句:生命是伴着啜泣与哈欠的芦苇。

西部,戈壁,荒漠,苇,我把这样的字眼在寂寞的旅途上相连,竟就连出了一种美妙的景象。

瓦

瓦是屋子上面的田地，一垄一垄，长满了我的怀想，离开好久了，怀想还在上面摇曳着。

我不能进入瓦的内部，不知道瓦为什么是那种颜色。在中原，最黄最黄的土烧成的瓦，也还是瓦的颜色。

瓦完成了我们的先人对于土与火的最本质的认知。

当你对瓦有了依赖的时候，你便对它有了敬畏。在高处看，瓦是一本打开的书。我拆过瓦，屋顶搭下来的长板上，瓦像流水一样滑落，手不敢怠慢，一块块像码字样将它们码在一起。

屋子一直在漏。雨从瓦的缝上淌下来，娘要上到屋子上面去。娘说，我上去看看，肯定是瓦的事。雨下了一个星期了，城外已成泽国，人们涌到城里，挤满了街道的屋檐和学校走廊。后来学校也停课了，水漫进了院子。我说娘你要小心。娘哗哗地踏着积水走到房基角，从一个墙头上到房上去。我站在屋子里，看到一片瓦在移动，又一片瓦动过之后，屋子里的"雨"停止了，那一刻我感到了瓦的力量。

鳞是鱼的瓦，甲是兵的瓦，云是天的瓦，娘是我们家的瓦。

风撞在瓦上，跌跌撞撞地发出怪怪的声音。那是风与瓦语言上的障碍。风改变不了瓦的方向，风只能改变自己。瓦的翅膀在晚间巨大的空间飞翔。

屋不嫌瓦丑，屋子实在支撑不住了，将瓦卸下，做好下面的东西再将卸下的瓦盖上去。瓦是最慢的事物，从第一片瓦盖上屋顶起，瓦就一直保持了它的形态，到机器瓦的出现，已经过去了两千年时光。

我一直不知道由土而成为瓦，是物理变化还是化学变化，叫作瓦的物质，竟然那么坚硬，能够抵挡上百年岁月。瓦最终从颓朽的屋顶上滑落，在地上落成一抔土，那土便又回到田地去，重新培养一株小苗。瓦的意义合并着物理和化学双重的意义。

在人们走入钢筋水泥的生活前，瓦坚持了很久，瓦最终受到了史无前例的伤害。

一个孤寡老人走了，仅有的财产是茅屋旁的一堆瓦，那是他多年的积蓄，每捡回一片较为完整的瓦，他都要摆放在那里。他对瓦有着什么情结或是寄望？他走了，那堆瓦还在那里等着他，瓦知道老人的心思。

邻家在瓦上焙鸡胗，瓦的温度在上升，鸡胗的香味浮上来，钻进我的嗅觉，我的胃里发出阵阵声响。鸡胗越发黄了起来，而瓦却没有改变颜色。瓦的忍耐力很强。

下雨了，我顶着一片瓦跑回家去，雨在地上冒起了泡泡，那片瓦给了我巨大的信心。我快速地跑着，我的头上起了白烟，闪电闪在身后。

瓦藏在草中。一坡枯萎又复生的草，一片不再完整的瓦，不知道谁将它遗失，它一定承受过很长的岁月，没有可去处，不在这里又会去哪里呢？草里埋着各种形态的瓦。这是一个废墟。我看到了瓦下面的时光、欢乐甚至痛苦。

一片瓦在湖上飞。水上起了波澜，波澜变成花朵，瓦沉在花朵下面，等待重新开花。

一条狗衔着一片瓦跑过来。不知道狗对这片瓦有什么情愫，难道它认得这瓦或这瓦的主人？

我不知道瓦的发音是如何出现的。瓦——，我感到那般亲切。好久听不到这种亲切了，或以后愈加听不到这种亲切了。

水墨周庄

一

水贯穿了整个周庄。

水的流动的缓慢,使我看不出它是从何处流来,又向何处流去。仔细辨认的时候,也只是看到一些鱼儿群体性地流动,但这种流动是盲目的、自由的,它们往东去了一阵子,就会猛然折回头再往西去。水形成它们的快乐。在这种盲目和自由中一点点长大,并带着如我者的快乐。只是我真的不知道这水是怎么进来的。

在久远的过去,周庄是四面环水的,进入周庄的方式只能是行船。出去的方式必然也是行船。网状的水巷便成了周庄的道路。道路是窄窄的,但通达、顺畅,再弯的水道也好走船,即使进出的船相遇,也并不是难办的事情。眼看就碰擦住了,却在缝隙间轻轻而过,各奔前程。

真应该感谢第一个提出建造周庄水道的人,这水道建得如此科学而且坚固。让后人享用了一代又一代,竟然不知他的姓名。

难道他是周迪功郎吗？或者也是一个周姓的人物？

真的是不好猜疑了。水的周而复始的村庄，极大程度地利用了水，即使是后来有了很大的名气，也是因了水的关系。

水使一个普通的庄子变得神采飞扬。

二

我在这里突然想到了一个词：慵懒。

这是一个十分舒服的词，而绝非一个贬义词。在夜晚的水边，你会感到这个词的闪现。竹躺椅上，长条石上，人们悠闲地或躺或坐，或有一句无一句地搭着腔，或摇着一把陈年的羽扇。

有人在水边支了桌子，叫上几碟小菜，举一壶小酒，慢慢地酌。一条狗毫无声息地卧在桌边。

屋子里透出的光都不太亮，细细的几道影线，将一些人影透视在黑暗里。猛然抬头的时候，原来自己坐的石凳旁躺着一座桥，黑黑地躺在阴影中。再看了，桥上竟坐了一个一个的人，都无声。形态各异地坐着，像是不知怎么打发这无聊的时间。其中一个人说了句什么，别人只是听听，或全当没听见，下边就又没了声音。

水从桥下慢慢地流过，什么时候漂来一只小船，船上一对男女，斜斜地歪着，一点点、一点点地漂过了桥的那边去。有店家开着门，却无什么人走进去，店主都在外边坐着。问何以不关门回家，回答说，关门回家也是坐着，都一样的。

有人举手打了个哈欠，长长的声音跌落进桥下的水中，在很远的地方有了个慵懒的回音。

三

黎明，我常常被一种轻微的声音叫醒，一声两声，渐渐地，次第而起，那是一种什么声音呢？推开窗子时，也出现了这种声音。这种木质的带有枢轴的窗子，在开启时竟然发出了常人难以听到的如此悦耳的声音。

这是清晨的声音，是明清时代的声音。也许在多少年前的某一个清晨，最早推开窗子的是一双秀手，而后一张脸儿清灵地让周庄变得明亮起来。

睡在这样的水乡，你总是能够产生疑惑，时间是否进入了现代？

那一扇扇窗子打开的时候，就好像是打开了生活的序幕，一景景的戏便开始上演。有的窗子里露出了开窗人的影像，他们习惯似的打望一眼什么，有的窗子里伸出了一个钩钩，将一些东西挂在窗外的绳子上，有的窗子里就什么也没有露出来。

晨阳很公平地把光线投进那些开启的窗子里，而后越过没有开启的窗子，再投进开启的窗子里。

四

油菜是植物类种在大地上涂抹得最艳丽的色块，它们绝不是单个地出现，如果路边和沟渠边有株零星的，也是那彩笔无意间滴落的汁点。

油菜整块整块地铺在大地上，仿佛江南女子晾晒的方巾，又仿佛是一块块耀眼的黄金。油菜花在四周里舞动的时候,就有股色彩的芳香浓浓地灌进了周庄。那种芳香让人想到雅致,想到端庄,想到优美的舞姿。

周庄的四周除了波光潋滟的水,便是这富贵的油菜花了。雨也总是在这时间来,还有蝶,还有蜂。古朴的周庄被围在其中,反差中显得极有一种美感。

五

在这油菜花纷嚷的季节,最高兴的还是那些蝴蝶,它们不知从何处而来,平时不见,这会儿竟一下子来了那么多。

蝴蝶是最美丽的舞者,也是最实诚的舞者,它绝不像蜜蜂那样嘤嘤嗡嗡,边舞边唱。它就是无声地飞,无声地欢呼。你要是闭上眼睛听是听不见它的来临的,但你先看了它的来,再闭上眼睛,你就看见它的舞了,它的舞甚至比睁开眼睛看还好看。眼睛闭得久了,那蝶舞着舞着就会舞到你的幻觉里去。

一个叫庄周的人不就是弄混了,到底是自己梦到了蝶呢,还是自己在蝶的梦里?

慢慢地我也快弄混了,我这里说的是庄周梦蝶,还是周庄梦蝶呢?

不管是谁弄糊涂了,反正大批大批的舞者姗姗而来,拥绕着油菜花,拥绕着一个善于让人做梦的村庄。

六

坚硬与柔软的关系,似是一种哲学的概念,有一点深奥。我的哲学学得不好,我就只有直说,其实就是石头与水的关系。

从来没感觉到石头与水的关系搞得这么亲近,水浸绕着石头,石头泡在水里。不,石头就像是从水里长出来一样,长到上边就变成了房子,一丛丛的房子拥拥挤挤地站在水中,将自己的影子再跌进水中,让水往深里再栽种起一层层的石头和房子。

多少年了,这水就这样不停地拍打着这些石头这些房子,就像祖母一次次拍打着一个又一个梦境。

这些石头这些房子也因为有了这水,才显得踏实、沉稳,不至于在风雨中晃动或歪斜。

我有时觉得这水是周庄的守卫,为了这些石头、这些房子,每日每夜在它们的四周巡游。有了这些水的滋润,即使是苦难也会坚持到幸福,因为石头知道了水的力量。这样,也许水就姓周,而石头姓庄。

七

时间刚刚走过八点,月亮也只是刚刚轮换了太阳,周庄便进入了一个无声的状态。

像谁关掉了声音的旋钮,不管是走路的、开店的、吃饭的、划船的,都是在一个无声的世界里进行的。

静。静这个字的出现反倒不静了。

你简直无法形容那种静,那是一种沉静,深处里的静,是一种寂静,寂寥的静。其实这么说时,我也没有形容出那个静。

一两声水响,一只小船划过。

但这绝不是破坏了静,而是更增添了这种静的含量。一两声狗吠,使这种静更有了深度与广度。

这种静把周庄静成了一个亦梦亦幻的周庄。这种静让初来周庄的人感到不是到了一个庄子里,而是到了一个失声的世界中。

红灯笼渲染成静的另一种颜色,那是黑色的静的调配色。红色的和黑色的颜色落进水里,泛起一层一层的暧昧的光。

这种光,便是静的光了。

菊

一

穿着菊花服饰的女子在清明上河园里笑,把自己笑成一朵菊。

洛阳羡牡丹,开封喜菊花,牡丹让人想到一种贵气,而菊展现的是平民范儿。叫菊的女子多,叫牡丹的少,或是普通百姓的孩子取华贵的名字不好养?朴实无华的叫菊的女子,满野里皆是。

宋代无论衣着还是发式,似乎都没有唐代奢华。

菊在开封,遍及家家户户。黄巢不有诗吗?"飒飒西风满院栽,蕊寒香冷蝶难来。他年我若为青帝,报与桃花一处开。"菊不太在乎环境,也不要去赶春的热闹,尽管有人出来打抱不平,菊却是不在意的。

菊养起来也不是太难,花开时节,门里门外都是菊,墙上墙下也是菊。菊的品种多,颜色也多。最盛的还是金菊,开起来真是满城尽带黄金甲。

有些菊比牡丹还肥硕，同样显得雍容，更有那卷曲的花瓣，朵朵都像女子的头花。

说它是平民花，是它还可以入药，泡茶，做枕，拌菜。菊无时不与百姓相贴相近。

二

喜欢那首元稹的《菊花》："秋丛绕舍似陶家，遍绕篱边日渐斜。不是花中偏爱菊，此花开尽更无花。"千百年来，菊开时节，花海障眼，清香动心。

清明上河园里，从汴水两岸直到桥上，无不张扬着一种气氛，那是大宋的气氛。似乎一看到菊，就会想到宋代的繁华，及这繁华中的美女。

牡丹让人联想唐代推崇的丰腴香艳，而菊则是清雅俏丽。

人们走进开封，就会要上一壶菊花茶，街头水旁一坐良久。不图别的，图那份清心寡欲，自在闲淡。

开封给人的印象就是菊一般的印象。慵懒，舒缓，散漫，无争。别的地方早下海了，开封人还在岸上。多少人南下了，开封人还在北门口张望。房价都涨了好几轮了，开封人还在自己的小院里徜徉。金兵都打到门口了，宋都人还在玩鸟斗鸡。都是一片废墟了，废墟上还能开出一片艳菊。那或许是开封不屈的精魂。

所以仍有后来的开封，后来的清明上河园，后来的仍旧大宋一样的花。

三

我在春天，想象着秋天的菊。秋天来到的时节，整个开封就变成了一朵菊花，插在中原的大地上。

即使开封的女子头上插一朵簪花，那簪花也是菊。

清园里《大宋·东京梦华》的演出，开篇部分就是一朵由水上漂来的晶莹剔透的菊。似乎不是一朵菊就无以代表大宋繁华的景象。

菊是最美的预示，最美的代言。含苞的菊渐渐绽开，腾起万道霞光，花瓣中一个个漂亮的女子。那是花蕊吗？芳蕊凝露，霞中飘舞。

跑出来的小男孩手中托着的，也是一枚小小的菊。那是一朵梦。穿着宋装的小女孩，最后将这朵梦又交给了男孩。

菊再次绽放，美丽的花蕊灵动而出，梦境再现。

四

在开封，菊是万花之王，什么花到了菊跟前，都是菊的陪衬。

朝歌老街

朝歌老街,老得苍颜皓首,气宇轩昂。它上接殷商的那个春天,下至今天的这个早上,而后直至地老天荒。站在文昌阁望过去,你会望见三千年的苍茫与沧桑。

作为商朝晚期帝都、周朝卫国京都的朝歌,东临淇水,西依太行,是物华天宝之所,山水护拥之地,曾三城相套,九门相照。淇园重彩叠翠,城河碧波环绕,更有摘星楼威震八方。朝歌是东方历史凯奏的乐章,老街亦当是中国文脉不容忽视的部位。

朝歌老街,老到了岁月的骨子里。它的下面,叠压着五百年的建都史。纣王的车辇在这里碾过,妲己的香艳在这里飘过,《封神榜》的故事在这里演绎,《诗经》的斑斓在这里闪烁。

"朝歌夜弦五十里,八百诸侯朝灵山。"赫赫场景还在影视上映。"瞻彼淇澳,绿竹猗猗。""邦畿千里,维民所止。"声声浩叹仍旧余音漫卷。哪里是当年比干、箕子的宅院?庄姜和许穆夫人的身影,曾在哪个巷口闪现?荆轲壮士的故居,从何处迈进门槛?王维、岑参、高适来时,留宿于哪处客栈?天地翻覆,风云变幻,没有人说得清楚。这时你会想,你是看不清老街的,你看到的，是老街的虚幻。今天仍有动听的方言，广布着朝歌的风土人情、故事传闻、戏曲唱段，或都与老街有着千丝万缕的关联。

老街不可复制，老街的气质里有着朝歌的灵魂，藏着沉厚的文化积淀与人格体系。世事变化改变不了老街的意识，它仍承商卫之余绪，带明清之温情，接近代之记忆。此中过往，你或有人面不知何处去的感慨，更有桃花依旧笑春风的惊叹。

朝歌老街，老得无与伦比，到处是深深浅浅的时代烙印。一口老井，半街筒子的人都来打水；一座食堂，留住一条街的口味与排场。老浴池回荡着痛快淋漓，老书店翻动着诗书雅章，两百年的店铺依然吐纳人间烟火，数十年的剧院仍在传出粗喉亮腔。老牌楼，老石桥，老酒馆，老作坊，无不泛着时间的包浆。不定哪里一块碑石，上面所载非明嘉靖也是清顺治年间。走进这样的老街，喜欢是藏不住的，嘴巴不说，眼睛也会说出来。

朝歌老街，老得有时会疼。偶尔哪里会有片瓦滑落，哪里会塌掉一个脊檐。不时地整修，不时地唤回。生命的传续，使一个个院子，充满了神秘。一座座瓦屋挨在一起，挨着才踏实，才安逸。每一条胡同，都是老街的经络，深入进去，似永远到不了头，每一道拐弯，都藏着一个景致。总能见到墨团一般的老皂角、老海棠、老香椿，它们乡亲般厮守着，帮老街打量远来的风和远来的人。

朝歌老街，老得有些想你。风在向南吹，南来的大雁，划过老街的上空。紫燕恰恰，剪开翻花的柳絮。不断念家的人，会不断地走来，在乡愁里找到儿时的记忆，而后寻一处住下，守着瓦，与明月来一次对饮。长久的渴望与追寻，终有一天被老街一语道破。当然，不忘品一品这里的无核枣、缠丝鸭蛋、淇河鲫，翻翻厚重的殷商文化，登登鬼谷子的云梦山，喝喝灵山上的灵泉，体味一下珠水横襟无限碧、古城隔岸有余青的沫水与大地。

朝歌老街，老得让人回味。黄昏起了微烟，老街的砖瓦、石条、树和竹都带了烟气，烟气同淡蓝的色调融在一起，渐渐融成了夜。亮起的红灯笼，增加了夜的凝重。偶尔有门响，随即又陷入静寂。哪里起了琴声，抑抑扬扬的。槐花在这声音里降落，一片片地白了坑塘。夜挤在窄窄的过道里，挤出老街悠长的鼾息。你只要在这样的地方闭一闭眼，就会掉入深深的睡眠。

当朝霞染红街角，哪里出现了第一声吆喝，店铺次第响起，老街又开始了崭新的一天。每一个生活在这里的人，都把自己奔放成一滴水，滋润生命的安适与舒展，滋润共同的自信与自豪感。

黎明刚洒过雨，石板尚有些潮湿。上面跑过一个小女，带有水音的脚步，被阳光一格格牵着，让老街有了一连串的脆响。

老街不老，朝歌常新。

辑二

旷　野

那年好大雪

一

那个时候我特别易得病，不停地发高烧。一发高烧，村里的大喇叭就广播叫大夫。叫来了大夫，我的哭声更厉害，以为那样可以把大夫哭走，但大夫还是在我的屁股上扎针。

我恨死了那个大夫。

我大表姐病的时候他也来过，我撩开布帘子的缝隙，看到他给我哼哼不停的大表姐也打了针。大表姐是女的，他竟然看我大表姐的屁股，三叔都不让我看，一瞪眼把我瞪跑了，他竟然看，我更恨他了。他挎的那个酒红色药箱好似他的法宝，可以让人家脱下裤子而不脸红。我三婶病的时候他也来了，他给我三婶的肚子上按了两个大瓶子。用火一烧就按在三婶的肚子上。

后来我知道他是一个城里大医院下来的，他娶了一个同样从城里下来的女青年。女青年看起来好小。

女青年来的时候也总是哭，雪地里哭着扑倒也没有人扶。大夫是很多年前就来改造的，不知道怎么就把女青年改造到他的家里了。

　　这里离城里远，路途很难走，乡路泥泞不堪，不通汽车，要坐汽车必得跑十几里地，漫天漫地的盐碱滩，到处都是飘摇的芦草。干活的人们，每天只吃两顿饭，要跑出去好远才能到一块地面。全靠了两条腿在折腾。男人们受不了，女人们更受不了，何况城里来的女青年？有人说女青年也是爱生病，总是让他去打针。那就对了，反正屁股也给他看过了，嫁给他也就顺理成章了。

　　可我们很是不乐意那个大夫把女青年娶走，那么好的人怎么就跟了他去？可女青年不跟他又跟谁呢？听说女青年总是受人欺负，一天夜里，女青年的门都被人从下面端掉了，女青年好一阵大哭大喊。第一个跑过来的还是那个大夫，他夜里总是在村子里跑来跑去的。

　　村里人说，这个大夫来了很多年了，一直都是当大夫，因为他的医术高，村里找不来别的人顶替他。他平时还算老实本分，没有听说过招惹什么是非。只是村主任一直对他不满意，总是给他小鞋穿。大夫先是借住在村部的偏房里，后来村主任把他撵到村子边上的空屋子里去了，那个空屋子原来是村里的五保户二爷爷住的。村主任还总是散布他的坏话，说他是没有改造好的坏分子，让大家提高警惕。不知道女青年怎么就嫁给他了。人们就对女青年也没有了好看法。这都是听大人们说的。可有些老人却对大夫和女青年另有说法，说他们都是好人，也都是可怜人。我闹不懂这个世界。

　　女青年出嫁的时候，我们把女青年的门堵得严严实实。女青年什么也没有，家里也没有来人，好像他们家就她一个人似的，连找个肩膀哭一下都不能,女青年就毅然决然地上了他借来的马车,走了。

那天雪下得那个大,小人儿们团起雪弹不停地攻击,好像都是攻击那个大夫的。有一团雪不偏不倚地打在了女青年的眼睛上,女青年捂着眼睛哭了。大伙一呆愣,马车跑走了。

二

第二天,我们掀开大夫的门帘子,女青年果然就和当姑娘时不一样了,脸上红扑扑的,还有一股香气从屋子里散出来。她一见我们就抓了一把糖过来,我们有些不好意思接受她的东西,忽地跑走了。

女青年一直没有孩子,有人就开始说女青年的坏话,说大夫吃亏了。也有人说大夫本来就是知道的,女青年曾经被人搞大了肚子,自己打胎打坏了,才找大夫给打针的,大夫是帮女青年捡了一条命。有人还说,看见大夫从大雪地里把女青年背了回来,女青年在一个水塘边转了好久,身上都转白了。水塘上有一层变得越来越厚的冰,有人在边上凿了洞,一些水漫上来就和冰冻在了一起,那个洞也就越来越小了。女青年呆呆地停在了那个冰窟窿的前面,冰下的水涌起丝丝波纹,在召唤着她的魂灵。女青年又挪了一下脚步,再抬脚的时候,被呼呼喘着的李大夫拽住了。

人们不敢大声议论这件事,是因为坏女青年的是村主任。村主任经常会在喇叭里把大夫叫去训话,喇叭里经常听到那个声音:村子里的李大夫,听到广播立刻到大队部来一趟!听到广播立刻到大队部来一趟!那声音,似乎刻不容缓,哪怕在给人打针也要立即拔了跑过去。

有一天喇叭没有关上,传出来村主任的吆喝声:你不要以为你会看病,就不知天高地厚了,你是个改造分子你知道不知道!李大夫走出队部脸就黑了,那时我又觉得李大夫有点可怜,但心里又想,那你为什么要当坏分子呢?你当好分子不行吗?你给女的打针,不打人家屁股不行吗?为什么偏要让人家脱裤子呢?全村的女人的屁股不定都看过来了,村主任还不恨他?村主任比我都恨他。

不过村主任也不是个好东西,有人说,他给人派了活,把人安排到地里去,就该去找那些留在家里的女人了。他先是问人家为什么不去上工,把人家说得一无是处,说到严重处,甚至上纲上线地说是破坏学大寨,要挨批斗的,然后就要他的那一套把戏。什么把戏,我总是搞不明白,大人们说到这里声音就小了起来,看到我在一旁还偷偷地笑。反正我知道那笑里没有好的意思,就觉得村主任坏得很。

三

城里来的女青年后来还是死了,说是宫外孕死的,这是后来人们传出来的。大夫找村主任要马车,村主任不给派,牲口都是队上的,个人家里没有马也没有车。李大夫就用自行车推着女青年去县里。

大雪天,县城离这里几十里,推到半路就不行了。女青年让李大夫把自己放下来,说要躺一躺。女青年就那么躺在了李大夫的怀里。李大夫坐在雪地上,怀里是渐渐咽气的女青年。李大夫的眼泪滴在女青年的脸上，两个人的眼泪合在一起流到女青年的脖子里。女青年的脖子一点点变硬了。女青年最后跟李大夫说，你，你是个好人，我真想给你生一个孩子，我做不到了……

　　女青年声音越来越微弱，但每一个字李大夫都真真切切地听到了，每一个字都真真切切地扎在李大夫的心坎上。李大夫抱着女青年发出了震天动地的哭声。那时雪呼啦一下子就下来了，把沟沟坎坎都下满，把李大夫的心坎也下满了。

　　我大表姐说这话的时候一直不停地哭，大表姐喜欢女青年。女青年命苦，爸爸妈妈是同一所大学的教授，后来下到东北去了。她跟着奶奶生活，奶奶又因为成分高被赶到陕西的乡下去，说是不能住在城里。

　　十六岁的女青年只好趁机报了名，下到了我们这个村子里。女青年来的时候，先来的一个男青年很照顾她，后来那男青年不停地被村主任找碴训斥。后来县上修水库，给各村派劳力，村主任就把这个男青年派走了。男青年走的时候，和女青年在一起哭了很久。男青年想带着女青年偷偷跑掉，女青年说那样会毁了男青年的前途。男青年出身很好，父亲是军队的高干。父亲来看过儿子，是坐吉普车来的。女青年心里什么都知道。

　　男青年一走，女青年就落入了村主任的手心。女青年住在一家五保户的隔壁。那是两间单独的厢房，五保户是个双目失明的老人。院子外面没有街门，不像我家晚上能够把大门关上，插上门插。女青年的房子外面只有半人高的土墙，即使不走院子正门，也可以从胡同边上翻墙进去。男青年曾经想帮着女青年垒墙的，带有稻草的泥刚刚抹了半个垛子，就被村主任支派走了。人们说男青年曾经在村部对着村主任大声责骂，被村主任叫民兵撵了出来。

不知道大雪封门的那些时光,女青年是如何度过的,她都想些什么。她不能和我们一起玩,因为她是大孩子。冬天里也没有什么活儿做,女青年就找我大表姐玩。她什么话都跟大表姐说,包括她和男青年的事情,还有她和李大夫的事情。

女青年走了,大表姐很同情李大夫,她常拉着我去李大夫住的地方看看。李大夫住在村头的两间草房里,街上也没有院门。五保户二爷爷走了几年了,那是属于村里的房产。

李大夫的家里失去了往日的气氛,早没有了那股香气。李大夫以为大表姐找他看病呢,可大表姐到了屋里什么也不说,只是那么愣愣地坐着,好半天才拉着我走出来。

后来大表姐再去就不带我了。大表姐对李大夫是真心的,她想替女青年做些什么,或者说她自己想做些什么。还没等三妗子弄明白,就听到了李大夫的死讯。

李大夫跳进水塘里了,就是女青年围着转的那个水塘。李大夫把女青年救了,自己却跳了下去。

李大夫再也不能给我打针看病了,也不想看女人的屁股了。有人说李大夫是寻女青年去了,可女青年不是被李大夫埋在野地里了吗?最后李大夫也被埋在了那里。

大表姐哭得可是个痛,一会儿哭女青年一会儿哭李大夫,她也不害怕。我们去找她时,她还在雪地里哭,雪把她的头都落白了。后来大表姐还去坟头上,给他们两个上坟,送吃的,送寒衣。

大表姐到好大都没有嫁人。直到三十了,才跟着一个煤矿的矿工走了。三妗子说,大表姐的心早就和女青年和李大夫埋在一起了。

四

那个时候特别爱下雪，一刮北风雪就跟着来了。雪喜欢我们的村子，总是把村子盖得严严实实，然后就让年跟过来，让炮仗跟过来，让欢天喜地跟过来。我渐渐地长大了。

雪总是把我引到地里去，无边无际的雪把天也连在了一起。我发出一声喊，喊声就变成了雪花回到我张开的口中。我发出更大的喊，就有更大的雪花回到我的口中。我快乐地笑着，咳嗽着，让寒冷侵透我的棉袄，然后就滚打在雪中。

一只狗在雪地里跟着我，狗的肚子紧擦着雪，四条腿带起了一片雪花，狗喘的气比我还大。

邻居的小丫跟在我的后面，叫着叫着就哭起来，手上的糖葫芦都冻住了。最后那串糖葫芦扔在了雪地里，远远地看去，刺眼地红。

一团火焰慢慢起来了，一坡的荒草被我点燃。火和草似乎并未接触，草就兴高采烈地噼噼响，一会儿就响到坡那边去了。我知道坡那边埋着女青年和李大夫，我不敢到那边去。

旷　野

一

我们这儿都是睡火炕,那种盘起来的灶火是很科学的,烟火经过山墙,溜进了里屋的炕底下。炕是土炕,用一块块土坯垒起来,中间隔成风道,烟火顺着风道在大炕下绕几圈,然后从另一面墙洞蹿到房顶的烟囱上去。这样,饭做好了,炕也烧热了,而且会保温很久。晚上睡在上边,炙烤得屁股疼,得不断地翻身,或垫上厚厚的褥子。这么跟你说吧,睡炕的人一般都不会犯关节疼、腰疼的毛病。

你要是外边来的,到了这里做客,看到这样的炕,会思想半天,不知道晚上会睡在什么地方,一个屋子里,就一个大炕。结果是,你和这家人要睡在一个炕上。哪怕人家家里还有女孩,也是一样的。有条件的,会让女孩临时去隔壁住上一晚,而隔壁也没有地方的话,就只有将就了。

那样,晚上你会听到各种各样的鼾息,有沉闷的,有轻细的,甚至你会觉得有芳香四溢的。你会在不知不觉中,在遐想联翻中沉入梦乡，那梦温暖而沉实。第二天你醒来的时候，外间屋里早响起风箱的呼嗒声。

我第一次借住在人家家里，是爷爷送我过去的，由此便遇到了那种芳香。爷爷家里来了人，是孙家庄子的大姑，大姑带着一儿一女来看奶奶。奶奶身体不大好，我也是跟着爸爸来看奶奶的，爸爸有事先回去了，让我在这里多待一段。大姑来了，奶奶的炕上睡不下，就让我跟着爷爷到后院去。

后院是要穿过几户人家的，那个时候，我们这里的人家都是串着的，每家都有前后院子，后院就是人家的前院。这可能是历史原因造成的，原来都是亲戚，渐渐出了五服，后代还这么生活在一起。而大家相处都很和睦，怎么说也都是叔叔婶子、大爷大娘地叫着，一个庄子里，远不了。爷爷搭了话以后，叫婶子的就高兴地把我让了进去。听他们的意思，白天爷爷已经先上门打了招呼，所以带我来是水到渠成的事。

爷爷走的时候说，明早我来叫你吃饭。婶子赶忙说，快别着，大侄子在这儿吃怎么了？

我们那个地方的房屋结构，基本上都一样，中间是做饭的灶屋，两边各有一间，住人或者放物。婶子家的大人们是睡在东屋的，我就同这家的孩子睡在西屋的炕上。孩子是一个男孩一个女孩，我睡在男孩旁边，也就是炕的一头。

男孩一躺下就睡了，女孩则钻在被窝里趴着写作业，煤油灯就放在枕头边上，灯花一跳一跳，照着她红润的脸和长长的眼睫，也照着她盘卧在枕边的长辫子。我最烦写作业了，可感觉女孩特别喜欢写她的作业，她的笔不停地在纸上发出嚓嚓的声音。女孩是姐姐，一准上着中学。她写一会儿就歪着头瞅瞅我，我躺在被窝里,不看她看什么呢,却是偷着看。她扭头的时候,我开始是装着闭一下眼睛,她一笑,似乎是知道我在看她而且还装睡,我就干脆不装了。

后来她终于噗的一声把灯吹灭了,放在了墙洞里,而后就窸窸窣窣地脱衣服。我感觉那声音好奇妙,就像一只可爱的猫咪在朝着我走来。我的眼前一片彩色的光环,那是红色的、绿色的,还有蓝色和白色混合的。一个个光环溜过来又跑过去,带着一股淡淡的清香。我原来一直想不明白,女孩子梳着那么长的辫子,晚上睡觉的时候怎么办,全部放到被子里贴着身子?那样搅着多别扭。等一切进入了平静以后,我悄悄地向那边望去,却什么也望不到,屋子里一片漆黑。我不知道这个女孩子的辫子被她放在了什么地方。

接下来又遇到了问题,我做了一个梦,梦见出了爷爷的家门去赶集,半路上想找厕所,可是到处都是人,就是找不到个地方。我急得要命,弯着腰一边跑着一边左顾右盼,我真的憋极了。实在憋不住,正想对着墙角掏家伙,冷不丁拐过来一个女孩,立时就吓醒了。

还好,没尿了炕,我紧忙爬起来,偷偷地溜到地下,光着脚打开屋门,跑到外间屋子,又打开房门,就对着院子哗哗地撒开了。这时我看见了月亮,它不知什么时候从云堆里钻出来了,照亮了整个天地。院子里的一切显露无遗,西边是一座低矮的厢房,还有茅厕和猪圈;东边的菜园里尚未长出东西,摆放着鸡笼和柴草什么的;中间是石板铺就的小道,现在,石板上泛着一层辉光。

我冷呵呵地回到屋子的时候,一下子就看见了那条长长的辫子,它是从女孩的枕头上垂到炕沿下面去的。那么舒展,自然,像一根常青藤,藤上开着一朵蓝白相间的蝴蝶花。

我轻轻地走过那根辫子,辫子竟然说话了,外边多冷啊,屋里又不是没有尿盆。

她说的尿盆就在外屋的门口,我哪好意思在那里放肆。我没有说话,我不知道说什么,就抖抖索索钻进了热被窝。都到了后半夜了,炕还是热的,怪不得这里的人叫它火炕。它一下子就把我的冷身子暖热了,暖热的还有女孩的那句话,其实那话一开始就在我心里暖着。

我躺下后,才说,你睡吧,把你闹醒了。

女孩说,好,快睡吧。就不再说话。

外边的月光透过窗子泼进来,一格格的窗户是用纸糊的,只有中间的一小块安了玻璃。月光就是从那一小块玻璃溜进来的,其余的贴在纸上,只渗进一些朦胧的蓝光。

过了一阵子,我听到了女孩起来的声音,那声音很轻很轻。我偷偷眯着眼睛从被子角望过去,女孩也是去解手。女孩只穿了一件自家织做的三角小内裤和一件精短的小汗衫,露出洁白而圆润的身体。

这使我立时觉得脸上发烧,呼吸急促。我怕她听见,赶紧缩进被窝里,想把急促的呼吸压下来,可是却越来越觉得气闷,就又将头露出来。她已经走到外屋里,外屋的一角发出一阵浅浅的水声,像潺潺的小溪滚过一片光莹的石子。又停了会儿,她才轻轻地抱着膀子进来,扭过去关门,我又看见了那圆润洁白的身子。此时想不到她的身子竟然出了声音:

不许看人家!

我立时吓得憋住了气,再也不敢露出头来。但我的心却像一匹野马,在渤海湾的荒原上踢踢踏踏地狂跑。

我不知道什么时候睡着的,睁开眼睛,天已经大亮了。男孩还在被窝里睡着,女孩却坐在柜子前,对着镜子编着又黑又长的辫子。她早起来倒了尿盆,洗了脸。镜子里的她看着我浅浅地笑笑,那笑是红润的,腼腆的,友善的。

醒了?她说。

我说,嗯。

快起来洗脸吧。她说。

我说,嗯。但就是没有动。

她像想起什么,脸一红,嗯,我出去。就风一样地出去了。

在乡村,人们睡觉一般是不穿衣服的,一是习惯,二是被窝里热,穿着衣服多余也不舒服。女孩子顶多穿件内衣。我是不好意思,穿着短裤还穿着衬衣。趁女孩出去的当口,我三下两下裹上了棉衣跳下炕来。

女孩已经给我打好了热水,拿来了毛巾,并且特意说,这是我的,别嫌脏。

那毛巾粉红色,泡在水里立时泛出一股洋槐花的气息,我用它擦脸擦了好半天。我知道农村大都是一家人使用一条毛巾,女孩是怕我嫌弃,拿来了自己的。为此我心里有了一股暖意。想起昨晚上的一幕,刚擦过的脸上热乎乎的。而女孩似乎忘记了一切,两只手静静地翻着水花,那条油亮的辫子,又顺溜溜地垂在了她的身后。

我很快知道了女孩叫什么,那是一个听了就很难忘记的名字。是她妈妈叫她的时候知道的,她妈妈叫,芦芦,快摆桌子,盛饭，芦芦……我起先以为是露露，我们这个地方的发音有些含糊，后来看她的作业本，上边是个芦字。我还知道她上的是初二，比我低一年级。

农家的女孩大都叫花呀枝的，不知道谁给她起了这样一个名字，很野，很飘摇，很清香。

吃过饭，芦芦拿着作业本子说，你知道倨傲的倨怎么写吗？我说，一个单立人，一个居住的居。她笑了，立刻写在了空格处。原来她昨晚写的是作文。写完又瞅了瞅我，我知道这是奖赏，因为那瞅里光艳艳的，把我心里的一角照亮了。我那个角落一直都是暗着的，空落落的，什么也没有。不，有的，就是昨晚被人捉住的羞愧。

她说，想不到，你语文还挺行嘛。说完她就出门走了，像一枝芦草，飘摇在了早晨的阳光里，长辫子在身后一甩一甩，最亮眼的，是那只跳来跳去的蓝白相间的蝴蝶。

二

姑姑他们在这里待了一天就回去了，晚上睡觉，我又回到了奶奶家的炕上。但是因为熟了，我还是会到后院去，找那个弟弟和芦芦玩。弟弟不大爱说话，而且总是在做作业。芦芦呢，放学回来就帮着妈妈操劳，不是烧火，就是整理这里那里。见我去了，咧嘴一笑，说，来了，快坐炕上去暖和。婶子也是这么说。

我怎好来了就进到人家里屋上炕去呢，就说，不用，不冷。芦芦就叫着我，还拿一把扫炕笤帚，把炕扫一扫，让我坐上去。而后就在里屋擦起了柜子镜子什么的，我知道她是在陪我。

一会儿,婶子拿着一块热乎乎的地瓜给我送过来,我说婶子我不饿,刚吃过饭。趴在桌子上的弟弟就抬起头来,说吃吧吃吧,也给我一块。芦芦就笑了,说,一见吃的,你就慌了,我去给你拿去。

她回来的时候,又多拿了一块,放在我跟前的炕沿上,而后就坐在织布机前,咔咔嚓嚓织起布来。那是一架构造简单的木制织布机,在农村并不少见,而且几乎所有妇女都会织。但是芦芦的动作,还是让我有些惊讶,她还是个正上学的学生。可芦芦说,她已经有三年的织布史了。

芦芦的弟弟在一旁插话,说妈妈说了,学不会织布就找不到婆家。芦芦骂弟弟,去,去一边去!芦芦回头时,脸上一片羞红。弟弟说,就是就是。芦芦不再言语,红着脸对我说了句,你赶忙吃吧,就埋头织起来。

芦芦手里的梭子在彩色的棉线中来回地跑着,头也一忽儿左一忽儿右地跟着动。我上前去看,她织的是一条门帘样的花布,红的绿的蓝的线交叉混用,使布上的图案产生变化,已经织出不小的一卷了。芦芦一边织着,一边同我说话,问我在奶奶这里住多少日子,什么时候回去,还问着我学校里的事情。说话的时候,芦芦会时不时攥住梭子,抬起眼睛把一束波光送过来,然后再咔咔嚓嚓,拉两下织机。

后来还见过芦芦纺线,炕上的她盘腿坐在纺车前,一手摇动纺车,一手拿着棉卷抽丝。我看着好玩,就要求试试,芦芦二话没说,起身就答应了。看着容易,这只手摇动纺车,那只手就顾不得棉卷了,总是断线,好容易抽出了棉线,却是疙疙瘩瘩,粗细不匀,还没有拉长就断了。

芦芦就在一旁笑,说,这哪是男孩子做的,你们做了,还要女孩子干什么?那棉卷又回到了芦芦手里,神奇了,它又乖乖地吐出了又细又长的棉线,就像商店里卖的白线一样。

再去后院,婶子在猪圈旁边说,芦芦去后边的地里采猪草了。

我越过一个个院子,朝后边走去。出了家院,就进入了辽阔的田野。田野里尚未起庄稼,只有些稀疏的干芦,再就是正在发绿的野草。芦芦远远地在田野里,像一丛树棵子,在慢慢地移动。

太阳刚升起不久,羞答答地在云彩里半露半掩,一抹光线正好照到芦芦的地方。芦芦低头的时候,那根辫子滑下来,芦芦又甩了上去。她直起腰来,就看到了我,远远地露出了笑。

芦芦说,正没有意思呢。

我说,你经常一个人采猪草?

芦芦说,嗯哪。

旷野里没有什么人,一个人真的是够寂寞的。可是有什么法子?芦芦只有迎受这种寂寞了。

篮子里已经有了厚厚一层,我不知道哪些是猪草,问芦芦。

芦芦说,都是,只要是田野里长的,猪都吃。只是猪也有最喜欢吃的,比如这棵,叫刺儿芽,还有车轱辘草,你看,就是这种。芦芦边说边用铲子剜下来。

我看到刺儿芽边上有一层小刺儿,还是好辨认的,而车轱辘草没有什么特征,在地上巴得很紧。走了不远,芦芦又指着一些细小的叶片说,你看,这儿还有苦苦菜,猪喜欢,人也能吃,吃了败火明眼呢。

我说我认识苦苦菜。芦芦又拔起来一棵小苗,说你认识这种吗?看我摇头,说,这就是荠菜呀,很好吃的,春天里人们都喜欢剜了吃。今天咱们多剜些,回去包饺子尝尝。

我的嘴里已经起了潮水。芦芦又递给我一棵茎叶长得像葱蒜的嫩苗,你闻闻,什么味道?好闻吧,这就是小根菜,拌豆腐可好吃了。咱们都多剜点儿,回去蘸酱。

再往前走,芦芦又说话了,她指着一撮卵形叶片的草芽说,知道这种菜吧?

我摇了摇头。

这是大名鼎鼎的麻生菜啊。芦芦说。

麻生菜?还大名鼎鼎?我第一次听说。

你看,它虽然味道有些酸,但是养人呢。我奶奶说,以前遇到灾荒年,有这个麻生菜,人就能挺过去。其他的野菜吃多了可能不好,麻生菜没事,还能消炎解毒。我常给我爸采这种菜。芦芦边说边采。芦芦说,还有一种你一定知道的。

什么?我问。我心里一点底都没有。这大片的田野,有着这么多的好东西。人即使在最难的时候,也能利用田野挺过去。

芦芦将我引到一条沟渠旁边,沟渠里的水暗暗地流着,不知道流向哪里。水中窜动着一些鱼,一会儿隐了身子,一会儿又露出头来。沟渠两边萌发了那么多野生植物,有的就要开出花来。

芦芦将掉下来的辫子又一次甩到肩膀上去,指给我一株长在绿草黄花间的明晃晃植物说,你看看,认识不?我看着那一个个毛茸茸的白球,喜欢得不得了,却一下子说不出它的名字。

蒲公英啊!芦芦说。

啊?蒲公英!我惊叫起来。我原本是知道的,怎么就没有认出来？我掐下一朵，攥在手上看，阳光照着它，白球染着一层金边，微风吹过，一晃一晃。

芦芦趁我不注意，凑上来噗地一吹，白球随即散开，像一针针光线在飞升。芦芦笑了，说，好玩吧？我也吹了一下，将剩余的吹跑了，它们欢快地在微风中飘摇而去。

芦芦说，你知道飘走的是什么？是它的种子。它们会再次生长出很多的蒲公英。芦芦说，蒲公英也有清热解毒的作用，村里李大夫说的，他让我经常给我爸采些煮水喝。

我蹲下身去，沿着沟渠，跟着芦芦一棵棵地采摘着这些新奇的花草。芦芦的篮子已经快满了，但是我们的兴致还是很高。

一个周末，到后院去，做作业的弟弟告诉我，姐姐和妈妈在后边脱坯呢。

穿过院落，一到野外，就看见婶子借了两个脱坯的模子回来，模子已经磨得很粗糙，但里面的四边很光滑。芦芦刚把水担过来，倒进土堆，土里放了碎稻草。和泥的时候，芦芦脱了鞋袜和妈妈用脚使劲地踩着泥土，芦芦说这样和出的泥匀实。带有泥水的土沾在芦芦的小腿上，像一双紧固的深色靴子。

这是一片地势较低的空地，有的是土，随便一块地都可以挖土做坯。地多不好好长庄稼，只爱长些不大旺盛的草。因为常被水淹，也就大片地荒在这里。芦芦的妈妈很能干，爸爸有病不能下炕，家里的活就全靠芦芦妈妈了。我到东屋里去看过芦芦的爸爸，他躺在炕上，炕头放一堆药，还有水壶、水杯，还有鸡蛋、饼子、点心之类。里边还放着带盖的尿盆子。他一个人占了大半个热炕。他的脸有些蜡黄，说话有气无力的。他对我说他跟我爸爸很好，小时候在一起玩过。他说他身子不争气，拖累了家里，也拖累了孩子。这个时候芦芦就说，爸你瞎说啥，快好好养着，吃了这些药，过段时间再去天津看看。芦芦跟我说他们都是带着爸爸去天津看病的。我们这里离天津虽说就一百多里，走起来却不容易，要到十几里外的军垦去搭车。我就是从那里下车的。后来听说芦芦想休学在家里帮忙，但是妈妈不让，非要让芦芦读书。弟弟小，还不能成为家里的帮手。芦芦特别懂事，好远的学校，一放学就往家里跑。

我也脱了鞋袜跳进去，早春时节，泥土还是那么凉，怪不得婶子不让我下脚。婶子说，大侄子，你可别脱，凉着你。

婶子说是说，也没有阻拦我。我看见芦芦友好地笑，那笑里有鼓励。再说了，芦芦一个女孩子都不怕，我怕什么？

我说，婶子，不怕的，我能受得了。由于凉，我的两只脚不停地跳跃，泥水伴着稻穗子草，在我的脚下被踩得不停地翻腾。还挺好玩，踩一会儿就不冷了。

芦芦跳出去，用铁锹将泥土重新堆成堆，而后再次踩起来。婶子看着差不多了，就去做脱坯的准备。她把场地铲平，而后在好大的范围内撒上干土，再撒上一层薄薄的稻草。

我和芦芦两个人四只脚来来回回地踩，我的脚丫子不时会踩到芦芦脚上，芦芦的脚也会踩到我的脚上。芦芦的脚暖暖的，有一种滑腻的感觉。她的两只脚丫像拔莲藕，在泥水里轮流地闪着白。

婶子开始脱坯了。她先将模子在水里过了，摆在地上，芦芦铲过去一块泥，又一块泥。婶子将泥土使劲地塞在模子的各个地方，尤其是角落，按瓷实后，用刮铲把上面抹平，而后慢慢端起模子，那块长方形的土坯就落在了地上。原来垒炕的土坯是这么造出来的。婶子说，垒炕的土坯要加稻草，加了稻草传热快；垒墙的就不能加，因为时间长了，稻草会变成灰，土坯就不结实，房子支撑的时间就短。脱坯还有这么多学问。

我们两个铲着泥，婶子脱着坯，干得很顺手。一会儿工夫，就出现了两行整齐好看的泥坯。泥坯差不多有三块砖那么大，一块半砖那么厚。

芦芦说，妈妈准备把炕再盘一下，火炕好多地方都有塌陷。等盘好了炕，再脱些土坯，将来把西厢房翻盖一下。西厢房老得不成样子了，后边的墙上已经出现了裂纹。

这里的人家盖房，多数还是用土坯。婶子说，盖房子的土坯可以用大锹铲子去泥地里直接挖，挖一块是一块，晒在地里就可以。那是力气活，女人家干不了。也可以脱坯，用半干的土就行。

土坯其实是很结实的，一层层用带有米浆的泥粘起来，外边再用泥浆和上穗子草抹严实，上边用芦苇蓬起来，房子就成了。花钱的地方在房梁和檩条上。芦芦家里没有壮劳力，只能一步步慢慢准备着。

婶子要回家做饭了，剩下我和芦芦。我要求执掌那个模子，芦芦也不跟我争，就当起了坯泥的搬运工。

模子得不停地过水，有时我偷懒，坯泥就不会好好地脱下去，哪个边角会粘在上边，那样脱出的坯就歪斜着，不能用，要返工重做。如果面抹不平也不行，中间会高出去或塌下来，看来哪一点不注意都会造成次品。

我一会儿就感觉到累了，两条胳膊酸酸的沉沉的。芦芦和我换了，我去铲泥。还是这活轻松些，没有技术含量。芦芦光着脚丫蹲在那里,脱一块坯倒着挪一下,粗辫子掉下来,她会搓搓手里的泥,用两根手指挑着甩到身后去,辫子上也就沾了泥,阳光一晒,像缠着一块土黄的碎布。芦芦不理会这些,甚至不理会头上脸上的泥点子,干得一丝不苟,把每块坯都脱得孪生兄弟一般。

不知不觉,我们和的泥已经用完,场地上出现了四排一块块的整齐的作品,远远看去,像一幅好看的画。泥土真奇怪,能随着人的性子改变自己。

我们重新和泥,还是要走先前的程序。渐渐地,我就觉得力不从心了。

这时芦芦妈妈的叫声传来了,该吃饭了。

后半晌,我躺在奶奶家的热炕上养腰,感到浑身都在疼。

奶奶说,你去哪里淘气了,弄得这一身泥?我没有说去帮着芦芦家脱坯了,我不是怕奶奶说我,是怕奶奶埋怨人家。

奶奶说,你爸妈头一回把你放到老家来,你可要好生地待着,听话,别去爬高上低的,弄出个什么毛病来,还不得怪罪你奶奶?奶奶絮叨了半天,看我不言语,就用拐棍敲着炕沿说,听见了没有,你个小祖宗?我只得回答说,听见了。

瞌睡虫在捣蛋,我不知不觉地睡着了。一觉醒来,太阳已经偏西。我爬起来,想到后边地里,就跑着去了。那里依然有两个身影在忙碌,我没有走上前去,有些不好意思。

我看见芦芦腰一弯一弯的,来来回回地铲着泥土,芦芦妈妈蹲着一点点后退着,一块块泥坯从坯模里脱出来。红黄的光线照在那里,照着芦芦和妈妈,照着一片长方块。光线在变化,红的和黄的在分离,分离的时候起了一层雾气,腾腾地上升着,像鼓动起一个巨大的帐篷。太阳不见了踪影，只把剩余的微光抛洒出来，给芦芦她们打着最后的招呼。

芦芦和妈妈在变化的帐篷里起起伏伏，很快就变成了两个好看的剪影，剪影的边沿，有一层淡蓝的光晕。

天上飞过一群大雁，嘎嘎地叫着，不知道要飞到什么地方去。我总是见到头上过大雁，觉得它们是不知疲倦的旅者，会永无止境地飞。

三

这天，我正在奶奶家吃晚饭，芦芦的妈妈急慌慌从后院赶了过来，对爷爷奶奶说，芦芦到现在还没有回来。奶奶问芦芦是放学没回来，还是干什么去了？芦芦妈妈回答说芦芦是打柴草去了，按照以往的规律，这会儿早该回来了。

天已经快黑了，爷爷说，还是去找找好。爷爷让我跑快点，从后面出去，直奔北边的那条村路。爷爷和婶子则去周围问问刚回来的人，有没有见到芦芦。

我们那儿，旷野里不长什么树，到处是芦草。盖房子编席子的大芦苇是专门种植在坑塘里的，其余就是自生自长的芦草，不密实，也长不大。冬春时节，瘦瘦黄黄的干芦在田间地头和河汊子两边到处都是，也就成了家家烧火的主要柴火，大人们下工都会顺手割上一捆，孩子们则是在放学后专门去打。离村子近的地方早就被割光，就要到远一点的地方去，那样，割是好割，要把芦草背回家，却要费些力气。

芦草不禁烧，填进灶膛里，着得很快，一抱柴火，一顿饭就烧光了。由于烧火费得快,就得不断地去打,芦草就成了炊烟的根本。所以回家的路上,人们看到家里冒出的炊烟,会有一种十分亲切的感觉。他们担着或背着的芦草,就是炊烟的接续啊。有人说炊烟是有香味的,我信,我就能闻到白米饭的香,闻到黄饽饽和炖小鱼的香。

我很快就穿过了那些院落,径直跑向了后面的旷野。太阳已经落了,只给大地留下最后的一抹辉光。这辉光去得也快,我刚跑上大路,就消失得无影无踪。说是大路,其实也就是两辆牛车的宽度,什么时候都有着深深的车辙,下雨泥泞难行,不下雨干裂扬尘。本来村人割草是可以推小推车的,但是在这样的路上驾驭很难,得有大把的力气,因而一般人也只能是肩挑背扛。

路的两边都是沟渠,沟渠以外是茫茫无际的荒野,远远看去,路就像把大地撕开了一道口子。由路引出三四里远,才能看到能耕种的土地。那些土地都是块状的,四周也有沟渠围着,便于灌溉。

我上了大路就开始呼唤芦芦的名字,茫茫的芦草上泛起暗蓝的烟霭。我的呼喊滚过沉静的大地,在很远的地方跌落得无影无踪。路上看不到什么人,良久,过来一个担着柴草的。仔细看看那人摆手扭腰的姿态,就知道不是一个小女子。问他可见到芦芦,他大声地问我说什么,人已经从身边过去了,然后从草捆后边回话说没见,他是刚从地里拐上来的。

我的奔跑并未停止。已经跑出村子很远了,还是没有芦芦的影子。我的喊就有些慌乱起来,我本以为一上大路就能看到她的。这里民风淳朴,小偷小摸很少,但是有野物呀,不定有狼什么的。

脚下的路面越来越不平，眼前已经模糊。就在这个时候，我似乎听到远处有声音传来，是的，是一声叫喊，并不太响亮的叫喊。我早就慢下来的步子立时变得踉踉跄跄的了，声音也从我的嘴里踉踉跄跄地吐出。

　　朦胧的光线里，终于看到前面有一个影子。到了跟前，我首先看到的不是人，是一大捆草，宽宽的厚厚的芦草。

　　原来，芦芦听天气预报说从明天起要下连阴雨，就想着多打些，结果打多了，捆在一起成了好大的一堆，又不想舍弃，就连背带扛地往家走，走不动就在地上连拖带拽。不想脚下一滑，连人带柴草一起滚到了路边的沟渠里，弄了好半天，才将草弄上来。一路上不知道草捆子散开了多少次，又重新打了多少次，不知不觉天就黑了。

　　我想帮着芦芦把那捆草背起来，芦芦说不行，你背不动。我逞强地坚持蹲下身子，用了用劲，那捆草竟然纹丝不动，再下狠劲，就听到了筋骨咯咯叭叭的响声。那捆草实在是不听使唤，芦芦搭了把手，才被我背离了地面。

　　芦芦笑起来，说，看你，别压坏了。我坚持着往前走了顶多二十步，那草捆子就轰然一声，从背上滚落下来，扯带得我也歪斜在草上。芦芦呵呵地笑了，说，你还真行，比我走得还远。

　　如此沉重的草捆子，芦芦是怎么一步步挪了这么远？我在心里慨叹起来。没有办法，只得和芦芦每人拽一条绳子，将草拽向前去。我们顺着深深的车辙外沿往回走，芦芦让我走好走的边道，自己走牛马蹄印子。

　　远处传来了芦芦妈妈的呼喊，还有摇晃的手电光。我同芦芦齐声地答应着。

婶子和一个不认识的人来到我们身边。电筒照射下,看见芦芦浑身衣服都湿了,成了一个泥人,婶子一下子就掉泪了,忙把自己的衣服脱下来,硬是给芦芦包上。一旁的芦芦叫叔的人一边说怎么打这么多的草,一边把草费力地扛在了肩上。

这个时候,我才觉出了冷,刚才出的一身的汗,这会儿全凉了。

四

啪的一下,一颗雨点打在了我的额头上。啪,又是一下,雨点爆裂后顺着额头流下来,像一条游蚓。我顾不上擦抹,我正搬着四块土坯往芦芦家跑。

还在炕上的时候,从外面进来的爷爷说,快下雨了,你去后院看看,你婶子家可能要收坯,你去帮着搬搬。我答应着出门,身后传来奶奶的声音,注意别累闪了腰!

来到后院,芦芦家已经没有人了,我穿过一个个院落,一直奔向旷野,远远看到芦芦和弟弟在前面跑着。我加快了脚步。

天上的阴云越来越浓,眼看就遮住了那些白的、灰的云,而且像要把它们压下来,一直压到平旷的地上。

赶到芦芦家脱坯的地方,一大片侧立的土坯中,芦芦妈妈正将那些土坯翻摞起来。芦芦的弟弟抱起一块土坯就往家里跑,芦芦抱起了四块,也往家里跑。她看见我,抿着嘴笑了笑,没有说话,人已经跑远。

远远地传来了一声雷,这个时候怎么会有雷?如果这些土坯泡在雨里,可就白费了芦芦和妈妈的力气。我也抱起了四块坯,弯腰站起身时，感到那么吃力。那是四块土坨坨呀，我咬着牙一步步往芦芦家快步走着。

身后传来婶子的声音，可要小心点儿啊，大侄子。

迈过一个个门槛，我已经喘得上气不接下气了。这时芦芦和弟弟又返了回来，看到我吃力，芦芦伸手要接，我不让，芦芦就跑开了。等我放下四块土坯的时候，身上立刻轻松起来，撒腿就追他们。

来回几趟了？说不清了，我已经大汗淋漓，身上的衣服全湿了，粘得痒痒的。雨越来越近了，而且起了风，那风刮在身上一阵凉爽。我跑到那片地上，看到还有几十块土坯，婶子还在那里翻摞着。芦芦已经搬起四块土坯，这时我听到了她的叫，来，再给我放上一块儿。我犹豫了一下，都四块了，还要多放一块，怎么能吃得消。

可是芦芦直喊着，快，快来一块儿呀！我搬了一块土坯，举着往芦芦搬起来的土坯上面放去。四块土坯已经到达了她的胸部，我放上去的那块就紧紧地挤压在了那里。

芦芦喊，往里推推。我又使劲推了一下，芦芦抱着那摞土坯快步走去了。

我弯腰抱起了四块土坯，也要让婶子给加一块。婶子说，别了，你受不了。我说，没事，放吧。

五块土坯怎么那么重啊，我一步一晃地朝前走，挺着腰几乎看不到前面的路。过了一个个门槛，最后两个门槛我几乎迈不过去了。

这时芦芦回来了，看见我也像她一样，呵呵地笑了，说，逞能啊。立刻不由分说地从我怀抱里抽掉了三块，急急地往家里赶去，我的腰立时有了力气。

一个又一个大雨点终于打了下来，而且重重地打在了我的头上。

芦芦还是让我给她多放上一块土坯。

我不行了，抱起四块土坯跟在她的后面。我看见芦芦勉强支撑着，她的脚步明显变得迟缓，腰肢扭动着，脸仰着看着天，迎受着一滴又一滴的大雨点。她的头上不知是汗水还是雨水，辫子也湿漉漉的了。

快到西厢房的时候，我紧走了两步，放下怀里的土坯，去接她。她的蓝底白花的罩衣到处都是泥花花。

雨真的下了起来，哗哗的，我们抱着最后的土坯往家里跑。芦芦的弟弟大呼小叫。

最后的土坯已经淋了雨，不是那么坚硬了，却更沉重起来，比原来像是沉了一倍。我听到了芦芦的喘息声，我们两个都喘得像槽里吃草的牛。

土坯在西厢房已经摞得很高了，我接过芦芦手里的两块坯继续往上堆，踮脚使尽了最后的力气，还是放歪了。重心一偏，最上面的一块一下子掉了下来，眼看要砸到我的头上，芦芦赶忙把我推在了一旁，自己去接。那块土坯就斜斜地砸在了芦芦的肩膀上，又从她的胸前滑到了地上，而后重重地碎了，芦芦几乎同时歪坐在了地上。

我把芦芦搀起来的时候，看见芦芦的眼泪滚了出来，嘴一咧一咧的。我知道一定疼极了，我很是恨自己，让一个女孩子为我迎受了危险和痛苦。

回到堂屋，我说，真不好意思。芦芦说，你是帮着我家干活呀，还说啥不好意思。快去把衣裳脱了，擦擦。芦芦说着去找盆子倒水。

芦芦的弟弟已经脱了衣服在那里嘻嘻呵呵地擦着，小小的身子冒着热气。芦芦把水倒了又换上干净的温水，让我赶快擦洗。我不好意思，就跑回奶奶家去了。

擦洗了身子，换了干净的衬衣，停了一会儿，我又戴了顶草帽，往芦芦家走去。

芦芦没在外屋，我掀开了里间屋门的帘子。芦芦穿件白色小汗衫，正在擦土坯砸着的地方，洗了的长发松垂在脑后。我看见她白嫩的肩膀有好大一片擦伤，已经渗出了血丝丝。

听到动静，芦芦扭过身来，立刻用胳膊遮住前胸，脸红红的。我说，砸得这么厉害，去诊所看看吧。芦芦拿了外套，一边穿一边说，不碍紧的。芦芦伸袖子的时候，胸部明显地鼓凸出来。我惊惶地将目光朝墙上的一张福寿图看去。

芦芦接着编她的辫子。她跟我说着话，并不看我，手翻来倒去的，一会儿就将一头浓发编成了一根粗粗的蒜辫子，而后朝脑后一甩，从头上顺顺，就说，该做饭了，今天你劳苦功高，在俺家吃。我看见她的辫梢上换了一只红的蝴蝶结。红蝴蝶一晃，就飘去了外屋。

外屋的地上，已经堆了好大一堆晒干的芦草。

细细长长的芦草被点燃，芦芦将它们放进灶膛里，立时就听到了烈烈的轰鸣，轰鸣里夹杂着爆裂的开花声，让人兴奋。刚填进去的芦草从每根细管里往外冒着白烟，像在吸火，瞬间又被火吸着。芦芦的脸被火光映亮，红扑扑地闪。

芦芦回头再抱芦草的时候，就有火苗顺着膛草蹿出来，我抓起了一大把芦草塞进去,灶膛里立时就有了浓浓的烟气。正忙着贴饼子的婶子看见了,赶忙从里面拽出来一半的芦草,用脚将冒着烟的火苗踩灭,然后抓起灶膛剩下的草抖了抖。灶膛就像被呛着的孩子,猛然透了气,大声咳嗽一下,又呵呵地乐了。

婶子说,放少点会烧得好,柴放多了,费火还不好着。婶子也是心疼柴草上的辛苦啊。婶子说,这场雨算是下透了,亏得芦芦备下的柴火多。坯也晾干,搬进了屋,多好。婶子的话语里透着简单的满足感。

大侄子,听你奶奶说,你快回去了,什么时候走啊?婶子将一块饼子啪地贴在了铁锅的边沿上。

什么,你要走了?不知是婶子的话,还是婶子的动作,让芦芦一惊。她把抱来的柴草猛然扔在灶火前,脸上也猛然掠过一道红晕。

是,奶奶一直撵我走,说我要耽误学习了。我说。我还说了,我暑假还会来看奶奶。我还说,芦芦学习很好呢,我偷看了她的作业,要是放在我们学校,早就被老师重点培养了。芦芦闷着头不再说话。婶子却说,芦芦老师也是这么说,说芦芦早晚成这一片的尖子,将来会去县上和省上上学。唉——婶子接着叹了一口气,就没有往下说。

芦芦正烧着火,猛然说,忘了,爸该吃药了。她撩了一下辫子,起身就往东屋去了。起身之前,芦芦往炉灶里填了一把柴。她抬头的时候,我看到她的眼里含了一颗晶莹的泪珠。

我说,要是芦芦去我们那里上学就好了,我们老师是北京来的,可喜欢学习好的学生了。

婶子说,可惜了孩子,她爸这个样子,她哪儿都去不了啊。

屋外，雨点子还在敲打着，房檐处接了一排的盆盆桶桶。

我抬头望去，前面的屋顶上起了一层雨烟。我知道再往前去，出了街道，就是辽阔的原野，那里一定满是雨打的烟气。烟气里，一切都会滋出新芽。等到又一个艳阳天，那些芦草，又会是飘飘摇摇的一片了。

地　气

一

春耕时节，大人小孩都下地了，大小牲口都下地了，满地里都是闹腾腾的热气。这里还有"二妞——二妞——再拿些种子过来"的声音，有"吃饱了就好好干活，这个时候可不敢偷懒"的训牲口的声音。牲口头一低一低地猛干，时而还会有一头驴子把低着的头扬起来"唔哦——唔哦——"地叫上一阵。八岁的笆斗提着吃食一呼一吸地在垄上走，边走边喊："吃饭了——大——姐——"

那些声音呼着气，人一喘一喘呼出的气，牲口一低一低哈出的气，混合在一起了。这里那里都是这样的气，或许就构成了那种浓重的地气，或者说那浓重的地气里就有这样的混合的气。

庆爷爷说，什么都有一股气，没有那股气撑着，许就要塌陷了。打仗还一鼓作气，那作的气就是精神，是战场上的灵魂，制胜的法宝。

二婶说，别动了胎气。胎气是什么？胎气就是养孩子的内气,是胎儿在母体内所受的精气。胎气不足孩子就可能出毛病,还会早产,所以老人总是叮嘱孕妇保护胎气。

奶奶说,这就像蒸馒头,那就是用水汽把一团面蒸熟的,可不是用的火也不是用的水,火和水只是为了闹腾那股子气。

有时我会看到一团一团的东西飘着,在地边上呼吞儿呼吞儿地飘,一会儿高,一会儿低,像充满气的球,但又不像球。不圆,不方,就是那么一团一团的,一会儿合成一团大的,一会儿又分成一堆小的,一会儿又乱得不成样子了。

遇到这种气团,你只能远远地看,不能去跟前。你跑到跟前什么也看不见,有时还会被吸进去,你就成了那团气的一分子。你觉得闹嚷嚷的,眼睛就湿乎乎的了,眼睫毛上粘的不知道是啥,头上不停地往下淌着潮潮的水样的东西。你呼吸,那些气就大呼小叫地进到你的肚里,而后又大呼小叫地出来,进到肚里你觉得就是一团气,呼出来时还是一团气。我那个早晨就是这么感觉的。

人们说,山岚就是山上呼出的气。那些山岚是怎么形成的?就是那些张着口的洞呼出的。一个个山洼洼里都是这样的气,多了就成了云气,所以山上的云气多。

西头的四奶,儿子在省城做了好大的官。她老六十大寿那年,儿子把她接到城里去享福。走的时候黑亮亮的轿子车来接,一村的人都出来看,四奶眼睛笑得成了一道缝。可住了不到半年就回来了,说什么再也不去。村里的人问,城里咋样?四奶说,挤,到处都挤,挤得不接地气,喘。

四奶就还在她那座老屋里住,也不让儿子翻盖,说会把气翻没了。四奶早起会先把鸡仔撒开,让它们叽叽咯咯四野里撒欢,而后走到原上,遮着眼望远处刚起的太阳。

四奶已经活得很像样子了,但她还是那么活着,她就像一个榆木疙瘩,堆在黄黄的一堆土边,很多人以为这棵树已经死了,但它的上边,还开着几枝子白色的小花。四奶的儿子后来从城里回来了,他是以一个骨灰盒的形式回来的,他没有活过四奶。四奶对着儿子说,回来就好,家里的土埋人。

四奶此后活到了九十岁,死后就葬在了村头那片黄土里。四奶说,中了,活够了,还要活多大?该入土了。四奶是在絮絮叨叨中走的,四奶走得很安详。

二

关于地气,我问过奶奶,啥是地气?奶奶说,你张嘴。我张开嘴。奶奶说,你喘气。我就吸了一口气又吐出来,再吸一口气再吐出来。奶奶说,人会喘气,地也会喘气。人喘气活着,地也喘气活着,都不喘气了,那就死了。人活着种地,地活着养人。

我就往地里看,看地喘气。远远的有一个高谷堆,会冒出青青的烟,我以为那就是地气。有一天我拉着狗孬跑了好远才跑到跟前,到跟前一看是一孔窑。我就又问奶奶,地气是从哪里冒出来的?奶奶说,地跟人不一样,地是从肚脐眼里冒的。

我不知道地的脸在哪里,身子有多大,我感觉怕是跟天一样大的。天罩着地,地撑着天,就像锅和笼。

村里的大夫和奶奶说的不一样,大夫跟奶奶聊天,说地中之气,春秋最为明显。孟春之月草木萌动,天气下降,地气上腾。秋季平定收敛,天高风急,地气清肃。我听不大懂,我还是喜欢奶奶说的。

那是一个早上，一股青烟从地上升起，是一大团，离开地面或没有离开的样子，冉冉地动，一忽儿浓一忽儿淡，摆来摆去，像在水里的纱，感觉能摸到。跑着去摸，却是总也摸不到，逗我似的总在前面飘。我追到原头就没法追了，原头上是一处四下里都齐崭崭的断层，下得很深，对面还是原，还是通向好远。

不知道这是什么时候出现的深沟，沟里长满了草棵子。这时我看到，断层下面的沟里冒上来一涌一涌的清气，真的如奶奶说的，是从地的肚脐眼冒出来的吗？

后来我不止一次地看到地气。

夏天的夜里，一群人卷着席子、抱着被子去场上睡，躺在晒了一天的地上，暖暖的，觉得比家里的炕还沉实。躺着望着天上的星星，从东往西数，数着数着就数不过来了。流星像偷划火柴一样，一会儿嚓——划一下，一会儿嚓——划一下。夜晚的大地真静呀，静得连蚯蚓的叫声都能听得见。

第二天你会发现，蚯蚓在你的周围犁了很多地。醒来的时候，天刚蒙蒙亮，你会闻到一咕嘟一咕嘟的清气，那个舒坦。深吸一口，再深吸一口，爬起来就看见了地气。后来我就觉得，地气有时能看见，看见的就是那一坨坨的气团，有时你看不见，但是能闻见。

咱这个地方人好把味说成气儿，地里时常飘来的那个味，就是地气。油菜的味、豆角的味、黄瓜的味、柳树槐树桃树桑树的味，还有羊粪牛粪的味——有人把粪一车一车地往地里送，一小堆一小堆地卸到那里，然后再一小堆一小堆地扬开，地里就有了一种说不清的混合味道。夏天和秋天的味道是沉厚的，那是麦浪稻浪的味、玉蜀黍的味、大豆和桃黍的味。

另外，不管是春夏还是秋天，你还能闻到各种野草和野花的味。那种混合在一起的味顺着地垄一波一波地涌，淘洗着你的肺叶，你感到地气好极了。有时候你会把地气认成风，一丝丝的小风带着悠悠的气儿飞，呼呼的大风携着浓浓的气儿涌。

在地里干到半晌休息的时候，脱下鞋子枕着，就地一躺，脸上或是遮个草帽或是什么也不遮，四周的土香就弥漫过来了。太阳照得身上暖暖的，眼皮子里的眼睛感觉是一片艳艳的红，薄薄的一层血脉在游动。一会儿的时光，就会睡得呼呼的。

地下的人也是这么睡着。四奶躺的地方离我并不远，她下葬的时候，一口厚厚的棺木漆得油亮油亮。四奶躺好以后，村里的木匠张说一声："把好了！"就叮叮哐哐让木楔子安安妥妥地将棺盖楔得严丝合缝。四奶的棺木下土的时候，那土是一点点地盖到棺木上的，直到盖成了一个土堆。四奶的周围全是黄黄实实的土，没有别的东西。四奶闻了一辈子土味，她知道什么最舒坦。

三

再后来我就感到，所谓地气，其实就是你的乡村，你的故土，是那些庄稼那些草木，是生你养你的父老乡亲；地气就是你对故土的感念，对家乡的认识。说白了，地气其实就是你的底气，是你生命的基础。你有着最扎实的最本质的最朴素的基础，你就有了活着的底气，否则你就是一叶浮萍，轻狂，无根。

你的生命里总是能看到地气，能闻到土地的味道，你就会活得踏实、过得充实。

夜黑里

一

在乡村，夜总是比城里的黑，不信你来看看。你看不见什么的，天上有星星还好些，没有星星的时光，你就知道乡村的夜是什么样的了。其实我给你说也说不好，但你可以伸出手来试试。你是看不见你的手指的，你只是看到了自己的半截胳膊，那半截就伸到夜里去了。

你在村子里走，看到一个火头一闪一闪，你以为那是谁的烟头。你问了是谁，那火头不说话，一忽儿站着一忽儿蹲下的，好像与你玩着把戏。等你近前了，那火头又远了。你不知道，那是一只萤火虫。有的火头就是鬼火了，那种火头大一点，但是不集中，老是恍惚了你的眼睛。你不时感觉有个地方亮闪了一下，揉揉眼睛再看时，闪的地方又黑了。你可不敢再往远处去，野地里不定有什么东西，尤其在这样的夜黑时光。你若果跟着鬼火走，说不定就走进了乱草蓬茸的坟地。有人说鬼火就是起这个作用的，那是坟地里的鬼魂寂寞了，出来寻一个活口说话的。

你好不容易看到一处光亮，走去就知道，那是牲口屋。一般都是光棍老五在那里，再有就是几个没事的，聚着一堆火喷闲空儿，不过是些光棍们爱说爱听的话题。光棍老五也惯了，总是不停地给牲口加干草或者料豆。柴火不大干，潮潮的，一会儿火大一会儿火小，白色的烟顺着芦草冒出来，熏得人睁不开眼睛。睁不开眼睛，闭着也不行，眼泪也不听使唤。关键是嗓子眼也痒痒，于是就不停地咳咳地咳嗽，你一声他一声的，让一个牲口屋像一列火车，搞得牲口闹不清人的意图和兴趣。

出来的时候，你可千万别乱伸腿，说不定就掉到了水里去。你得两只脚左两下右两下地迈步，这个时候别不好意思，说我咋恁像傻小根儿，人家傻小根儿晚上不出来。再有，你耳朵还是要张着点儿，你若果听到噗吞儿、噗吞儿，就别往前迈了，那是蛤蟆跳水里了，前面是村里那个老坑。你随即会听到蛤蟆的叫唤，蛤蟆鬼着呢。你就是听不到蛤蟆的叫，也不要把那一大溜浓黑当墙去扶，你一扶就扶到蛤蟆窝里去了。那是芦苇。前年张狗剩喝多了酒，就是把芦苇当墙了。等狗剩媳妇找到老坑时，狗剩媳妇就成狗剩寡妇了。

还是得怨自己，人家二瞎子咋不掉到坑里去？黑地里长俩眼那也是个搭儿，人家心里长眼了。有人说张狗剩没有喝多酒，他是去那谁家去了。那谁家你不知道？男人当兵去了，对了，就她。他去人家家里了，出来的时候走得愣急。都说，那谁会看上狗剩？还不是狗剩想高了。

对了，这个时候，你若果听到一阵急切的脚步声响起，又陡然地消失，你就知道有人到狗剩寡妇房后等着什么去了。其实狗剩寡妇人不错，就是人们寡妇长寡妇短地把狗剩寡妇家的门说成风箱了。有谁抓着个现行吗？都是闲人干的事情。说实在的，谁到夜黑都闲不着，总要找点事情干干，别看一个个地儿都黑着，黑着也没有闲着。谁干的啥，夜黑地都知道。

夜黑，那些狗大都不出院墙，守在自家门里半睡半醒，想着白天的事，白天里有没有咬错人，有没有到下水道撵一只耗子，惹得人家记恨。狗却记恨着一件事，一根骨头被四老白抢走了。四老白就是身子是黑的、四只爪子是白的那条狗，四老白讨好给了斑点狗，斑点狗一高兴，就跟四老白好了一场，闹得一群狗不高兴。不高兴也没辙，斑点狗是村长家的。因为狗的事情弄得村长不高兴了，狗的主人就会不高兴，最后不高兴的还是狗。鸡也早进了窝，相互挤着，发出一些亲密的声音。不过再亲密，鸡也不像人，不会在晚间弄出什么令鸡喜欢的事体。鸡和狗都喜欢在白天给人做榜样。

倒是猫，白天特老实，一猫一猫的，在人前装乖，眼神都是极其慵懒的，让你不忍心像踢狗似的踢它们一脚，或者像骂鸡一样地骂它们一口。可到了夜黑的时光，猫就像一个个幽灵，张着电光一般的眼睛，发着嗲声嗲气的声音，爬树上房，钻墙过洞，极尽各种能事找寻体己。你看不到那是哪只猫，丢了谁家的人，那也可能就是狗剩寡妇家的那只黑狸猫。一只只猫在夜里蹿起来就像黑闪电一般，你看不到的，只能感到什么东西在你的前面倏一下过去了，让你的身上一热，随即又一凉，那就是猫。猫身上是带电的，一只公猫和一只母猫带的电是不一样的，两只猫电在一起的时候，整个夜都带了那种电能。

谁家若果死了人，可不敢让猫靠近，有人是要专门交代并且让人专门守候的，猫在这时被人看成不祥之物。我曾经守过爷爷,当然不是我一个人。在此之前,二姑姑就紧说慢说地让我们看好猫,前后门都要关好,还要听着墙上哪里的,弄得我们一夜紧张。据说猫从死人身边一跑,就能把人带动得坐起来。而这些大都是晚间才会发生的事。

乡村的夜,你看村子和田地是没有什么差别的,因为黑成一块了。房屋和树、田地和河流、人和动物,都黑成一块了。你在村头坐着,你也是夜的一部分。你走着或躺着,都一样,都不会影响夜的黑。

每到夜的时候,我都会想到村里的二瞎子,二瞎子整天坐在夜黑里,也不知道什么滋味。二瞎子说,又黑了吧?我说,嗯哪。二瞎子说,又一天过去了。我说,嗯哪。我感觉二瞎子眼睛看不见夜黑,却能听见夜黑,他的耳朵知道什么时光天黑,什么时光天亮。二瞎子把眼睛的功能转给耳朵了。这是不可思议的事情。二瞎子说,刚才是狗剩寡妇家的黑狸猫过去了吧?我说,我没看见。二瞎子说,是黑狸猫,刚刚顺着墙根过去了。我说,我没看见。

我是个怕黑的人,我总觉得黑是个怪物,黑能把一切覆盖。我第一次看见棺材的时候,很是吓了一跳。等我走到近旁我才发现它,它黑在那里,和草屋的颜色几乎一样,于是我感到,死的颜色也是黑色,人死了,家人就会戴上黑袖箍。晚上我是不敢出门的,非出去我就伸着两手走路。那天我摸着往家走,就遇到了一条蛇,蛇不知道从哪里掉下来,搭在我伸着的手臂上,凉凉的。我吓得心紧跳,想喊又不敢喊,可我还是喊了。我使劲地扯着嗓子喊,胳膊抖动中,感到那蛇一点点滑了下去,我紧忙跑。刚才喊叫半天,就给我一个人听了,没有谁过来,不知道那些人都在忙啥。第二天,我专门去事件发生地看,看到路上有一截麻绳头,似是从树上落下,可那条蛇好像还滑滑地在我胳膊上。

夜黑的时光,老人最容易离亲人远去,尤其是久病在床的老人。白天都还看着好好的,夜黑地就去了,有人说那是让夜给收走了。有人说老人就是夜,经过了白天,就回到了夜里。在夜里待得久了,就待烦了,就会随着夜一起遁去。村南的二姥爷是夜黑去的,西头的四奶也是夜黑里去的,还有狗剩寡妇的公爹、庆家奶奶。天明一开门,就有人在村里跑着哭着报丧了,一个门一个门地进,到门口扑通跪下,磕一个响头,说,大伯大妈啊,我爷爷昨个晚上过去了呀——大伯大妈就说,这可咋好哎,哎呀咧——就陪着哭上了。报丧的就转去另一个门。另一个门里也就传出了号哭。

那号哭不论真假,都让人觉得亲近、温暖。一个村子都是一个心情,有喜大家乐,有悲大家哭。这才是村子,一个村子建立并且维系下来是有根据的。就是大水把村子冲垮了,把人冲散了,人们还会再聚起来。还是那个村子,叫不成别的村子。你的籍贯最详细的一栏里,还是那个小小的村名。

夜黑时光,村子就睡了。村子也是要睡的,睡醒了才更有朝气。村子的树才更高,树叶呼呼啦啦迎着风。太阳照到村子的时候,才更光鲜。一早的炊烟才更香甜,一袅一袅地馋人。穗草、二妞、喜枝、桃黍才更水灵,说话的声音才更好听。

夜黑里,她们不知道都做了怎样的梦。

二

夜是有声音的,夜的声音同白天的声音不一样,白天太嘈杂;夜就像一个大筛子,把那些嘈杂过滤了,留下来纯粹的东西。

你现在听到的,就是那种纯粹的声音。

平时可能不注意,或者你的心不静,那些声音就在你的耳边滑走了。由此我理解那些被火车轧住的人,火车的轰鸣都闻而未闻的人,他的内心不知是怎样的世界,他一定沉浸到内心的烦乱之中了。所以我也明白,内心凌乱的人是听不到夜声的。

夜刚刚来临的时候,夜声还不是太明显,一旦夜得深了,夜声才显现出来。

夜静得会让你睡不着,夜是给那些没有思想的人准备的。有思想的人受不了这夜。越听到夜声越睡不着。只有还回到烦乱的世界才能睡着。对于这样的人,村人就说,这人心荒了。

你如果听到噗嗒的一声,而后又是噗嗒的一声,你就知道,那是露水从窗边的葵子叶上滑落了。叶子很大,露水聚多了,才会落下来,从上面的叶子滑到下面的叶子上,就发生了连锁反应。

一个躲在叶子下面的纺织娘会被惊醒,叽叽咕咕地叨叨几句,又继续睡它的好觉。

一声婴儿的啼哭是夜声里最亮的,它压倒了一切的声音,穿透了每家的院墙。村子就知道,又一个生命来到了这块土地上。

鸡的嗓子也不是都好,有的鸡打一个长长的鸣,末了还会拐一个弯,而后在那个弯处猛然销声;有的只会拖一个长音,不会拐那个弯——看来拐那个弯是个技术活；有的连长音也不行，生就的不行。就像我唱歌总唱到茄子地里去，也就不再唱。鸡不行，鸡唱得好不好，都得唱。鸡要是不唱，就会被其他的鸡看不起，主要是被那些母鸡看不起。天亮以后，母鸡就不会在它的追求下乖乖地卧那儿，让它当一次雄鸡。

夜黑里还是有东西在村子走路，那都是白天不敢进村子的，像獾、黄鼠狼、狸猫之类。这些东西你挡也挡不住，它们几乎都不带出声音，跑的时候像黑色的电。这电一闪过谁家的下水道或者墙头，第二天你就听着骂街吧。骂归骂，这些东西是听不见的，骂街的只是为个心理平衡。

在晚间跑着的还有老鼠，几乎哪一家都养着一群老鼠，而且没有一家是自愿的。老鼠这是欺负人哩，所以人要是逮住了老鼠，就是点了它的天灯也没有谁上前做一回好人，求你放了这货。二姐她爹那次打一只吃了他家鸡娃的野猫，就有人劝说着，让放了算了。

老鼠也许知道这一点，所以老鼠很有自知之明，尽量避免同人照面，以免人骂出贼眉鼠眼之类的话来。为了这一点，老鼠总是在夜黑里出来寻找吃食。问题在于老鼠的吃食同人的吃食差不多，老鼠要是像牛羊一样也就没有这些事情了。人越是没啥吃的，老鼠越闹饥荒。老鼠更不会像狗那样懂人，可以不吃人吃的东西，还可以吃人消化掉不要的东西。所以老鼠在人周围的动物里算是一样好处都不占。

其实，夏天里，还有那些叫叫油、蛐蛐啥子的叫，声音小点可以忽略不计。但是蛤蟆的叫声却是嘹亮得很，好像一村子都是它的嗓音。

跟二叔上了一回地

儿时，跟了二叔上地里去，只图坐那小独轮车。地离庄子很远，顺着那条窄窄的土路，似乎永远也走不到头。好在坐了二叔的独轮车，并不在意。

终于到了地里的时候，太阳已经好高好高了。我才明白为什么二叔提了那装饭的盒子，男人们下地中午是回不去的。

那地很宽广，但很多地方都飘着斜斜的荒草，真正属于田地的只有那么一小片。二叔指给我在那一小片中属于我们的一块，看了让人失望。

然后二叔就拿着锨过去了。平头的钢锨插进地里，用劲别两下就是好大的一块方土，弯腰铲起来，再翻扣在脚下。每挖一锨，二叔就要往手心里吐口唾沫。

就这样不间断地重复着一个动作，一会儿的工夫，二叔的前边就成了鱼鳞样的一大片。阳光洒上去，一闪一闪的。

二叔默默地干着活，吐唾沫的声音渐渐远去，那太阳就越升越高了。

我坐在地头上，看着二叔的身影，在那旷大的田野里孤孤单单。想不通二叔每天下地,一个人如何度过这寂寞的时光。四周并无多少人影,其他人家的地也是这样吗?寥落地散布在旷野的一角。

天上倒是有飞鸟盘旋,那种悠闲自得的样子,让人觉得有什么阴谋在空中。时而有嘎嘎的叫声,凄凄凉凉透过脊背,回头望去,早已不见了踪影。

渴了的时候,二叔就走过来,咕咚咕咚喝几口壶里的冷水,说,玩吧,别跑远了。就又过去翻地。那鳞片又多了几层,只是觉得这半天了,应该更多些才是,看来那地并不好翻。

终于有只蚂蚱,很大胆地过来,让我一时不知如何对付它。就扔了土块,又扔了土块。它不慌不忙地引逗着我,一直引到一条小水沟的边上,才无声地飞跑了。

小水沟很浅的水,没有鱼虾,甚至青蛙,很让人失望。更让人失望的是过不到那边去,那蚂蚱就趴在那边,已经不是一个了,我发现了好几个,土一般的颜色,像要打我的埋伏。悄悄捡了一堆土块,猛一下子撒去,不知道可曾打着一个。

二叔那边喊了,声音空寥地传过来跑过去,开饭了。无非是硬硬的干粮。太阳在西边斜斜地挂着,有些声音便是我和二叔的咀嚼声了。我想起家里热热的饭菜,热热的一桌子人声,不知道他们想没想起我们。

二叔又向那片鱼鳞走去,二叔黑黑瘦瘦的身影越发小了。二叔说太阳到了那根芦草上就回家。那根芦草就在那边水沟旁,芦草的白火炬一耀一耀,很有些辉煌的光亮在风里。

又有一只蚂蚱落在我的眼前,再无兴致抓一块土砸去。还有那些鸟,一只一只不知飞向了哪里,所有的声音就只二叔的吐唾沫声了。

那根芦草的白火炬不再光亮,倒是太阳慢慢燃着。我喊了二叔,二叔答应了,最后的几口唾沫,那般响亮。

终于东西放上了独轮车,还有头一天二叔打好的草。我又坐了上去,吱悠悠地响声很好听地碾过了田中的小路。

明天还来吗?

二叔笑着问我的问题,我竟找不出勇气回答。

明天还来吗?回头望去,一片寂寞空阔的荒草地,中间一小块地方,已经翻起一条莽莽鳞带。这便是二叔一天的收获。我知道,即使我不来,二叔也还会来的,要不那块地就会被荒草淹没。二叔家没有男孩子,我只是探家小住几天,没有人能帮助二叔,所以二叔一定得来。独独一个人来去走半天的路,干半天的活,独独的一把铁锹,一个太阳,一根芦草。道不准那根芦草被风推折,那太阳隐没在云层中,二叔就只有一把铁锹为伴了。

独轮车依然吱悠悠地响着,我觉得并无来时的乐趣。叫了一声二叔,翻下身来,拉开盘在车前的绳子。二叔说,坐上吧,用不着。我不,拉着那绳子跑在前边。

天渐渐黑了。

辑三

天　边

巴颜喀拉

一

这个陌生的词语第一次撞进我的视线的时候，我就感觉到了它的亲切，它竟然同我身边的一条大河紧密相连。那是一种崇敬的感觉，憧憬的感觉，一种遥不可及的感觉。它很快就由儿时的课本存入我的记忆深处。巴颜喀拉，它怎么会有如此奇妙而美丽的名字，它该当是要配上这般奇妙而美丽的名字。

开始我以为那是一座很具体的山，具体到能够想象到它的形象，白雪铠甲，昂然独立，峭入云端。当你对事物已经形成一种认识，那种根深蒂固的认识，总是会颠覆无数试图改变它的可能。

真的是不到这里，不知道山之高，不知道天之大，不知道原之广。原以为很快就能看到那座心中的神山，不就是高高地耸立在一片凸起之间？但是不是，那不是一座独立的高峰，那是一列山脉，是一片连绵不断的凸起。层层叠叠，无限往复。让你觉得永远都无法翻越。

巴颜喀拉，它竟然从西北向东南绵延1500里，而大部分地区海拔在4500到6000米之间。整体上的地势高耸，雄岭连绵，构成一种十分恢宏的景象，显现出不动声色的大手笔，给人一种可亲可近的感觉。

这才是众山之祖的风度，众山之祖的尊贵，众山之祖的气势！

正是这种高原上排兵布阵的大手笔，巴颜喀拉一年之中竟然有八九个月的时间飞雪不断，冬季最低温度可达零下35℃，而且空气稀薄，许多5000米左右的雪山有经年不融的皑皑积雪，和终年不化的冻土层。即使我来的八月，最高气温也不过10℃左右。

二

我在青海省的地图上很容易地找到了巴颜喀拉，它是昆仑山脉南支，西接可可西里山，东连岷山和邛崃山，整个构成一道绵延不断的隆起。而雄伟的巴颜喀拉的作用，在于它成为长江与黄河源流区的分水岭。

它的北麓约古宗列曲是黄河源头所在，南麓则是长江北源所在。于是便出现了"江河同源于一山"的说法。尽管有人将长江的源头归为唐古拉山和昆仑山之间，但是长期的影响中，人们还是不能抹去那种久远的定论与传说。我学的课本上，就是将两条大河的源头都归于巴颜喀拉。

一山出二水，这是多么重大的担当。即使后来要被分走一水，生活在这里的人还是明白，在巴颜喀拉这广大的区域中，无数终年积雪的高山峻岭，处处是冰川垂悬。只在强烈的日光照耀下，有些冰雪才会消融成水，汇成溪流，而那些溪流分不清到底有多少，到底哪一条归向了哪里。先前的定论不也是考察的结果？也就是说，不可能到这里就看出一条明显的流水。那么，后来的科考要将长江之源从巴颜喀拉拿走，也并不影响这座山的沉厚与神圣。

古代称巴颜喀拉为"昆山"，又称"昆仑丘"或"小昆仑"。《山海经》曾有记载："海内昆仑之虚在西北……河水出东北隅。""出于昆仑之东北隅，实惟河源。"可见从我国远古时代，人们就已认定巴颜喀拉山为黄河的发源地。

我一路上想，一列如此雄伟高耸的山脉，横挡在西域与内地，那么，古代的吐蕃人要想去往内地，或者内地人要到达青藏高原的深处，就必然要翻越巴颜喀拉山。

好在聪慧而勇敢的古人找到了最佳的翻越处，那就是山脉中部鄂陵湖以南的巴颜喀拉山口。只有山口才能通路。

我们的车子正在翻越巴颜喀拉。大马力的车子还是觉出了费力，不停地轰鸣着，一次次变挡，一次次加大油门。有时候觉得它已经气若游丝，还是喘吁吁地一点点翻上了一道陡坡。而人在车上，真的是绷紧了神经，同它一起使劲。在这里只能加油，不能泄气。

在这样颤颤抖抖的努力下，车子终于一圈圈地翻了上去。

高处回看，那条曲折如布带的山道已经落满了雪，飘飘逸逸似洁白的哈达，悬在神圣的山前。

我的内心充满感怀，这就是我刚才翻过的地方，原来再高的山上，也有雪的飘洒。原以为雪早已凝固，凝固在亿万年之前，却原来雪还能在这样的地方变活,变成纷扬的舞,同我所在的中原一样。只不过这里最早承接了它的降落。

我为我幼稚的想法笑了。我先前以为,这一片高原上边的石头同中原的石头是不一样的。到了这里,没有看出什么不同,也是该圆的圆,该尖的尖。

三

终于翻上了海拔 4824 米的巴颜喀拉山口,它两边的山峰,应该在 5000 米往上。这里感觉离天尤其近,一块块白云从头顶飞过,伸手就能抓住一块似的。

天如此蓝,蓝得如湖水倒映。云又是如此净洁,像是刚从万年冰挂拉丝出来。甚至感觉连风都晶莹透亮,湿漉漉地吹在脸上,立刻就如粘住一般。

"纤尘不染",用在这样的地方才最合适。

看不到一只飞鸟,鸟们可能感觉飞不过去吧。在山顶也看不到活物,一切都是沉寂的,只有微动的云和烈烈的风,让你感到地球还在运行。

道路的两边,都有高高的玛尼石堆。让人想到,就是再艰难,藏族同胞也要将自己的虔诚献上。还有神圣的经幡,五彩的条幡不时发出呼呼啦啦的声响,同远处常年不化的白雪形成反差。不知道谁将它们竖起来,如何竖起来。而后不断地有成串的彩旗挂上去,彩旗印满密密麻麻的藏文咒语、经文、佛像或吉祥物。

那些有序扯起来的或方形或角形或条形的小旗,苍穹间迎风飘荡，构成一种连地接天的境界。

我曾问过文扎，文扎说，经幡也叫风马旗，音译就是隆达，"隆"在藏语中是风的意思，"达"是马的意思。藏族人认为雪域的守护神是天上的赞神和地上的年神，他们经常骑着马在崇山峻岭、草原峡谷中巡视，保护雪域部落的安宁与祥和，抵御魔怪和邪恶的入侵。所以在布条上，印一匹背驮象征福禄寿财兴旺火焰的马，也就是"诺布末巴"，还可印经文或咒语，而后借助风传播四方。

文扎说，在藏族人心中，五色风马经幡的白色纯洁善良，红色兴旺刚猛，绿色阴柔平和，黄色仁慈博才，蓝色勇敢机智。

文扎他们从车上拿了绣着吉祥图案的缎布和哈达，到离山峰最近的地方去了，那里的风更大，也更寒冷。

远远地看到他们几位在那里祷念着，彩色的缎布和洁白的哈达被挂在了高高的经幡上。而后手中的风马旗一片片飞升起来，他们口中念念有词。那些小纸片，一时间随着山口的狂风，飞洒成漫天的花雨。

我往前走了几步，感到身上的防寒服被强烈的寒风吹透。

空气稀薄，呼吸急促，站立在蓝天和雪山下，站立于经幡旁，会感到人有时很渺小，有时也很高大，我何尝不是垫高了这里的海拔？

呆呆地望着这道山口，望着直插苍穹的山口处的高峰，很难想象，亿万年前，这里曾经是一片海底世界，它躁动着各种可能，但绝不会想到会躁动成今天的模样。大海退去，高峰涌起，涌成了高不可攀的世界屋脊。所有的石头都经过海的浸泡，所有的石头都曾经是最黑暗的一分子。现在，它们裸露着，坦然于风雪，高耸于天地。

而这里，就是唐蕃古道的必经之地。

公元7世纪初，吐蕃赞普松赞干布统一了青藏高原，与当时的唐王朝建立了友好关系，并多次向唐王朝请婚。这就出现了历史上一位伟大的女性——文成公主。贞观十五年（公元641年），唐太宗派出一支车队，护送文成公主入藏和亲。此后，唐朝又遣金城公主入藏，嫁与尺带珠丹。公主入藏及唐蕃通使的车辇，就是经由巴颜喀拉山口，前往吐蕃首都。

那么，文成公主是当年正月从长安出发，按照精心计划的行程，走到这里，正是草原上鲜花盛开的最美季节。越过这个山口，地势就越走越低，氧气也越来越足。

迎着这凛冽的寒冷，随着辚辚车马走过这里，文成公主当时下车了吗？到鄂陵湖扎陵湖迎接她的松赞干布一定会告诉她，这就是巴颜喀拉，是一路上看到的那道巨大的屏障，现在终于要从它上面翻过去；翻过这最艰难的路段，就离吐蕃首都不远了，就会结束这漫长而艰辛的旅程。

文成公主一定下车了，大唐公主也要入乡随俗，在矗立的经幡处献上吉祥的缎布和哈达，抛撒一片片风马，以表示对巴颜喀拉的景仰和藏民族的热爱。她的举动，一定会感染周围的人，包括威武豪壮的松赞干布。

而后车队再次启程，隆隆越过这横亘在吐蕃与内地的巍巍山脉。

文成公主和亲，带去了不少汉人的生活习俗，并且带去了茶叶。自此藏族人完全接受了大唐的这种优雅的叶片。他们将这种叶片加入酥油和盐巴，而后在锅中烧煮，便有了藏区的保健品——酥油茶。这种酥油茶成为藏族人的主要饮品。公主和亲后，也就有了"一半胡风似汉家"的说法。

现在我站立在这个雪山垭口处，望着峡谷一般的地方，以及由此牵连出的一条细长的带子，感觉新鲜而奇特。一个人一生，能有几次来在这地方，与巴颜喀拉近距离接触？

四

巴颜喀拉，蒙古语的意思，是"富饶的青黑色山脉"，文扎说藏语叫它"职权玛尼木占木松"，意思是"祖山"。看来藏族人最早对它的认识就是众山之祖，而大河之母出于众山之祖，就是对的了。

黄河的源头在麻多，那是玉树州曲麻莱县的一个乡。但是我们走的大部分区域都在果洛州的玛多草原，也就是玛多县域。这实在是让人糊涂。如果不看字，只听音，就是一个地方，看了字才知道麻多和玛多其实不是一码事。

文扎说，果洛在大的区域内属于安多藏区，而麻多接近康巴藏区。文扎还说，麻多和玛多，翻译成汉语都是"黄河的源头"，就是写法不同；用藏文来写这两个地名，麻多和玛多也是一样。

我对于区域是糊涂的，但是我在这里明白一点，就是一个麻多乡的地域十分广大，不像内地的乡镇，走不多远就到了另一个乡镇。麻多乡的地域，甚至比内地的一个县还大。

在巴颜喀拉，人们对于黄河源头始终很难确定，因为很多的山麓都有水流。先确定的卡日曲，是从麻多的智西山麓流出，后来确定的约古宗列曲，是从雅拉达泽峰东面流出，这两座大山都是巴颜喀拉的支脉,属于古老的玛多草原。我查了百度百科,上面是这样说的:黄河发源于青藏高原巴颜喀拉山北麓海拔 4500 米的约古宗列盆地。还配有图片,图片的说明是:约古宗列——黄河正源。

约古宗列曲比卡日曲还要远,路上文扎停下车子,等后面的车子跟过来,说拐向另一条路就是卡日曲,要先去卡日曲,再去雅拉达泽峰可能天就黑了,路上的情况很难确定。大家商量后同意文扎的意见,先去约古宗列。

约古宗列曲与卡日曲中间只隔着一座大山。但是要翻越这座大山,并非易事,有漫长的路要走。到卡日曲的人相对多一些,牛头碑在那里。约古宗列就成为一个向往之地,很多人无法到达。听说这两年去约古宗列的人多起来,说是多起来,路上也没有碰到一个。

我们说的雅拉达泽峰,海拔 5214 米,"雅拉达泽"藏语意为"牛角虎峰",雪峰拔地冲霄,极像长了牛角的虎头。雅拉达泽峰统领着雅拉达泽雪山区数十座海拔 5000 米左右的雪峰,可想其壮观的景象。这片雪域,是三条大河的分水岭,现代冰川十分发育,成为各大河流取之不竭的水源。雪山东侧的水网汇成黄河,西侧发育了长江上游通天河系,北边是内陆河格尔木河的源头水系。我无法看清这片群峰耸峙、空气稀薄的严寒雪域的真实面目,觉得它已经是世界的尽头。

黄河源头就在雅拉达泽峰的怀抱里,其四周都高,唯有那里是低洼的,所以叫约古宗列,意思就是藏族人用的锅的底部。要到达这个锅底,还真是不容易,不知道要翻越多少道山岭,曲折迂回,过坎越涧。要知道,这可是在海拔四五千米之上,实际上是在巴颜喀拉山脉中穿行。这里几乎没有什么道路，有的只是牧民与牛羊走过的并不明显的小道。是的，再高再艰险的地方，也有生命生长。

在这群山连绵的巴颜喀拉山脉中，我竟然看到山的皱褶间偶尔出现斑斑黑点，黑点中夹杂着白点。我知道，那就是被人们称为"高原之舟"的牦牛和举世闻名的藏系绵羊。巴颜喀拉的雪线以下，生长着大片牧草和灌木，是高原草甸动物群落的天然良园。

不要单单去想巴颜喀拉的冷峻，其实它同我们中原的山一样，饱含着温情。在巴颜喀拉广大的怀抱里，雪山绵亘，冰川透迤，湖沼广布，群泉出露。这里生长着松柏和云杉，并且生长着虫草、贝母、大黄等名贵药材。而野驴、野牦牛、藏原羚、岩羊、白唇鹿、黑熊还有狼和雪豹，更是出没于山林雪原。在它碧绿的湖水中，有着高原特有的二十多种鱼类。

也就是说，这绝不是一片冷酷无情的区域，是有血有肉的可亲可感的境界。

约古宗列之地，甚至是舒缓的，起伏得十分自然，没有让人有一点惊惧的感觉。那么，你将它视为仙境就是仙境，把它看作凡间它就是凡间。我想，体会最深的，就是那些常年生活在其中的藏族同胞。

我已经进入了巴颜喀拉的深处，这片地域实在是太高，高到让你感受不到你的所在，就如你远远看着一座高耸入云且十分陡峭的山峰，上去才知道有那么多的平缓之地一样。

在黄河源头约古宗列曲，我再次看到了那高高矗立的经幡。似乎那种五彩缤纷，是天生的，它天生就屹立在无人知晓的天界。

五

  文扎他们还站在那里,文扎的大胡子沾了一层雪粒,沉重地随着经幡飘展。
  他们那么长久地对着一座山一座经幡,一定是抒发不尽内心的虔诚。他们是懂得经幡的,每一个生活在这里的人都会懂得。我尚未完全知晓,但我能感觉出它的表达,那该是人类不屈不挠的象征,是人类对于高山雪峰的祈愿,是俊美山川的突出展现。
  雪越发大起来,飘飘洒洒的雪粒,带着沙啦啦的声响,似山体在轻微地颤动。随即又变作棉毛样的雪团,一团团纷扬了整个世界。
  巴颜喀拉,随着雪在舞动,或者说,与雪融为了一体。

白云生处

一

远处的雪山,永远都是一种姿势。那种姿势并不让你轻易看见,一阵阵的云雾,总是把它短时间或长时间地遮住。

原以为雪早已凝固,没想到它们依然会在这样的地方变活,变成一片纷扬。寂寥的荒原上,一棵树都没有,天空被铅灰色灌满。雪几乎没走什么路,就落到了地上。

雪域冰峰,高空看是千山中的舞,万壑中的花。比之中下游,这里的水不能算壮阔雄浑,但它是壮阔之母、雄浑之父。哲人说:"不积小流,无以成江海。"这里是小流最多的地方,你许不知道它们从哪里流来,但知道它们最终的聚汇和方向。诗人说:"黄河之水天上来,奔流到海不复回。"那是视野中的感觉,心野中的幻象,而那个"天上"就在这里。三江源,包含着端肃的哲学与激情的诗章。

二

云朵升高,并且翻动起来。再往前行,有人惊叫,一丝阳光,从云窝里喷射而出。是的,更多的丝光从积云里射出,能够感觉出太阳的努力与积云的顽固。

跃上一座山峰的时候,我们终于与阳光交融在一起。

人是不能离开阳光的。失去阳光的两日里,只顾着与高原抗争,与雨雪抗争,与不顺的行旅抗争,几乎将太阳忘记了,或者说已不再奢求阳光的照射。

这时再看荒原,那么旷远。阳光仍然不能全部打上去,而是这里那里地闪现,闪现得雪野如锡箔铺展。阴暗的地方也好看,呈现出一种暗蓝的色调。

三

无论哪里,都有羊群或牛群,也就是说,都有人的存在。那是一种生命的依存和组合,一种对于高原的信赖与认可。

见过单个的人放着一群牛羊,只有一个小小的帐篷,在远处等着他的夜晚。

还见过带着女人的牧人,那女人领着扎小辫的女孩。女人守在帐篷周围,做这样那样的事情,使得牧人有一种归属感。夜笼罩四野,牧人会赶着牛羊回来。当太阳重新滑进帐篷的某个缝隙,他又会带着他的伙伴没入原野。日复一日,年复一年,伙伴在不断变换,而生活还是原来的样子。

这样说来，有一种人在另一种状态里自在着，满足着。

四

一个女孩站在阳光里，她的身后是涂满牛粪的墙。如果不来这片区域，就不会知道这是牛粪墙。牧民们烧火煮饭都用牛粪，这是牛为人类做出的又一贡献。女孩穿着厚厚的藏袍，白色的羊毛从领口翻出来，长而浓郁的黑发披散在脑后，衬托出她清纯的笑。

通天河边有一户藏家，我径直地走过去。土掌房前正在玩耍的男孩和女孩，看到我也跑过来。两个孩子脸上印着小太阳，拖着长长的鼻涕。

我们互相看着，互相问着。这里只有他们一家。他们的父母靠着这一片草原和一条河生活。守着一片空旷，他们是快乐的，也是寂寞的，他们的全部就是这空旷。

他们的父亲也过来了，那个瘦瘦的汉子只是笑着，扶着他的孩子。我说他们穿得太少，会冻感冒，他仍然笑着。他对他的孩子很有信心。

五

进入长江源区，天空变得阴沉起来，有一种压抑的感觉。雨滴落下，而后雨滴变成了雪花。这是六月，高原的气候瞬息万变。

更加恶劣的天气来临了，车子像撞进了棉花房，乱絮喧腾。

天地合成了一片混沌。

那是什么？近了才看清是一群牦牛在赶路。它们一个个低着头，像抵着风雪前行。有的被挤到水中，又从水中跨出。成百上千头牦牛。黑色的牦牛在行进。

从来没有这么近距离地见过如此多的牦牛，它们体形硕大，每一头都如一座活动的山丘。一头老牛停下来，牛群杂沓地穿过它的身边，它不为所动。终于知道，它在等一头小牛。

这群黑色的雕塑移动着，它们被大片的雨雪所冲击、所覆盖。车里听不到声音，但分明感觉到一种轰然，简直就是一幅高原风雪图。图中你分不清雨雪是主角，还是牦牛是主角，它们都显得清晰又模糊。

六

梭罗说，一棵树长到它想长的高度，才知道怎样的空气适合它。那么一座山呢？一条河呢？在海拔最高处，它们都找到了自己的位置，找到了最适合它们的呼吸。

黄河并不粗壮的源流，穿佛珠一样，将约古宗列、星宿海、扎陵湖、纳多曲、勒那曲、鄂陵湖穿在一条线上。我们要想穿越这些佛珠，需要经历无数困难和风险。

河床上，白雪皑皑，冰凌如花。很难想象，深壑之中，正淙淙流淌着来自冰峰的雪水。雪水翻上来的风，凛然刺骨。

闭上眼，能看见无尽的色彩，无尽的梦中情景。前提是心是静的，所立之地是静的，所有的静构成你的所见。我无法表达我的所见。

七

这次出现在雪野中的是两位妇女。雪实在太大,以致那些叶子般的雪花粘了她们一身,并且粘在她们手中的转经筒上。但这并不妨碍经筒的转动。转动让画面生动起来。

看不到她们包严的脸,但能感觉出她们的乐观。她们是在去朝拜的路上吗?路上遇到了大雪。大雪好啊,大雪更加衬托出心诚。

身后隆起高高的雪原,她们翻越了一片山地还是一座高峰?雪原十分壮观,又十分艰难。或许她们只感到了壮观而没有感到艰难。或许这都是我的感觉,而她们就这样摇着,走着;走着,摇着。

八

步行的路上,见到各种山鹰,它们蹲在那里看不出个头,猛然间飞起来,就像一只只风筝凌空。

一场大雪,将世界变得一片洁白。白得几乎分不出天地。山峰是白的,山谷是白的,河流是白的。像苫了一块白单子,整个地白在一起。

地上看不到任何野物,只有天上的苍鹰,一次次划断雪线,划出一个个黑色音符。它在寻找什么?或许什么也不寻找,只是喜欢这降雪的世界。那种悠扬的盘旋,那种自在,让你觉出,鹰生来就属于这片天空。

九

早起爬出帐篷,看到天底下一围的雪山。在天色全开的时候,才能看到天空与雪山和大地的分野。其实,哪里有什么大地,全是起伏的山原。

又开始下雪了,落雪的声音很响,雪粒扑扑簌簌落得到处都是。

在这戈壁荒原,一个人影都没有,只有荒原和雪峰。雪峰下有气息升腾,那是一条河。后来得知此地叫扎嘎昂森多,也就是两河交汇处。北面流来的河水清澈,称扎嘎布(阿曲),南面流来的河水浑浊,叫扎那布(吉曲)。两河被眼前的大山阻隔,山叫阿尼吾嘎。山腰有巨石,形如一老者。昨晚下了雪,像一位皓首白发的仙人。

两河在山下合二为一,这就是杂曲,也就是澜沧江。

十

花草拒绝纤柔,一棵棵都突出高原性格。

有一种黄色的花,高高地越过蔓草的头顶,但不是成朵地开放,而是抱成一团,远看是一朵花,近看像一团叶子。而它是有叶子的,簇拥在下面,将花高高地烘托出来。

有的铺排好大一片紫色,如紫的焰,放射在天地间。走到跟前才知是花。不大的小花,在山顶草原显现不出个体,那么,就聚拢在一起,聚成一种氛围、一朵更大的花。

另有一种深紫的花，在扑散开来的叶子中央，显得尤其尊贵，似是坐在一大片柔软的绒毯间。绒毯的外围，是层层叠叠簇拥的草。只两朵这样的花，铺排出好大一个场面，像帝王与他的皇后。

在约古宗列，我顺着水流往上找，一直找到坡上一大片沼泽。那里布满水窝，水窝之间是坚实的草疙瘩。草疙瘩上，竟然生长着黄黄白白的小花。它们是风毛菊、金莲、马先蒿、西藏嵩草。这些能够抵御寒冷的小生命，不知如何来到这片雪域。它们的开放，因了我的到来，显得愈加美丽。那么平时，真就是"寂寞开无主"了。

十一

没有喧嚣，没有方向指南，没有人间烟火，似乎回到原始时代。吃就手撕手抓，喝就喝随便哪里流出的水。可以四仰八叉地躺倒，可以敞开胸怀地呼喊，可以尽情地奔跑，可以放声大笑或大哭。

遇到无数水流，有的水流大，流成了河。河有的有名字，有的没有名字。

如果临时休息，会走到水边。水一定是润滑的，清凉的，能见到有着碎石的水底。虽然不认识这些水流，但我知道它们必然是三江的子民。

看着这些水流，会想到那个流行的词：脉动。是的，脉动！那缓缓流在原野上的，是一条条透明的血脉，连着远方的生命原体。这舒缓而强劲的血脉，供养着万物，供养着中原大地。

十二

这是一个无人打搅的冰雪王国,一个超乎想象的神奇境域。这里既有风雅又有庄重,既有豪放又有沉凝,既有逼仄又有辽阔。

这片区域竟然填满了这么多的雪山,而傲视群雄的那座就是格拉丹东,它垂挂着长长的冰须,高高地俯视着这个世界。

格拉丹东,它既像一个少女的小名,也像一位母亲的爱称。它是唐古拉山最高峰,藏语的意思就是"高高尖尖的山峰"。它是冰雪世界的巨人,南北长达50公里,东西宽展30公里。它是冰雪世界的仙人,在它的周围,众星拱月般围绕着40余座海拔6000米以上的山峰和130余条冰川,冰川覆盖面积近800平方公里。这,就是万里长江之源!

在格拉丹东的南支姜根迪如冰川,好一阵子不知为真境还是虚幻。那是满身晶亮洁白的披挂,是器宇轩昂的冰清凌寒。那么辉煌,又那么安详,崛地而起,直插云天。

一滴冰水在悄然滴落,慢镜头一般。渐渐就看到一股涓涓细流,在冰凌下呈现。这条细流没有规则,它流动得像一首自由体的诗。远去的路上还会有更多的冰滴和雪水加入,让水流一点点变深、变宽,最终在大海中呈现。

十三

藏羚羊有自己的族群,自己的固定牧场。每到夏天,它们都要在莽莽高原，逐水草漂泊迁徙。年复一年，只要没有走向死亡，它们都会走在熟悉的路上。

藏羚羊的身影出现了。车队远远地停下，向这群高原的精灵致意。它们先是有些犹豫，领头的终于迈出四蹄撒欢地奔跑。其他的藏羚羊紧跟其后，同样撒欢地奔跑。

高原的生灵，只能以撒欢奔跑，表示自己的感谢之意。而人类能够做的，也只有这样。这样，比之先前的围追堵截、疯狂捕猎宰杀要好得多。

这是藏羚羊的呼叫与眼泪换来的，实际上，是人类自己的呼叫和眼泪换来的。当人类不知道对异类关注、理解与爱惜，也不会对同类关注、理解与爱惜的时候，将不知其可。互相的提醒，互相的示范，才使得良善回到良善之上。

我默默地注视着藏羚羊，心同它们一同撒欢。

十四

篝火熊熊。男人们雄鹰般狂舞，让你想到通天河，想到通天河边的高山。女人是朵朵白云，袅袅炊烟，是格桑花的明丽，雪绒花的冷艳。

而后就有了声音，雄浑的吼，尖厉的喊，是吼声和喊叫混合着的歌唱。你就听吧，骏马一般的粗喉，一忽儿盖过雪水般的嫩嗓，一忽儿又被雪水般的嫩嗓盖过。

篝火越来越旺，舞步越来越紧，歌声越来越亮，整个世界都被他们舞翻！

周围的人忍不住搅和进去，直搅和成一场昏天黑地的"巴吾巴毛"。

你会想到,在这通天河畔,他们不知跳了多少年。所有的辛劳,所有的悲伤,所有的期待,所有的快乐,都融在其中。

从草带来的风,从风带来的湿润,从目力所及的白云生处,从歌舞与烈火的雄劲,你就像站在海的身边一样……

彝山的快乐

车子越过澜沧江后，突然停下了，窗前涌过来一片山岚，很快将车整个笼住。雨刷极快地晃动，也刷不走即刻粘上的迷雾。山路崎岖，前后来车都极危险。司机要冲一下试试，慢慢推着雾团往前走，实际是盲目前行。全车人紧张地屏住气。没有想到，穿过那坨浓重的雾，竟是一片光明，回头看，刚才的雾气还魂灵般游荡在那里。

从昌宁出来三个小时全是在盘山而行，一路下雨，艰险不断，不时有落石滚下、山水漫过，而目的地还是没到。觉得那个地方是在山的尽头。

我已经有了眩晕的感觉，身子怎么待着都不舒服，背唐诗，数数，无济于事。几个人开始还说笑，这会儿都安静了。

山那边飘来一片片云，赶路一般，瞬间到了眼前，一忽儿又将车子遮没。穿过去时，车子猛一停。谁说了声，到了。不是还在山上吗？晕乎乎下来，就听到了欢迎的乐曲。没有听过的调子，一种野性的舒展。而后看到了身着各式服装的男女。这就是珠街。叫天街或许更合适。还在下，雨珠珠成串地响，满地滚流着红土的痕迹。

看得出来,他们等了很久,想不到我们会在路上耽搁这么长时间。稍作停留,说说话,就开始吧,十一点多了,饭都做好了。找个挡雨的棚子,一群彝族男女开始了他们的打歌。为什么叫打歌呢?是把歌打响、打颤、打得飞?不管你怎么想,反正他们就是把歌舞叫打歌。笛子响起来,芦笙吹起来,男队女队汇在一起旋转,圈或大或小,或圆或不圆,山脉样起伏。动作渐渐热烈,山脉摇荡,歌子猛然摇荡着飞出,尖脆得像一只鸟,而后是浑厚的和鸣,不在一个高度,却混杂得舒坦。每个舞者都极力打开自己,独个是一团火,聚拢是一堆火。这不是常人的身体,踢踏摇摆西部牛仔或什么都不是,就是自己的舞。插秧?脱粒?牛在加力,狗在欢跳?山麂奔跑,猎豹撕咬?看懂又看不懂,拧着撇着撕着,怎么样夸张,怎么样扭曲,怎么样放肆,怎么样来,恨不能把脚做了一管毛笔,尽情地狂草。

一个个的人纠结着缠绕着,让我也有了某种纠结。我不知道你们的腿疼不疼,这样跳下去会不会伤了筋骨;我想到你们和你们的家人生活得怎么样,有没有什么困难。那个眼睛歪斜的汉子为什么流出了泪水,是情到深处,还是眼睛损伤?还有那个漂亮的女子为什么也在哭着,今天遇到了什么事情?我想和你们交流,知道你们的一切。可我越来越觉得我们已经在交流了,我感受着你们的苦和乐,感受着你们的热情和期待。你们把一身的劲都使出来,把一腔的想都涌出来,甚至涌出了眼泪都无法表达尽一切——在这个雨天这个偏远的寨子,在这个有人为你们鼓掌感动的时候。

我看到一种叫作快乐的东西从他们的腿中手中散射出来，挡都挡不住，直扑到眼睛里，继而扑到怀里。我们的怀里也有快乐跑出来，同那些快乐混到了一起。轰隆隆的闷响，又一处山体滑坡了，管它呢。没有谁能阻挡住快乐。现在是快乐从山上下来了。

想着火把节彝家儿女杀猪宰羊，穿着盛装，点燃火把巡绕着住宅田间，而后聚在打歌场上，围着篝火载歌载舞，数里外都能感受那种山鸣谷应。彝族尚火，火使他们温暖，使他们热烈，使他们随时找到自己的友情。

有人加入进去，有人闪了腰、摔了跤，有人哈哈笑着拉着你们不松手，有人也如你们泪流满面不知所以，有人还没沾酒就已经醺醺醉了。酒斟在那里，菜凉了又热，但这些人完全疯掉了。

唢呐队出来了，怎么仄仄歪歪、高低胖瘦地靠着挤着，就像拧在一起的玉黍黍。新鞋子旧鞋子踢踏着，鞋子上粘着红泥巴。他们刚从各家里走来，家散落在山坡上，相互一叫就来了。老婆在后面说，可劲儿吹哟，别偷懒！那声音就嘹亮得震耳朵，耳鼓高频率颤，感觉像窗户纸要颤破。像是抬着十个大喇叭，他们对那喇叭充满了亲近和敬畏。

看清楚时发出一声喊，唢呐不是在一个人嘴里和手里。你吹着他的，他按着你的，再吹着别人的，别人再按着他的。不挤着不行，一支曲调把一群人穿在了一块儿。什么曲调啊，彝家祖辈传下，这么嘹亮，这么欢快，这么痛苦，这么悲伤。随你理解，就是这样的曲子，这么拿人揪人心。

你大瞪了眼睛，张着嘴不知道看哪个说哪个。艺术怎么会是这个样子？艺术竟然会是这个样子！那艺术在夸张地飞，飞得满怀满耳都是。星夜里要有这样的声音，会传得一重重的山叠压回旋，鬼听了都会哭。

雨在下，山水涌动，路上会有更多的泥泞。山路太弯太远，远到哪里，没有人说得清，很少有人去过山外。就连县城也是很少到过，县城好看咧。跟着我们来的当了大校的本地人杨佳富，过去也只是去过两次县城，考学和当兵。山路崎岖马都不能骑，直走了三天。那么远的地方，想起来会疼。还是待在这里吧，在这里有吃有穿有快乐。看中了谁，就去追，追不上也没关系，跳跳唱唱就过去了。再去追嘛，幸福满山都是。看见层层黄绿的梯田了吧，那就是世世代代经营的美。

跳完吹完就围在了一起，好生热闹。有人问，在这个集体快乐吗？那是当然。家里不反对？怎么好呢，为寨子嘛。有人问，你们中间产生了感情怎么办？那也没有什么嘛，都理解嘛。大家就笑。笑着的时候就有女子唱起来，一个小伙子歪着脖子尖着嗓子对。唱的是彝语，问了别人才晓得内容：

　　山上没有山板凳哎，
　　且把叶子坐拢来耶。
　　郎一步来妹一步哎，
　　一家一步走拢来耶——

吃饭时，那种热情让你胃口大开。我要一碗米，人家说，你等着，我给你抬过来。我说一碗就够。是，我马上抬一碗给你。心里说，吃饭也要这么隆重？

有人来敬酒，唱着热情的敬酒歌，男声里伴着女声，高高低低让你的心里起波澜。酒是自家酿的玉黍酒,喝着来劲。来劲嘛就再来一杯,不喝就再给你唱个酒歌。一轮轮把酒喝成了澜沧江,晕晕的,坐不稳立不住,似舞还在眼前跳,唢呐还在耳边吹……

斜雨过大理

有幸赶上了洱海雨。

朋友说,苍山月、洱海雨是大理的绝妙景致。奔迪庆必走大理。来时那雨很远,没有遇见。从迪庆回来,一进大理地界,我们的车子就受到了雨的洗礼。公路选得真好,下边是洱海,上边是苍山,坐在车子上,苍山洱海尽收眼底。挡不住的诱惑,掩不住的好奇。我们在车子里一忽儿望望这边,一忽儿瞧瞧那边,将愉悦的心融在一片蒙蒙细雨中。

那雨无声,柔柔润润地飘来,轻唰唰地洒在田野里,洒在洱海里。遇有小风,斜斜地扭着腰儿在车前打个旋儿就奔到远处去了。

雨湿的路面,好生透亮。

路边的桉树,一个个披头散发,尽情地沐浴。而洱海边那群柳树,更是弯了身子,一起一落恣肆地濯洗着浓绿的长发。

雨来得急。田里正插秧,白族姑娘们多未带雨具。或许经得雨多,不大在意,许多人并未起身跑去。有的只是直起身整了整发辫,卷了卷裤腿。这是插秧时节,一场小雨哪能将她们驱回家去呢？

她们弯着腰，左手持秧右手插苗，动作舒展又利落。你看不清她的左右手如何交换动作，只见一棵棵秧苗又快又齐地立在了水中。真像是地毯厂女工在飞针，一下一下将葱绿绣进田野。

这里那里，远远近近，都是忙于织锦的姑娘们。田野一忽儿就艳丽起来，大色块一片一片，那般整齐规矩而富于艺术感。慢慢感觉，这些姑娘们把她们自己也绣了进去。

那高挽裤角露出的圆润健壮的小腿，那认真投入富于表情的笑脸，更有红白相间的白族服装，在雨中亮丽地同大片的绿缀在一起。

担苗的悠悠地沿着田埂走，将一捆捆秧苗像扔彩笔一般扔进姑娘堆里，溅起片片白色的水点，也不时溅起脆亮的笑声，一定是谁的脸上开了雨花。

哪位姑娘首先亮起了歌喉。真正的白族民歌，悠悠的，听不懂唱的什么。歌声经过小雨过滤，更加甜美。

如抖着翅的鸽子，湿润润地掠过秧田，直扑向苍茫的洱海。一时间这里那里的甜歌润曲在雨中一忽儿强一忽儿弱地传来，画面立时有了立体的感觉，仿佛是在一个穹幕影院里看一部风光片子，歌声即是这景色的插曲。

车子再往前行，就有了三三两两打伞的少女沿着公路走，沿着田间走。从某个小村子出来，向某个小村子走去。那伞儿红红黄黄散落着，飘移着，如大理的山茶花。

田野间绿树掩映的一个个灰瓦白墙的小村子，是这艳丽景色的另一种色调，另一种构图。朴素的几点，真好。

洱海，洱海远远看去白亮一片了。

船儿显得很邈远,一横,一竖,一撇,一捺,随便地写意在那张白纸上。

竟还有趁雨打鱼的。一网撒去,给那白净溅了个小小的黑点。

湖边插好的网,静静地"守雨待鱼"。粗粗细细的竹竿子,是哪位画家斜插的画笔吧?

此时猛然回头往上看,就有一声惊叹出口了。那是惊喜中的惊喜。苍山,苍山是这景色最好的远衬。

再没有比这一幅画更巧妙更动人的了。

青青苍苍起起伏伏的山忽浓忽淡地浴在一片雨雾里。山峰全是灰白灰白的云气,一大朵又一大朵,显现出画家运笔的功力。那么自如、洒脱地将黑灰色调调匀,然后狠狠地在水里蘸了蘸,寥寥几道重笔,就完成了这十分壮观十分大气的丹青水墨。

当然,山间没忘了用细笔勾画出一条条如龙山溪。苍山十九峰,十八条涧清凌凌直向洱海里奔。

我的东窗早已摇落,任细雨扑面,双目迷离。那歌声又趸了过来。那歌声也是雨,随风细细密密柔柔润润飘绿我的心田。

苗家五彩衣

车子一路上坡下坡，下坡又上坡，已经隐隐看到对面的寨子，走了一个小时还是没到。县里的董部长就说了一个苗族民谣：看到寨子，走倒骡子；听到狗咬，走破鞋子。莫得急哟。车子爬一个弯坡，大喘着，再也爬不上去，当地早有人迎候在那里，喊着将车子推上坡。没多一会儿，又在一个坡上卡住，越使劲越打滑，还是被人推了上去。我们坐在车上，心里又暖和又不自在。想下去一块儿推，司机说还要压车的，轻了更打滑。耇街这个苗寨，莫不是居在了云彩尖上。

第一次知道耇街的耇代表长寿的意思。土皮苗寨不知道多少年了，大山间选一块能够群居建房并且垦殖的地方多么不易。而祖上最早的聚居地，是中原的黄河边。苗人都知道先祖蚩尤，是和皇帝、炎帝同时存在的三大部落首领之一，后来炎黄族群打败了蚩尤部落，苗人渡河南迁，为了寻找长久的安身地，又越过了长江。苗人没有办法左右自己的命运，只有迁徙和躲避，一直躲到没有谁愿意理你的地方。一旦触碰到了哪根神经，又会遭受一次打击。一个外国学者说过这样的话：世界上有两个苦难深重而又顽强不屈的民族,他们是中国的苗族和分散在世界各地的犹太族。

到了汉代,又有一次大规模打击苗人的行动,使得稳定多少年的苗人被迫再次向西向南迁徙,唐代的时候,已经进入高山重叠的云南。文上苗族在清末又因为红白旗事件从文山迁往滇西,光绪年间进入昌宁一带,发现这个地方,停下来。而后人们问到这个地名,有人记得一个坡字,写出来却叫成了土皮。土皮的名字也有意味,山上的土层浅,就是利用那层土皮经营着庄稼和生活。路上看到有人在烧荒,想让更多的土皮露出来种地,但这是不被允许的,现在的理念是多长树。

高山上生活出于无奈,却还是要唱歌,还是要织彩衣。有时会站在山上北望曾经的家乡。他们至今说着的"朵泪郎",就是黄河边的意思。

终于听到了歌声,是欢迎我们的。偏远,山路崎岖,很少有外人来到土皮寨子。不是在县里看到出自这里的苗家服饰,我们也到不了。现在真正看到穿在他们身上的神物了,那都是经过数年手工制作而成。土皮苗家服饰惊艳了世界,针针线线缝制的五彩服,不仅有苗家女子的技艺,更有着说不完道不尽的苗家的迁徙史、生活史,有着他们的崇拜和追求、他们的喜好和情爱。

为了不忘别离的故土,每走过一个地方,苗人就在女子服饰上做记号。衣服上的每一缕红,都是苗家经历的一次血战。彩色线条,是迁徙中越过的一条条河、一道道山路。起伏的波纹和穗子,代表着故土肥沃的田地和秀美的村庄,尽管再没有到过中原,但故乡情结始终缠绕在心头。她们指给我最显眼的布块,黄色代表黄河,白色代表长江,绿色代表赖以生存的澜沧江。而三角小围腰,那是祖先曾经的旗帜。

苗家没有自己的文字，只有用服饰记录自身的历史，穿戴着，不丢不弃。五彩服是苗族五千年的无字史诗。从没有见到哪一方人如昌宁苗族一样，在服饰上保留自己的足迹，哪怕是其他地方的苗人。这说明昌宁苗家经历了更多的困苦，刻骨铭心。这里也保留了一些中原的生活方式，甚至方言。有人带着家谱，带得久了，已经残破不堪，但还是代代相传。

歌声又起。彩裙舞动。每一条彩裙都不一样，花色的搭配、珠穗的缝缀都有特点，展示着苗家女子的聪慧。女孩从十五六岁甚至更早就开始缝制自己的新衣，一直到出嫁才算完成。可以说，她们把自己全部情感都缝缀在这件彩衣上。一套苗女盛装由十八件组成，被人说成十八一枝花。除作为嫁衣和重大节日穿，死后还要做老衣。裙摆飘起，能看到里面统一的白色百褶内衬；摘下帽子会看到白色毛巾包头，依然是中原人包头的方式。

做衣服须要先种麻，而后经过切、绩、煮、漂、纺，最后牵线织衣。来的路上，看到了葱绿的麻林。那是专门经过上面许可种植的大麻，只有大麻才能做出传统的服饰，山寨的服饰奇迹般列入了国家非物质文化遗产。用的织机同中原没有什么差别。刚才在一户人家就见到笨重的织机在一个女子手上铿锵有声，一缕缕的麻线变成彩色的布幔。

现在他们开始对歌了。苗家是喜爱山歌的民族，"男不吹笙难结伴，女不唱歌无知音"。生活在大山深处，歌声给他们带来向往和快乐、友情和幸福。

第一次听到这种对歌，比刘三姐的对歌还婉转，是那种一曲十八弯的婉转。调门忽高忽低，音量忽大忽小。大的时候撞到山上返回来又撞上去，小的时候像一点点地沉入了草丛哪片叶子而后又悠悠飞起来。有时像说话，不紧不慢字字硬实，或快人快语成连珠炮。都是好嗓子，不管丑的俊的高的矮的，声音出来都是那么水亮。光听声音，不定就迷倒了谁。没有人为他们谱曲，完全是祖辈相传，竟然如此艺术。

> 山对山来岩对岩哎，
> 蜜蜂采花顺山来哟。
> 蜂蜜好吃花难采哎，
> 这方好玩路难来哟……

屋子在她们身后的山上散落着，墙是干打垒做成，瓦在上面承受着风雨。桃花在房前粉红，梨花在屋后妍白，鸡在门前觅食，狗随着人跑来跑去。一切都是生活的本原状态，让你觉得在这样的地方生活是一种自在。闲着的时候冲着大山一声亮嗓，山那边就会响起一连串亮嗓，说不定还会将哪一个人的脆音喊过来，一呼一应，就有了一种意思。

山路迢迢，他们中很少有人走出过这座大山，女子中长得最好的阿娇也只是去过保山，她考上了保山的学校，而后回来教育他们的后代。更多的女孩在这里出生，长大，嫁人，然后再生出像自己一样的女孩。

我盯着她们的帽子，那帽子有点像帝王的华盖，圆圆的，垂着玉穗。是的，她们每个人都是自己的帝王，她们拥有无限江山、无限快乐和满足。

雨飘过来，山越来越绿了。山上走着白云，一些声音裹进了云层。

一样或不一样的韵致

很难想象海拔数千米的高原上会有一个极像江南水乡的地方，后来我把照片一帧帧洗印出来，许多的景象与江南的周庄惊人地相似。潺潺涌涌的流水，老旧的石桥，灰色的民居，古朴的人家。中国幅员广大，相隔万水千山，不同的民族，不同的语言，不同的生活习性，如何相约一般造就两个秀丽的水乡？

无疑，都是利用了水。周庄利用了泱泱太湖水系，使湖水穿巷过郭，缠绕于小镇的生活里；丽江则利用汩汩山泉，人们把长年喷涌的黑龙潭水依地势框在了一条条沟渠中，顺着这些沟渠建构成一条条小街和廊坊。初建者的构思是如此精到，实在是让人叹服。传说周庄的沈万三曾被朱元璋发配到云南丽江，他带去了江南的风俗和生活习惯，甚至昆曲戏班，纳西古乐中就有昆曲的音声，那么丽江水城的完善是否也与他有关呢？我没有研究其中具体的时间，只是随便地想一想而已。

在我的感觉里，江南小镇展现出十足的秀意，丽江古城则带有更多的拙朴。小镇构屋多用砖，古城建房多用石；小镇的水柔而软，古城的水凉而硬；小镇人说话吴侬细语，古城人出口浑厚粗声；小镇人性情温和，古城人肝胆火热；小镇四面环水，古城八面围山。现在想起来，连风都是不一样的，连太阳都是不一样的。因而我说，丽江古城是男性的，江南小镇是女性的。

相同的是，这两个地方都来了过多的旅游者，来了过多的外国人，让人想起一首叫《蝶恋花》的歌子，让人想起"酒香不怕巷子深"的谚语。在丽江，我甚至看见"老外"开起了茶吧。茶吧都不大，十几平方米的一间小屋，临水临街，"老外"怀抱一把吉他，很客气地迎你光临。想象不出，在这个地方能挣多少钱财。也许这是"老外"的一种享乐方式吧，在传说中的香格里拉，静静地品味东方的古朴与神秘，相对于西方的纷扰繁杂，幸福感无异于脱胎换骨。丽江城内，这样悠闲自在的"老外"真是随处可见，或一人徜徉于街头小摊，或三两个人坐在小茶吧前品茗闲谈。他们在不慌不忙地利用时间，或者说在享受时间，比之国内的匆匆旅人来说。国内游人大多走马观花，吃上一顿小吃，买上一点特产，照上几帧照片就满足而归了。而很多"老外"却拿着有关古城的书籍在夕阳中细细翻读，印得精美的地图也已被揉烂了。大概国内旅者游玩的是人文景观，"老外"们更注重这里的文化内涵。

许是路途的缘故，不管是国人还是"老外"到江南水乡都十分方便，到丽江古城则艰难得多。不要想着空中走廊，更多的人是通过铁路或公路去的，有的"老外"则带了一辆山地车。正因为如此，同里和周庄的夜来得很早，很早就不见了人影，旅人们不是在当天打道回府或转到别处去了，就是寻了旅店早早安歇了。丽江古城则不然，由四方街辐射出去的小街，几乎整夜地亮着灯光。灯光都不很亮，幽幽恍恍的，像古城惺忪的目光。人们各取所需，相聚于各式各样的酒吧或茶吧，无须多要什么名贵菜肴，有的只要一壶茶，便可坐到夜的深处去，直听着吧前的流水淙淙流淌，流露些逝水流年的眷恋，流露些离人怀乡的愁绪，流露些世外桃源的感叹；或者什么都不想，只是尽情地占有今晚的时间，尽情地享受古城的神秘。我细心地观察过，几乎每一间茶吧、酒吧都座无虚席，尤其在十点之后，一桌空了，立时就有人补上。不在吃喝，只在闲坐。一壶茶十元钱，加上一些小吃、烧烤也只是几十元钱，一桌人平均几元钱即可享受古城夜色，疲惫的旅人们都是消受得起的。主人们也不在意挣钱多少，细水长流，有一个好收入，有一个好心情。这里的人从不宰客，价钱公道，也从不争客拉人，随你选谁家，随你在入座后又离去，来了欢迎，走了欢送，用语很友好。不少人还会外语，让"老外"也有回家的感觉。没有大分贝的音响，各小吧里飘出的有纳西古乐，也有西洋音乐。小吧设计得都不相同，各有特色，土得朴拙，洋得大气，象形的古东巴文字和西洋文字交相辉映，让人猛然感觉是在哪个文明古国里。

在周庄，人们更喜欢坐上小船，慢慢地在水中荡，听船娘亮起细声细气的水磨腔。有的小船上拉起了胡弦，甚至还有琵琶的音响。有的小船上就摆了一壶茶，边荡边慢慢地品，而这一切最好是在晚上。有的船就划出了双桥，越过了银子浜，直往更大的水面和田园中去，那味道就更足了。

这就是丽江古城与江南小镇的不同，江南小镇让人感觉还在民族的风味里泡着，大褂长衫一般，丽江古城可是现代得多了。周庄离上海和南京都是百十公里，通过水路也可四通八达。群山之中的丽江古城即使离省会昆明也有千里，距上海、南京这样的大都市更不用说了。是什么使这两个古老的水乡有此区别？我一时还难解出来。

与友人在茶吧里坐到夜半时分，顺着潺潺河水，踏着石板古道往回走。依着记忆穿巷过桥，沿坡而上，竟走迷了路径。拐回去重走，还是找不到记忆中的归路。古城的路，条条都相同，绕来绕去，绕出了这里那里的几声狗吠，绕出了一身冷汗。好不容易在半山坡的小巷口遇了一个老者，那般友好地将我们带到了要去的地方。这使我想到在周庄夜游时同样的遭遇。古地莫夜游啊。

又一个相同之处是，在丽江也遇了一场雨。清新湿润的雨掠过灰色的屋顶，像谁在播撒音韵，屋檐下感觉再美妙不过了。满街的石板都光光闪闪，阵阵笑声从那里飘出，带着水音。一道道溪水更纯净了，细雨里能听出另一种水声。雨，对于两地倒是一样的韵致了。

哀牢深处

一

一簇簇雨云前推后拥地赶路,到了这里终于把持不住,有了一次痛快淋漓的倾泻。风随之而来。随之而来的还有鸟儿,一群群的羽翅带着潮湿的音符,奏响雨后的乐章。

云南的春天来得早,还是二月里,红河州的元阳,万事万物已欣欣向荣。花草的香味挥洒得到处都是。

哀牢山深处的田园,仍旧是本原模样。大鱼塘村,卢文学正在讲说哈尼的民俗,精神矍铄的老人已经从事 32 年的祭祀主持工作。在雨后的水田旁,大家谈着原始的迁徙,谈着梯田与祭祀,谈着稻神、树神和水神,还谈着古歌。

我们听不大懂他的语言,不停地问,旁边有人不停地翻译。快乐在中间传递。

野猫在屋舍间经过。狗吠的声音自远处传来。一只母鸡在近前咯咯个不停,公鸡也在一旁打鸣。群鸭大摇大摆地四下里走来,它们目标明确,知道去哪里试镜。还有水牛,鱼贯而行,走下长长的石阶，脊背上满是亮眼的光滑。

哪里发出阵阵的水响，那响声由上而下，悄悄滋润整个山间。

水田就在村子后面。眼前的田里灌满了水，阳光下泛着晶莹。我知道，若在山顶上看，就能看出水田的层次。

田里的人不多，可能还没有到忙碌的时候。

一个汉子，在自家的地块里犁田。他赶着一头水牛，身后还跟着一头小牛，三个生命在田里来来回回地蹚。水田不大，一会儿到头就得折返，他们在不厌其烦地重复着动作。我不知道汉子心里想什么，他心里一定要想事情的。从二月开田开始，就有关于丰收的期盼。把活做细，秧苗才长得匀，才会结好籽，有一个好收成。

到了插秧时节，几乎全村的人都在忙。从春天开始，一直往后，一个个节日连着。节日中，会有歌声笑声产生，会有人牵手心仪的伴侣。

中午的饭在村头张朵鲁的餐馆吃，车前草、木棉花、苦笋、苦菜都是野生的，只管尽情吃。张朵鲁掌勺，妻子招呼，热情得让人清爽。下楼来的时候，看到张朵鲁的两个女儿在院子里跑，有人对着她们拍照。大女儿三岁，知道摆弄姿势。小女儿才一岁多，羞羞地躲来躲去。这时的女主人背上多了一个更小的宝宝，看有人照相，她大方地配合着。我跟忙完了的张朵鲁交谈，每天都有客人？张朵鲁回答得很喜庆，不是有客人，而是有很多客人。他或许不曾想到，居住在哀牢山深处，还会有今天的好日子。村口的这个小饭店里，他们一家五口过着无忧无虑、紧张快乐的生活。

在哈尼山村，让人记忆深刻的还有长街宴，这是哈尼族对待客人的最高礼遇。那时，家家把桌子拉出来接在一起，村子的街道上接出长长的酒席，你家我家一家家端出最好的饭菜，成为大家共同的喜宴。你来这里敬酒，他到那里干杯，吆喝着，欢呼着。觥筹交错中，会有人情不自禁亮起歌喉，有人则奋而起舞。远方的客人不仅一天尝了百家菜、饮了百家酒，还会不由自主地跟着唱，甚至也加入舞者当中，来一次放纵与欢醉。

二

在箐口村，我独自一人顺着村里的小路往下走。说往下走，是因为村子建在一面山坡上，所有房屋都是错落地一层层地散布着。村路并不直，弯弯绕绕的。时不时有一只狗或一群鸡从墙角拐出来，并不怕人。一家家的生活也在路上显露出来，其中有淘米洗菜的，有带着孩子在门前玩耍的，有背着背篓归来的。一家门口张贴着喜对子，新娘子正在院子里梳洗，一只梳子把一瀑长发撩来撩去。几个孩子聚成堆儿，正用青草编着逼真的小生物，见到我就远远地笑。我举起相机对他们拍照，他们也不躲避，有的还伸出两根手指兴高采烈地配合着。能够感受出来，这些哈尼人已经习惯了外来的游客。

走到一个较为宽阔处。可以看出，这里是举行活动的地方。每一个寨子都会有这样的地方，用于祭祀或节日聚会。

我就在这里见到了磨秋。磨秋是多么好的一个词，第一次看到这个物件，就对它产生了浓厚的兴趣。有孩子在上面玩耍。中间一根木柱，然后是一根横杠。人骑在两头，顺着场子旋转。在哈尼族一年一度的节日里，磨秋场就成了青少年聚会的场所。在热闹之中，男女青年自然会产生友情甚而爱意。

离开场子再往下走，绕过一座蘑菇房，水边的小路旁，我看到了古老的水碓。水碓连着追尾木碓，源源不断的水涌下来，一阵阵的惯性，使得碓头不断地下砸。水碓的最大优点是节省劳力，早晨妇女们把稻谷放进水碓，从田地劳动回来，便可以顺路把杵好的粮食带回家。再往前走，还看见了水碾，水碾的原理跟水碓差不多，不同的是水碾的容量大，每次可以投放几十斤稻谷，碾一次够吃好些天。山里人的创造悠闲而诗意。

上到海拔1750米的高处再看箐口梯田，就看见了另一种景象，那是一个全景式的展现。水田显得开阔，线条明朗，在梯田的上半部，绿树掩映的就是箐口村，远远看去，是一座座蘑菇房组成的米黄色块。周围被梯田衬托着，青莹莹，光粼粼，完全是一幅宁静深沉的山水画卷。

北面的红河峡谷蒸腾着云气，而东边的山顶正放射出紫红的霞光。霎时间，云海填满了所有山谷，与梯田连成一片。一会儿，又透出一块块明亮的镜片，反射出蓝天白云与层层叠叠的立体空间。

梯田是大地与人共同合作的艺术，哈尼人是卓越的艺术家，他们知道怎样利用水、利用山坡、利用雨和阳光，以智慧雕出亘古不变的泥塑。可以想见，千年的手工制作，其认真与执着近乎修行。

由于时间紧迫，不能久留，只好恋恋不舍地离开。

但是总是心有不甘，想着找机会再饱一次眼福。晚上住在哈尼小镇，这是一片新筑的蘑菇屋。尽管入住的时间很晚，心里却已经做好打算，第二天要去看梯田日出。

黎明时分，手机闹铃骤然响起，慌忙起来，天刚刚露出熹微晨光，我提着相机快速地跑向一处悬崖。

到了才发现，已经有人守在了那里。尽管是大山深处，还是有很多脚步匆匆赶来。这个时候，正是梯田的发育期，操着各种口音的人们早就急不可耐。

天光越来越亮，云中渐渐出现阳光，相机的快门开始响起。谁都想找一个好的角度，有人不停地嘟嘟噜噜，有人快速走过时，竟能招来一群人的埋怨，好像怕惊醒他们家的宝宝。

梯田已经泛出华丽的光，一层层让人情不自禁。你在心里喊，嘴上却出不来声音。手不停地揿快门。世上哪里见过如此美景？实际上你已经知道，那些让人惊叫的好照片，有些就是这么得来。不是照片好，是选对了对象。角度、光线倒是次要。

要是再有一片云就好了。那云真的就来了，在远远的更低的水边，一片云，不，一大片云雾飘了过来。看着的工夫，就遮没了整片的山间。

不得已，有人扛着相机如扛着重武器急慌慌奔向另一个"战场"。我没有办法脱离大队，只好收兵回营。

三

在山村听哈尼古歌是一种纯美的享受。

唱古歌的老人叫李有亮，其实我前一天就见到他了。欢迎的宴会上，他被请过来，给我们演唱了哈尼古歌的片段。那种无伴奏的演唱，如远古的回声，震彻堂间。当时我就被深深打动。

哈尼族是一个没有文字的民族，但其文化底蕴深厚。在漫长的农耕生活中，哈尼先民积累了丰富的关于自然、山水、动植物、生产生活的知识和经验，创建了完整的风俗礼仪典章制度。这些经验总结、规矩礼仪，都以庄重的古歌形式表现出来。

表演在悠扬而神秘的回声中开始，古老的歌唱在幕后响起，让你想起教堂里的唱诗，就像初次见到哈尼梯田一样，惊奇而震撼。

在民间称为哈吧哈吧的古歌，展示了哈尼人的苦难史、迁徙史，还有梯田的来历、谷种的来历，还有婚丧祭祀、生产生活。让人感到，哈尼古歌是世世代代的哈尼人教化风俗、规范人生的百科全书。表演从祭祀开始，然后插秧、播种、收获，然后爱情产生，哭嫁出门，然后孩子出生……

实际上，哈尼古歌已经渗透进当地的日常生活，凡隆重的场合都要唱，且很多人都会。他们高兴的时候，可以连续演唱几天几夜。在封闭的哀牢大山，生命的轮回就是这样，他们的所有寄托、所有快乐都在其中。直到后来，山路越来越宽，大山渐渐有了变化。

听着这种古老的歌谣，我竟有些担心。歌者都是六十岁以上的老人，他们虽然经过了一代代的接续，使之成为这个民族独特的文化现象，但是年轻人越来越多地走出了山寨。如何保护和传承古歌，应该说与保护哈尼梯田具有同等重要的意义。

走出来时，一轮圆月正挂在天边。

整个晚上，它都会把哈尼山寨和千万亩梯田照亮。古歌的声音还在响着，那种声音，使得山谷越发沉静。淡蓝的银光，覆盖了这种沉静。

辑四

春　秋

郏县三苏园

天要黑了,我才赶来。我顺着一条弯弯曲曲的小道——不知道是不是原来的茶道。我已经远远地看到了莲花山,那里起了雾气。近了,才知道雾气不是来自山上,而是我要去的三苏园。

当年苏轼五走古茶道,喜欢上这里的风物人情。这里的人爱喝茶,是从苏轼时开始,还是以前就有的习惯,只是苏轼来了,更加地有了热情?现在,大街小巷,有着近三百个茶馆,茶的滋润使民风淳朴、社会和谐。有人问起三苏,立马热情相迎,招呼让座。

黄昏的田野一片红黄,红的是晚霞,黄的是麦浪,再有一早一晚,就该收割了。

三苏园好大好旷。已经没什么人,我独自站立,心头正起波澜。仰头看天,一轮圆月早挂在那里,云走枝头,视线迷乱,那首词旁白出来,悠远的音声,满园轰然。站在三苏卧眠地,就像站在一个圣殿,一个离奇的境界,没有阴森感,倒是荡漾着一种激扬豪放的气息。

三座坟前各有一石头供台,香炉香壶,仅此而已。先葬的是苏轼，过后苏辙怕哥寂寞，从葬而来，再过后，父亲苏洵从老家以衣冠的名义来陪伴两个儿子。这样，唐宋八大家中的三家就聚成了大宋历史的一朵莲，同一座山汇成胜景无限。没有什么陪葬物，陪葬他们的，只有诗词文章。不断有人来焚香，香烟袅袅，似一些话语，絮絮叨叨。有人会抓一把土去，觉得那土里有文气，使得坟永远不大。来的人都说，这样好，这样更显得近乎，生前不图地位显赫，死后更不图什么。但是显赫的是英名，是人们心里的位置。

这里是苏轼吗？我对你有着一种特殊的情感。我曾经到过你的黄州，在那里你度过了生命中最难堪的一段，空庖寒菜，破灶湿苇。但你却写出了《赤壁怀古》，留下了《寒食帖》。我还去过惠州，你在那里吟出"日啖荔枝三百颗，不辞长作岭南人"的乐观和豁达，你把朝云葬在了那里。湖边的墓已经颓败不堪，我献上了一束新采的鲜花。"月有阴晴圆缺，人有悲欢离合。""世事一场大梦，人生几度秋凉。"你虽拣尽寒枝，一蓑烟雨，却是"忧患来临，一笑置之"。文章诗词书画，无不在磨难中完美，茶道也有研究，并得个美食家的美名。随便打开诗词文集，打开书画食谱茶经，你都赫然其中。身后多少追随者，黄庭坚等四学士只是其一。你任性逍遥，随缘放旷，名纵千古，一身可爱。今世有男人慨叹你人生突围，昂昂灵魂不屈命运；有女人直言要嫁就嫁苏东坡，将你视为多个层面可倚靠的绝好人选。历史就是这样，毁弃一个人的同时，也成就了一个人。久久站立，仿佛看到了你须发飘逸的形象。

园子里的树也怪，棵棵西南斜，那是眉县的方向。山风来袭，飒飒如雨。柏叶落了一层，下面有小芽拱出，承接一隙夕晖。圪结草，星星棵，刺刺芽，曲曲菜，长得到处都是，喇叭花在墙头上爬，蒲公英在夕晖里飘。它们从三苏来的时候就来陪伴，时间比那些树还老。

旁边有三苏祠，连着前面的广庆寺，元代的三苏塑像和残碑断刻，说明三苏葬后不久即行修建。古柏森森，大片竹林，斑驳成一片词韵。还有梅园，"故作小红桃杏色，尚余孤瘦雪霜姿"。都是三苏喜欢的。

不远有村，名苏坟村，"文革"时为保护三苏祠，村人将其做了学堂，牌匾用泥巴糊起来。这里不是三苏的老家，但他们喜欢三苏，崇敬三苏，把三苏当作自己的乡人，没事就到坟上看看，添添土，拉拉话。

三苏园构筑了郏县一景，凡来的人，无不对这个地方产生兴趣。

郏县境内有仰韶、龙山、裴李岗文化遗存，三苏的到来，使其具有了更多文化底蕴。这里兴文重教，文庙修得全国扬名。文庙边上的街道叫麟鳞街、柏树行街，透显着大气与沧桑。

近处有一条水，水叫蓝河。蓝河上有桥，就叫蓝桥。蓝河入汝河，再入淮河，《水经注》有记载。冢头曾是百里闻名的大码头，周围一片繁华，赶考的从这里下船，经商的在这里上岸。苏轼当年，一定走过这条很像江南的水道。后来纪晓岚也走过，惊叹不已。那水清澈而宽阔，大小船只来来往往，男人女人挤挤拥拥，不知发生多少故事，或也有"魂断蓝桥"的传奇。此地有好水，还有好泉，正合苏轼烹茶"精品厌凡泉"的要求，难怪人们爱饮茶。

一些村子围在三苏园的周围，村名好听得像词牌：雨霖头、竹园寨、龙头槐、马头王。其中有个临沣寨，不过六百人的村子，却留有很多明清建筑，红石砌就的城墙蜿蜒高耸，两道城河使得多少年不受匪患骚扰。

这里还有一个大名，叫广阔天地。三苏来后九百年，一批批的人在这里汲取养分，成为国家梁材。

这一切似乎都让人觉得，有一条脉系在暗暗涌动。

夜真的降临了，园子里更显得空廓静寂。出来时，又看到了苍莽的原野，麦田似雄浑的江水，浩瀚千里。天空广漠，明月越来越亮，晚风流暖，燕鸟低回，群峰如屏。"杳杳天低鹘没处，青山一发是中原。"三苏该是在这里安享歇息的。

园林上空氤氲的雾气，比我来时更浓了，让人觉得那是一种不朽的灵气。或还是那条古道，经过郏县穿越洛阳西去万里。起伏的鸟儿不时发出清脆的叫声，那叫声好亲切，多少年里都是这么亲切啊；

吃杯茶，吃杯茶吧——

我已经变老,你却还是那样

一

一位老者,与另一位老者对坐在石桥边。

老者戴一顶红绒线的帽子,穿一件浅红的羽绒衣,拄着一根枣红拐杖,这是位十分讲究的老者。他对面的老者戴一顶鸭舌帽,穿一件带帽兜的短大衣,也挺利落。

两个人坐在大石头墩子上,望着河水,还有水上漂过的落叶,不说一句话。

我经过他们坐的地方,绕了好一圈回来,两个人还坐在那里。不动,也不说一句话。

但那个姿态很享受,有一种意味,也有一种意境。

卖黑梅的人说,这两个人在这里好几天了,就住在不远的民宿里,没事就出来走走,坐坐,没有什么话语。

有人说年纪大的那位,该有 80 多了,另一位,可能是他的儿子。

二

我后来见到了那个老人和那个不年轻的儿子。

老人只是打打招呼,简单地回应几句话,并不多说什么。

但我感觉老人似乎是有故事的,因为他问我是不是这里的,知道这里的老户不知道。老人的口齿已经十分含混,听不清或者别人听不明的时候,他会指指儿子,意思是让儿子代劳。

我有了一次同他儿子畅谈的机会。他被我的诚意所打动,讲起了父亲曾经讲过无数次的故事,这些故事也是他从父亲那里断断续续地知道的。

原来老人曾经在这里居住过,我说那是20世纪30年代吗?儿子说不,是40年代。我说那个时候老人多大?说只有七八岁,老人跟着爸爸妈妈来这里避难,那时这里是大后方。

老人说他们来这里并不容易,是随着一队人马走过来的。老人的父母是那队人马中的一员。此后,老人在这里生活了两年有余,这里的山山水水、草草木木都给他留下了深刻的记忆。

老人说,这里有一户人家收留了他们。这户人家特别好,有一个小女孩曾经带着老人下田捡螺蛳。老人小名叫阿根。阿根一次次背着小竹篓,随着那户人家的女孩子,下到水田里去。

那时尚不知道蚂蟥。有一天,阿根的腿发痒,低头一看,原来有一条黑软的东西趴在大腿上。他惊叫起来,吓得直拍自己的腿,又不敢拍到那东西。

女孩儿立时哗哗啦啦蹚水过来,看着拽不出来,就去取了鞋子,用鞋底使劲地拍打。阿根看见一条很难看的东西,从腿部爬了出来，紧接着爬出来的，是红红的血。

阿根吓坏了。想不到女孩子从田里抓起一把污泥，啪的一声，摔在阿根的腿上。阿根觉得凉凉的，一会儿就不疼了。可鲜红的血又从黑泥里渗出来，阿根害怕得哭了，会不会死啊！

女孩儿说别怕，没事的，我常常被咬。说着又去拽了好大一把草来，为阿根紧紧地扎牢。一边扎，一边抬头看看阿根，说没事了，很快就会好的。

阿根就这样，看到了一种温暖的目光，这种目光他多少年都没有忘记。

三

后来当爸爸妈妈带着阿根离开的时候，阿根哭着闹着不愿意走。他实在是喜欢这个地方，也喜欢这户人家。他觉得这是一个神奇的世界，这个世界远离喧嚣，远离阿根曾经经历过的慌乱、恐惧和无眠。

在这里，阿根吃得很香，睡得很香，玩得也很香。阿根说他闻到那个女孩儿的身上有一种淡淡的香味，那是头发丝里渗出的芳香。

阿根说，他总是记得女孩儿用皂角在溪水中洗头的模样。

女孩子把她的头发一次次放进溪水里，然后用棒槌使劲地敲打皂角，敲碎了以后就全部抹在自己的发上，然后就反复地揉搓。女孩儿做这件事的时候，非常仔细，不厌其烦。

阿根就那样坐在门口的石桥上，定定地看着女孩儿。

阿根说，每当房东的女孩儿做这件事情的时候，他都会莫名地欢喜，觉得女孩子是在做一件十分烦琐却十分有意义的工作。每一个步骤，她都仔细进行，比如砸角，比如搓洗，比如梳理，比如捆扎，一项项都那么复杂而精细！这要是让一个男孩子去做，如何做得？由此阿根觉得女孩子太了不起，她们小小的年纪就能自己管理自己，不需要别人的照顾。

阿根还跟着女孩儿，走过黄姚镇里所有的老街窄巷，甚至一些深宅大院，也会进去一探虚实。他知道从一个小门出去是什么街，那条街走到头往左拐，可进入什么街，右拐是什么街。他还能找到欧阳予倩的住所。

后来，他可以自己走了，从一个小门出来，走到大街上，穿过左边的巷子，走到水边。

女孩儿还会带着他举着风车，在阳光里跳。他觉得女孩儿的长头发在背后甩来甩去，十分亮眼，一个蝴蝶结，红霞一般飘。女孩儿唱着：

> 点虫虫，
> 虫虫飞，
> 飞过隔篱寻婆嘀，
> 婆嘀有荔枝，
> 摆比仔仔吃一滴……

就这样，一年的时光过去了。

那天阿根听见咣啷的一声响，女孩急急地来叫他，带他跑到街上去。

原来来了一个小货郎，小货郎的口音和这里的人不一样。货郎说，他是从潇贺古道那边来。

当时他不知道潇贺古道在哪里,只想着货郎走了很远的路,穿村过寨地到了黄姚。

小货郎敲一下锣,用洪亮的声音喊着:丁香人丹桂花膏,锥子剪子烟荷包……

东西还真不少。孩子都挤在那里,偶尔一两个大人过来拿一双旧鞋子,或两个鸡蛋,还有的拿来一绺头发,换走一些针头线脑。

阿根只觉得好玩,也没有想着换什么。女孩儿却跑走了,一会儿跑回来,手里拿着半个饼子,问能不能换东西。小货郎接过来,立时就高兴地在嘴里咬了一口,问女孩儿想换什么。

女孩儿换了几块姜糖分给阿根。

老人说,那姜糖放在嘴里,硬硬的,又软软的,满口香,满口甜,又满口辣。当时他觉得这是最好吃的食物。那滋味他一直记得,同后来吃到的,总是不一样。

阿根简直视女孩儿为自己的领袖,甘愿跟着她去做任何事情。他跟她去打过猪草,去逮过知了,去捉过青蛙。那个时候,阿根觉得有意思极了。

最有意思的,是跟着女孩儿到后边的水田去抓鳝鱼。抓来的鳝鱼总是被她的妈妈放在锅里去煎,去炖。炖出来以后,就会送给阿根一小碗。

老人说,那简直是一种"天物",是那样好吃,那样让人回味。老人说,在这之前,他从来没见到过那种鱼。

这种鱼很不好抓,女孩儿会用食指和中指去攮住鳝鱼的前半部,然后满手使劲,就抓进了篓子。

而有一次,老人记着,他还曾遇到过一条蛇,那条蛇跟鳝鱼几乎一个颜色。

当时老人伸手去抓,却被女孩儿抢先一步抓起来,像扔一段绳子一样,远远地甩了出去。那段绳子在天上绕了好大一个圈。

这是老人记忆深刻的情景。女孩儿说,蛇!快跑,可能水里还有一条!

女孩儿拉着阿根,两个人噼噼啪啪地溅出一长串的水花。

老人的儿子说着这些的时候,我的眼前就浮现出童话般的场景。那场景一忽儿是黑白的,一忽儿是彩色的。黑白的太远,彩色的太近。

四

我相信,那种童年嘹亮的快乐,让老人每每想起来,都历历在目。

老人的儿子说,他的父亲,多少年以后总是在唠叨着一个地名和一个人名。他们都听不清他说的"黄要"是什么地方,人名倒像是"桂儿"。

那个地方很远,他几乎没有办法实现老人的愿望,实际上老人也没有非要实现这个愿望。

直到有一天,他们发现了老人的异样,到医院去看医生。医生说老人小脑严重萎缩。没有什么好办法,家属只能多陪陪老人,给老人买点儿他喜欢吃的,去他喜欢的地方。

他就想到了老人曾经一次次念叨的"黄要"。待老人清醒的时候,他终于弄明白是黄姚,从网上查到了,并且知道了行走路线。他订了票,然后带着老人出门了。

来到这里,按照老人说的去寻访那户人家。老人一时糊涂一时清醒,一次次地找到一个地方,说就是这里。

按照老人说的,他们从这里进去,拐过那个弯弯,却找不到那个门口。有扇门,里面也不是原来的主人。

他曾经替老人一遍遍地打听那个叫桂儿的女孩儿。有人说,似乎记得,有人说,根本就没有这个人。这扇门里边住的人家,始终都没有换过。

那么老人话语中的人家和那个小女孩桂儿,是真实的呢,还是一个虚幻的念想?

从老人的叙述来看,儿子相信那是真的,不会有假。因为他编不出来。

儿子说,他每天都会带着老人坐在那家门口的石桥上,静静地看水,看夕阳。

老人有时会说,溪水多清凉啊,桂儿就在水边洗她的头发,你没有看到吗?她还回过头来看我呢,她前面不远就是水田。

是的,他们是坐在溪水旁,只是女孩儿不见了,水田也不见了。

已经不年轻的儿子,还是会每天都陪着老人,在这里坐一坐,听老人说又看见了桂儿。

我不知道他们还要在这里坐多久。

春秋那棵繁茂的树

一

两千五百年前的一个秋天，子产死了。

一棵大树的叶子开始往下落，像一场庄严的降雪。

整个郑国哭成了一团。"我有子弟，子产诲之。我有田畴，子产殖之。子产而死，其谁嗣之？"

远远的还有一个人，哭得声泪俱下："子产，古之遗爱也。"

孔子一哭，树叶子就全落了。

二

子产执郑国政务那么多年，死的时候，儿子连安葬的费用都拿不出。郑国人自发捐献，甚至有人解下身上的首饰。子产的儿子坚决不收，父亲在世时清廉，死后不能为他抹黑。

人们为子产所感，纷纷把金钱财物扔到了河里，变成纪念子产的另一种形式。河后来叫作金水河。

现在这条河流经了郑州的主要市区。没有多少人知道名字的由来。

子产病危嘱托儿子,生不占民财,死不占民地。人们踏着厚厚的叶子,把子产葬于高高的陉山,山上可以看到很远。墓没有使用山上美丽的石头,用人们从洧水边带的卵石砌成。

红红黄黄的叶子纷扬着,旋起的风有些冷。

子产是那么热爱大自然。郑国遭旱,子产按"桑林求雨"的风俗,令屠击、祝款和竖树三位大夫到桑山祭祀求雨。三位官僚没祈到雨,却砍伐树木,毁坏了山林。子产很生气:"祭祀山神,应当培育保护山林,如何能这样毁坏?"遂将三人撤职。郑国后来到处林木葱茏。

一枚叶子在眼前晃,内心有一种晚来的悲伤。登上高高的陉山,那里的树该是好高好高了吧。

找寻了许久才看到一块子产待过的地方。四处正在开山采石。子产睡的地方没有苍松翠柏,甚至没有一棵大树。一轮夕阳,苍然于山。

子产寂寞了许多年。

三

郑国所在就是现在的新郑,有水有田的好地方,小麦和大枣都很养人。周围的齐、晋、秦、楚谁不觊觎?诸侯争霸,使郑国兵连祸结。而国内争权夺利,相互倾轧,陷入可怕的困境。多年的停滞和衰败后,子产应运而生,支撑危局。

那时候,百姓开发的耕地,总是被人仗着权势掠走。子产先从整顿田制入手。多占者没收，不足者补足，确定各家的土地所有权。而后改革军赋制度，增加税收，充实军饷，增强国力。接着将一系列法令刻铸于钟鼎，开创公布成文法的先例。

改革没有一帆风顺的，子产为政，也有人骂，唱着词编派他。子产只当是落了一身秋风，落多了就抖抖身子。

子产主张为政宽厚仁慈，恩威并施。既以法治国，又施善于民。子产还重视教育，尊重人才。对于晋、楚强权外交，子产毫不惧让，维护郑国利益和独立的尊严。

司马迁在《史记》中这样说：子产为国相，执政一年，浪荡子不再轻浮嬉戏，老年人不必手提负重，儿童也不用下田耕种。两年之后，市场上买卖公平。三年过去，人们夜不闭户，路不拾遗。四年后，农民收工不需把农具带回家。五年后，男子不必都服兵役。

有这样的一位国相，且执政了二十六年，百姓和国家得到了多么大的实惠。

子产就是一棵蓊郁的大树，让人感到了阴凉。

四

我想沿着一枚叶子的纹路走到子产的内心去，悠远的岁月，他只活了六十来岁。我觉得他活得很充实，他不需要看谁的脸色，端正了一颗良心，什么都不怕。

子产是受郑国的上卿子皮推荐执掌国政的。子产应该感恩呢，子产感恩的方式就是好好工作，克己奉公。子皮找子产来了，他想让儿子尹何当个邑卿什么的，子产热情地接待了，但很认真地认为，尹何还年轻，缺乏经验，恐怕难以胜任。答应了就等于毁了国家利益，也毁了尹何。

看到这里，我有些为子产担心，按现在的话说是不识时务。子皮听了反而感动了，认为是子产开导了自己，内心忏悔不说，还从这件事看到了子产对国家的忠诚和责任感，就放心地让子产执掌全国政务。这件事让人好一阵思索。那个时代，郑国不仅有幸遇到了子产，还有幸遇到了子皮。

我想找找那个乡校，应该在哪个地方呢？小的时候知道子产，是因为那篇著名的文章。

初始还以为这个故事说的是子产对教育的爱护，读完才知道是比教育更大的事情。在乡间，每个村子都有一片地方，不是场院就是大树下，人们总是有事没事在那里聚集，说些有用没用的话。当然会有些议论，甚至发些牢骚。有人讨厌这地方，要求关闭。子产搞的是民主政治，不毁掉公共场地，他要听到人们的心声。

子产不毁乡校的故事代代流传。那个乡校要是留着，肯定成了重点保护单位。

想到了鱼。一个朋友给子产送礼物，说是上等的鱼，十分鲜嫩。子产非常感激，乐呵呵收下，但又不忍杀掉无辜，那是活蹦乱跳的生命呀。子产便叫人将鱼放进了池中。虽然这鱼被下属偷偷吃下肚了，但鱼的族类还是为子产的善举狂欢劲舞。

一片秋叶掉进了池水，鱼们喁喁而围，发出喋喋的声响，池水中一片碎金乱银。

五

一大片的莲叶摇晃着微风，溱洧河还是那么清且涟猗。

子产曾在溱洧河边走，那时的水比现在的还大还清。

后来的人就在溱洧河边修了祠堂，纪念这位人们爱戴的圣贤。圣贤不是我说的，古人就说郑国的子产是不世出的圣贤。

岁月流逝，子产祠建了毁，毁了建，一直持续了多少朝代！溱洧河水总有那祠堂的倒影。

人们到河边游玩，采莲浣衣，总要经过子产祠，不忘去缅怀祭拜，那是一个风景呢。子产祠现在也看不到了，真想到祠中上一炷香啊。有我这种想法的人许有很多呢。在溱洧河边，只能咏诵那些诗篇了，一代代写的诗篇何其多。

> 溱洧河边子产祠，
> 郑侯城下黍离离。
> 惠人懿范应难见，
> 君子高风何处追。
> 尘世几更山色在，
> 英雄如梦鸟声悲。
> 行人马上空回首，
> 落日荒郊不尽思。

这诗有些悲情，一匹马，一个人，一轮落日，一片庄稼地，当然还有一条河。

这些构成了"不尽思"的苍然画面。最后，我们看到了那个

"回首"的特写。

诗人一定记住了子产的话："苟利社稷，死生以之。"那是影响中国的十三句名言之一，是后世众多名臣的座右铭。王安石改革时就说过类似的话。林则徐则有诗："苟利国家生死以，岂因祸福避趋之？"

以前对子产了解得不够。自然也是因为宣传得不够。但古人可都知道，且崇敬无比。孔子先前这样评价子产："其行己也恭，其事上也敬，其养民也惠，其使民也义。"还有人说："子产之德过于管仲，即使是诸葛亮，也不过是以管仲、乐毅自况，不敢比拟子产。"更有人将子产奉为"春秋第一人"，这可是至高赞誉了。

六

子产又字子美，这让我想起另一个叫子美的人。他或许也是因为崇尚子产而起的名字吧。

仰天看一棵树，就看到了子产那清癯的形象。

子产有点像杜甫，一点也不高大魁梧，倒有些善和忧怅。但这样让人感到真切，也感到亲切。

子产没有传下多少文字。

子产不需要文字的托举了，他本身就是一篇最好的文章。

俊男潘安

一

郑州古时候多美女，《诗经·郑风》就写出了男人在郑都东门外见到众多美女的惊讶和赞叹。那可是笑靥灿然、缤纷照眼。可是你知否，郑州还出俊男，你或许会笑。咱翻翻尘灰蓬蓬的《晋书》，上面说，这俊男在洛阳走。洛阳你知道，当时的首都，有话"洛阳女儿好颜色"，也是美女如云的地方。美女一多就互相当镜子照，照自己也照他人，互相照着的时候，就照见了这个俊男，就为之癫狂不已，忘掉礼教矜持，跟着搭话说笑，还联手相拥，把个俊男围在中间，向他投掷花果。俊男少见这个阵势，善意笑着逃离，回去的时候，车上已经是满满的花果。这件事情，如果不是当时传得到处都是，也不会进了严肃的史书。这个人就是潘安。

潘安从洛阳这么一走，就走成了大众情人。有个叫左思的，就是那个因写《三都赋》而"洛阳纸贵"的人，一直觉得自己很男人，听说了潘安的好事，也想上街走一走。走是走了，却没有得到什么花果，而是韵香味艳的唾沫。左思好懊丧，左思右想去了。还有个张载，因写《剑阁铭》，晋武帝派人镌石的那人，也想上街一试，却是被一群小儿用瓦片和石子撵了回来。两人上演了一场男版的东施效颦。这世界是个世俗的世界，花遇蝶的感觉和花遇蝇的感觉是不一样的。左思、张载，文章上得了市面，人却不容于街景。这件事依然传得满洛阳，就又传到了《晋书》上。

俊颜也是会影响他人的，这里有着说不清的问题，也可能就因引人妒忌而开罪什么人。有个人就现出了不满。这个人叫山涛，就是"竹林七贤"中那个被嵇康写绝交信的山巨源。山涛在皇上面前说："潘安之美，并不是真美，是他化妆化的。"然后给皇上献计，在烈日炎炎的夏天，宣潘安穿冬衣上朝，必然见分晓。潘安急匆匆换上冬天的朝服，顶着烈日在殿外等旨面君。等了很久皇上才召见，这时的潘安早已汗流浃背，脸上被汗一冲，愈加玉色凝脂，粉里透红，哪有什么粉妆？皇上龙颜大悦，极赞潘安的美是空前绝后。山巨源又一次陷入了尴尬中。

二

有人说，潘安不就那么一张脸？非也，潘岳不仅长了张锦绣面皮，还写得一手锦绣文章，很早就名冠乡里。潘安祖父名瑾，做过安平太守。父亲名芘，曾是琅琊内史。这么好的条件，他十二岁就能诗善文，被乡里称为"奇童"，二十岁就写出著名的《藉田赋》。

潘安大名潘岳，字安仁，大家叫着潘安仁的时候，或许就把那个仁给省了。《文赋》说他与陆机齐名,"潘陆"就是潘安和陆机。梁钟嵘《诗品》将潘安作品列为上品,并有"潘才如江"的赞语。潘安的《西征赋》《秋兴赋》《寡妇赋》《闲居赋》《悼亡诗》都是诗赋中的名篇,流传后世有《潘黄门集》。

说归说,人们知道的,还是那个俊男潘安。中国历史几千年,潘安始终稳居"大众情人"的民间地位。不都这么说吗?"才比子建,貌若潘安。""才比宋玉,貌似潘安。"《金瓶梅》中王婆总结出完美男人的五项指标,第一点便是要貌若潘安。王实甫的《西厢记》里便以潘安代张生:"看你个离魂倩女,怎发付掷果潘安。"现在的黄梅戏《女驸马》,还有"我也曾赴过琼林宴,我也曾打马御街前。人人夸我潘安貌,原来纱帽罩婵娟"的唱词。

潘安小名檀奴,后世文学中,"檀奴""檀郎""潘郎"都成了俊美情郎的代名词。韦庄《江城子》中说:"缓揭绣衾抽皓腕,移凤枕,枕潘郎。"李后主《一斛珠》中言道:"烂嚼红茸,笑向檀郎唾。"都够香艳的。

可见潘安貌对于审美的影响,潘安已成为千年来俊男的代称。

三

虽然长得帅,潘安却没有以此为资寻花问柳,而是对妻子用情专一。潘安十二岁时,与十岁的杨氏定亲,杨氏是晋代名儒杨肇的女儿。杨氏咱没见过,但可想象那人一定是既有内质的美,又有外在的秀,所以让潘安一生迷恋忠诚。二十多年,两人相濡以沫，感情甚笃。杨氏先其而殁，潘安悲痛欲绝，涕泪凝成三首《悼亡诗》，看到者无不跟着悲凄。李商隐就说"只有安仁能作诔，何曾宋玉解招魂"。多少年后，苏轼的《江城子》不知有无从这三首诗里受过感染。潘安此后一直独身未娶，更为千古佳话。"潘杨之好"成了一个美词。就这一点，也足以使他成为无数女子的梦中情人。

还有一点让人感叹，潘安是个孝子。元康六年，母亲生病，就毅然辞官照顾母亲。他在洛阳城南洛河旁造了一所房子，周围种了花草，栽了柳树，与母亲相亲相守。怕母亲烦闷，还经常驾车带着母亲出游。这期间他留下的名作就是《闲居赋》。事业和母亲，他选择以母亲为重，得到人们的称颂。"二十四孝"中"辞官奉母"就是说的潘安。

但是后来，潘安因一时之误，把母亲牵连进去。这个故事多少带有了悲剧色彩。

四

还得提提《藉田赋》。潘安二十岁时，逢晋武帝司马炎下乡耕田作秀。当时文人纷纷作诗拍马，潘安也凑热闹，一篇《藉田赋》一下子声震朝野。人俊美，诗还写得好？嫉恨带来的结果，就是他被排挤出朝廷，赋闲十年。青年人再有抱负也无用武之地。直到公元296年，潘安回到京城做官，已经三十有二。这中间"历尽坎坷路，少有顺畅时"，升升降降，似乎没有什么可说道的，很快就快知天命了。没事就与一些人坐坐，喝喝茶赋赋诗，陆机、陆云、左思、刘琨以及大名鼎鼎的富翁石崇都在这个圈子中。潘安曾有《金谷集作诗》，写出他们欢饮笑谈的时光和清啸赏乐的友情，最后两句是"投分寄石友，白首同所归"，写得豪气冲天。

那个时候的社会很乱，搞不好就站错了队，或被人诟病。这个圈子就给人弄成了以贾谧为首的二十四人"政治集团"，贾谧是著名的丑皇后贾南风的侄子。贾谧欣赏潘安的才华，上朝的文辞多出自潘安之手。贾南风对潘安也不错，不错到什么地步，就只有潘安知道，反正也有传说称潘安和贾皇后有点儿那个。这或许是被那些杀潘安的人故意弄出来的，因为贾皇后着实是黑丑得可以。潘安毕竟是个小人物，左右不了自己的命运。别忘了那个时候正是"竹林七贤"的年代，文人一个个精神上都有点儿问题。不是人出了问题，是整个社会出了问题。贾皇后不会生子，又想长期左右朝政，就想把太子害了。有天晚上，贾后以惠帝生病为由，唤太子入朝，并设法将太子灌醉，哄他抄写一篇文章。太子醉得一塌糊涂，就照着乱抄一遍。太子哪里知道，抄的东西被进行了技术处理。

一篇有谋反之意的文章。做技术处理这个活的，有人说是潘安。皇后安排潘安去做，潘安不做怕是不行。结果是，太子被废为庶人，太子生母也被杀了。可是不久司马伦发动兵变入宫，尽诛贾后党羽，贾后被赐以金屑酒毒死。晋惠帝永康元年，潘安在洛阳被杀，并"夷三族"，时年五十三岁。

槛车载送东市时，潘安眼见白发苍苍的老母也身披锁具，这个孝子不禁泪如雨下，哭拜在地喊着："是儿负了娘啊！"回头时又看见好友石崇一家几十口背插罪标，想起以前写的那句"投分寄石友，白首同所归"。本是讲两人友情笃深，一起终老田园，却一语成谶，血溅黄壤了。刚才说了，那个时代就是一个扭曲的时代，光命丧权利争斗的就有万人之众，潘安只是其中一个小人物。不只美女多薄命，美男也如此。这次"杀身灭门"之祸，潘家只有四人因回老家扫墓等事由逃脱。

按说潘安作为文臣才子、知名人士，谁要是说说话，或能逃脱一死。潘安去找了孙秀，早年潘安随其父在山东琅琊时，孙秀是父亲手下的小吏。潘安那时讨厌这人虚伪狡诈、两面三刀的本性，曾多次挞辱过他。但是仕途上走得顺畅的多是这种人，现在人家当上了中书令，成了司马伦的红人。

在人屋檐下，也得低低头了，潘安说："还计较过去不愉快的事情吗？"孙秀正得意之时，自然不把以前的潘公子放在眼里，他对了一句《诗经》："中心藏之，何日忘之。"潘安气愤地拂袖而去："要杀要剐，潘某恭候！"

当时还没有给潘安定罪，孙秀落井下石，诬告潘安辱骂相国。司马伦惜才，想留下以用，没有理会。但小人孙秀怕潘安不死，又诬告潘安及石崇、欧阳建等人，阴谋奉淮南王允作乱，司马伦这才做出决定。

石崇的被杀也与孙秀有关。孙秀早就看上了石崇的婢妾绿珠，要乘人之危夺爱，石崇将其婢妾数十人叫出让孙秀的使者挑选。尽管这些婢妾个个美艳无比，但孙秀就要南国美女绿珠。石崇也算男人，坚持不给。孙秀大怒，劝司马伦诛石崇，绿珠也跳楼自杀。

孙秀得意一时，却不能舒心一世，后来也因陷害国家英才而触犯众怒，在宫廷斗争中，最终被乱刀砍死。

不过，很多人认为孙秀陷害潘安是个冤案。因为潘安的死因在东晋南北朝的史书中没有记载,三百年后,房玄龄才写到。所以很可能是误传。潘安的死因到底是什么,就真的不清楚了。

五

潘安是中牟大潘庄人。县名中牟是因为境内有个牟山,一千八百年前的官渡之战,就发生在中牟。去时问路于老乡:"可知道潘安故里?""从这里往南再往东,一大片树林的地方就是!"老乡可是热情,话里面含了几分自豪呢!

走进潘安故里,曲径通幽处,池水荡漾,垂柳依依。墓地在树林后面,据说这墓经受了黄河的多次决堤,被埋在了黄土下面。棠梨点点在墓的四周白着,是潘安喜欢的花。

想起潘安三十岁后,重新被任用,当了河阳县令,河阳就是杜甫诗中的"急应河阳役,犹得备晨炊"的河阳。潘安治理山水时,引领百姓在道路两旁、田间地头、农家院落遍植桃李。几年后,河阳境内一片鲜花烂漫,秋天则硕果累累。时人号称"一县花",潘安也被百姓戏称为"花县令"。

那么,这里花草缤纷,想是潘安喜欢的环境了。

颍水旁,黄城冈

一

真无法想象眼前的这条阴司沟就是两千多年前郑庄公"黄泉见母"的地道,沟自东向西,深十米,宽十米,长却有八十米,西端直通到了水里。

草长莺飞,风走云散,原来的隧道塌成了现在的样子,不变的是田地,依然生长着快乐的庄稼。秋风飕飕地吹着,玉米穗子干干地在空中摇荡,一把快镰闪过,给风腾出了鸣叫的空间。正是收秋时候,农民一家家紧忙着。牛伴在一边,等着一会儿去拉千年传就的工具。一个红衣小女在田地间跑,手里拿着大大的米棒。狗倒是悠闲,这里走走那里转转,看到生人就猛叫两声。

农人见来了外人,紧说道:"歇会儿吧。"好像你进了家门。忙说不累吗,说:"这玉米好啊。"又道:"拿点去吧,不碍。"怎就那么朴实,颍考叔在时,或也这么说。颍考叔当年也是这样快乐地生活,他在这里建了一座房子,边劳动边唱歌,唱得老百姓都会了,就随着唱。于是颍水河畔,春天的田野充满了劳动的快乐。那快乐被人叫作"颍水春耕"。现在是秋了，感觉的是春释放的信息，收获的是春点播的成果。

可惜颍考叔早已不在，他的城还在，说是在，也就是一圈不高的土围子了。走到土围子跟前，还能看到版筑的痕迹。城上长满了酸枣树、蓬蓬草，老得不成样子。可是在两千多年前，这里却是颍考叔的管地，叫作颍谷。后来这里叫黄城，黄颜色的黄，不是皇帝的皇。颍考叔负责颍谷的一切，把百姓的生活料理得也好，空闲的时候，就和百姓一起劳作。颍考叔欢喜这样呢。

二

让颍考叔不快乐的事情还是有的，比如郑庄公和他母亲的事。郑庄公是个怪人，在母亲肚子里就不好好待着，生的时候倒着出来，母亲差点疼死过去。所以母亲武姜给他起了个名字叫寤生。母亲后来又生了个儿子叫段，母亲喜欢段，不大喜欢寤生，还一度想把他的王位继承权改成段的。庄公即位后，武姜总是与段密谋。段发动了内乱，却不是哥哥的对手，被远远地打出了国门。对于武姜所为，庄公很是生气，气头上狠狠对母亲说："不到黄泉，就不要相见了。"把武姜赶到了颍考叔的封地。

善良的颍考叔很是不安，他觉得这是郑庄公一时生气做过了头。他想了好一阵子，终于上路了。到了郑国国都，也就是现在的新郑，庄公自然热情款待，因为颍考叔在郑国威望很高。可是庄公发现颍考叔偷偷往袖子里藏着吃食。庄公就问了："你这是干什么，难道怕在这里吃不饱吗？"考叔回答："我家里还有个老母呀，这么好的东西，我想给她老人家带回点尝尝。"庄公脸上就挂不住了,怅叹着说自己也有老母,却不能相见。颍考叔装不明白,听了庄公的叙说就笑了,这有什么难的,不就是"黄泉相见"吗?在地下挖一个隧道通到黄泉的地方,不就可以见了吗?庄公高兴了,立即就着五百人在城西南开挖隧道。

西南是坤,是地,黄泉见母要在颍谷西南。他们将地道一直挖到泉水处,而后在里边建了一间屋子,先将武姜从洞这头送进去等着,让庄公从那头迎过来。母子俩一见就抱头痛哭,而后便高兴地笑。那叫作:"大隧之中,其乐也融融。"当地百姓至今还会说那句歌谣:"大窟窿,小窟窿,窟窟窿窿到黄城。"大窟窿小窟窿就是从两边挖的隧道的洞口。

颍考叔做的这件事,可是让古人感动得不行。"君子曰:颍考叔,纯孝也。爱其母,施及庄公。"认可颍考叔是一位真正的孝子。

看得久了,就觉得有哭音和欢笑从沟底传出,宣扬着一个千古佳话。

三

黄城里不再住人,城周围的老房子一座座颓毁了,那些房子起码上百年了,新房子在它们周围建起来。可是要退回到颍考叔的年代,不知道要颓毁多少老房子。黄城里随处可以捡到以前的瓦片,那个时候人们已经会烧制砖瓦了。我捡起一片瓦,似乎在上面闻到了那个时代的气息。如果不是从现代的高速路上来,还真感觉是回到另一个时代了。田地是一样的,庄稼是一样的,收秋的人是一样的,犁田的家什是一样的,飖来飖去的风是一样的。

　　远处还是箕山在南，嵩山在北，峻拔高耸而对峙，不远是颍河的源头。长着胡子的老辈人，还是说着颍考叔的故事。这故事好老好老了，听的人却总是那么认真。可惜颍考叔死得亏。勇健无比的颍考叔为了帮着郑庄公打下许国，硬是在选帅比武中摇起了大旗，直冲许国都城。副将子都也是一员猛将，能征善射，主帅让颍考叔争去就老大不满，这时见考叔先已登城，忌其有功，便在乱军中嗖地发一冷箭，颍考叔从城上掉了下来。

　　子都有着漂亮的外表，那是全郑国公认的美男子，女子们都以能一睹子都为快。《诗经·郑风》就说："山有扶苏，隰有荷华。不见子都，乃见狂且。"然而这美男子做的事一点都不美，其形象被后人编入了戏中，好一世腌臜。有一出昆曲的内容是，为赏公孙子都灭许之功，也为解颍考叔之妹颍姝丧兄之苦，郑庄公将颍姝赐嫁子都。新婚之夜，子都见颍姝光彩夺目，颍姝自然也喜欢这位英才，都觉得相见恨晚，情意深浓。但子都心里有鬼，于是上演了一出爱恨情仇。

　　郑庄公，还有那个武姜，多少年里都应该会对颍考叔心怀感激，所以应该会厚葬这位贤士和功臣，但史料里我没有看到有关文字。

四

　　松木带着我来的时候，正值午后，四野静悄悄的。刚下过几天雨，地里蒸腾着浓浓的湿气。乡人拉农作物的车子歪歪斜斜走在泥泞的土路上，将路面碾出深深的车辙，车辙里积了水，好几天也不干。倒是高兴了田里的鸟啊什么的,到这水里吃吃喝喝,还有蚯蚓,滚一身泥巴出来晒太阳。我的鞋子和裤脚已经沾上了泥点子,但妨碍不了那种兴致。

黄城应该立一块碑,不为颍考叔也要为这个故事,百善孝为先,中国历来是讲孝的。

回头再望那个塌得深深的隧道,黄草漫漫遮挡了阳光,野菊花开得到处都是。

似乎觉得时光并没有走动,走了的只是郑庄公和颍考叔。

辑五

绝 响

黄河口的威风锣鼓

一群红上衣红裤子的人,就像一个模子里倒出来,一样耀眼炫红。前面的手拿铜镲,后面的拥着大鼓。鼓声起处,如大地滚过闷雷;铜镲闪间,似高天亮起闪电。雷,闪,雷,闪,雷闪、雷闪、雷闪!一只只甩起的重头鼓槌,一片片拍天的金黄镲片……

鼓槌和花镲变换起花样,一两百人的阵容,起伏推涌,推涌起伏。让人想到一次次洪峰的冲击,一座座堤坝的高垒,一排排人墙的坚持。领舞的女子忍不住,从高台上跳下,跳入这波涛中。波涛更加亢奋了。从小就见识过漫漫大水,从小就担惊受怕的这群汉子,这群婆娘,把自己变成了涛,化作了浪。

周围看的人,血压在升高,心跳在加速,忍不住跟着眩晕,跟着摇摆,跟着喊叫——嗨嗨嗨,嗨嗨嗨!嗨嗨嗨嗨,嗨嗨嗨——

你说幸福是什么?幸福就是眼前的快乐。汗水在流淌,在飞进,你的我的他的挥洒在一起,搅和在一起……怎么还有泪水?

看到你的泪水,我的眼睛瞬间迷蒙。

我觉得我是了解你的,我了解汗水的质量与泪水的含量。

你是谁的媳妇?你是谁的奶奶?还有你,你是谁的爷爷?我想拉着你问一问你们的家庭,聊一聊你们的生活。我见过黄土高坡的安塞腰鼓,见过壶口瀑布的斗鼓,却没有见到威风锣鼓这般动情。这场面太大,这锣鼓太震,这是在黄河口!

这里的每一个人,都与黄河有着紧密的关系。以前人们听到雷声,望见闪电心就慌,大雨又要来了,黄河又要涨了!黄河九九八十一道弯,走到这里要入海了,还是汹汹浑浑,怒浪冲天,不定什么时候就冲出了堤坝。那个时候百姓苦啊,房屋不保,庄稼无收,黄河滩区多少村,哪个村没有进过水?

不敢想起从前。多少年前,利津以一壤之地纳千里洪波,为鲁北漕运、盐运的要道。然而那店铺栉比、商贾云集的景象早已不再,热闹着无数船只无数人声的铁门关也埋没于黄浪之下。不敢想迎着黄水头的王庄险工,多少次大水与坝头几乎同归于尽。一百年间,黄河在这里摇首摆尾,决口改道了五十多次!

一代代人为此耗尽了时光。春天迎春汛,秋天忙秋汛,冬天防凌汛。滩区人把精力和财力都用在了垫台子、盖房子上。"爱黄河,恨黄河,离了黄河不能活。"黄河口的百姓,对黄河体味得深,他们的手脚、他们的面容都已同黄河搅在一起,就像他们舍不去的家,那家被冲了一次又一次,垫高了一回又一回。

这次看到的,是利津一次彻底的整治。基台将新房高高托上去,整个村子都被高高地托上去。高台上瞭望着黄河,心里变得踏实。十九个沿黄村庄都是如此,顺畅的道路,绿色的植被和养殖基地、蔬菜基地，使它们成了乡村旅游目的地。大水给佟家村留下的水荡和老屋，成了另一种景色，不少人来寻找灵感和乐趣。

我真正见识了王庄险工，急转弯处的大水，如一头狂怒的怪兽横冲直撞，每一撞都水花炸裂、惊心动魄。谁忍不住发出了叫喊："奶奶，这么大的水头！"现在这水头遇到了铁壁铜墙，随你撞去，撞散架了，默默远去。

一个小女孩在大堤上跑，完全不知道大堤曾经的险情。她的脚跳跃着，就像一双鼓槌。黄浪衬托了她愉悦的身影。

终于不再担惊受怕，天天都能做个囫囵梦，那梦也是柳绿花红。威风锣鼓成了黄河口人的发泄与倾诉，内心清空，五脏通透，唯有豪情在体内汹涌。所有的话都在这震响里，所有的表达都在这狂吼中。

57岁的吴云亭、75岁的吴华山都是奶奶级了，孩子大了，房子好了，地里丰了，那么多让人闹心的都随着岁月远去了，不闹心就闹乐呗。78岁的刘康彬擂着响槌，白发上渗着汗珠子，他擂得好有劲儿！人家说他老了，他不服，非要将余生交付给这大鼓。

30岁的宁宁刚成家，胖乎乎的她欢喜加入这队伍，手举铜镲使足劲舞，手酸、耳鸣、腰背疼，对她的欢喜不起作用。

93岁的李清云看着，笑着："好，好——没想到，这么大岁数了——好啊……"

我生活在黄河花园口，曾千难万险地考察过黄河源头，现在终于来到了它千万里不舍的入海口。我绝对相信，多少年前，这里是一片大海。而现在，包括利津在内的营口，全站在了黄河三角洲上。有人说，仅从黄河夺大清河入海的1855年算起，那之后新淤积的土地，就达三千平方公里。这一片不断生长的沃土，是黄河为我们带来的福利，当一切都平安遂愿，这个福利将恒久地传递。

红掌花的红掌拨着清波，蝴蝶蓝猛然地蓝一下。还有野荷，硕大的荷叶捧着夕阳摇晃。更多的是苇，苇花子泛着白光，前浪后浪地赶，似乎那么赶，能赶到大海。

无数白色的鸟在蓝天下划着弧线，朋友说，这里集中了全世界约三分之一的白鹳。除了白鹳，还有白鹤、丹顶鹤、黑嘴鸥。绿野中起伏的，还有一座座红色的抽油机。再往前的大海上，是威震四方的钻井平台。

大雁列阵而过，台风要来了，后面还有霜雪，还有冰凌。但河口人已没有什么好怕的，他们站在黄河大堤上，看着滔滔涌涌的黄浪，就像看着十万亩小麦浩荡的景象。

威风锣鼓仍然在响，众志所趋的气势，和黄河，和野荷，和苇丛，和如林的抽油机涌在一起。女声的尖嗓，男声的粗吼，同锣鼓铜镲混在一起。那是痛快的迸发，是放浪的欢扬。你看哪，随着鼓、随着镲、随着吼叫，他们扑伏又起来，跳起再蹲下，他们往左边歪，他们往右边歪……他们不停地起伏，不停地斜歪，不停地狂喊，直搅得这一片天地山海轰鸣、烟尘蒸腾！

入海口一片苍茫，从天上来的黄河，浩浩汤汤，又流到了天上。

太行大峡谷

一

我正在去往太行山的八泉峡。

八泉峡却不大好见,要先体验过山车般的艰难。无数的盘绕,无数的翻卷,才猛然间一个大怀抱,把无数惊艳抱在里边。那可真是四围山峰挤压,八方云气漫卷,使得一个个来人仰起脖子,嘴里发出声音。再往前,钻洞过涧,猛然一汪深蓝!声音终于变成了惊叫。

大大小小的惊叫,都被扔出峡谷之外。最后张开的嘴巴,哑然失声。

当碧水遇到峭崖,就成为北中国最奢华的盛宴。我已经发生了视觉颠倒,觉得直上九十度的峡谷是巨大的太行之窗。水的窗帘在徐徐拉开,碧蓝的帘布上,缀着缥缈的云霞与明暗的天光。

壁立的石峰,我的惊讶一点点爬上去又掉下来。这是所有的石头的聚集,不,是所有的石头聚集后又被重新挤压,重新锻造,重新削斫。石那么宽,那么厚,发挥想象也想不出到底有多宽多厚，反正让这太行隔出来山西与山东，连带着隔出河北与河南。一山隔着的人，也都是以宽厚相交，以宽厚称颂。

水波撞向山崖，撞得八面开花，却一波复来。没有谁能阻挡住水，水有的是深沉与激情。峡谷间，有的源泉从壁端的岩洞泻下，有的从谷底的溶洞喷出，有的自石隙间横溢，有的从树根处渗漏，最终汇成八道水，汇成六十米深的清流。清流中长出莫大的石笋，石笋一个个往上蹿，蹿成直插云霄的峡谷丛林。

望着的时候，又觉得那些水是巨石砸压出来。巨石太重，结结实实砸向大地，砸得水花四溅，砸得欢声四起。你就听吧，到处都在响着回声，你已经弄不明是水的力量还是石的力量。这是水与石的诗章，是石与水的奏鸣。它阐释着柔软与坚硬，表达着向远与向上。

望着的时候，就想吼一嗓上党梆子，让那粗犷与豪放在峡谷间来回撞响。

二

谁说这里抬头张家界，低头九寨沟，那么就弃船上岸，走走这长长的时光隧道。

岸上看水，竟然有虹鳟鱼在游戏，一条条地要么接龙，要么独耍，把水立体地解析出来。

树在接力般地往上长。一株株崖柏和红豆杉，尤其显得身手不凡。不时有连翘从崖壁上垂下，将一串串黄，递给扫来扫去的风。党参也在摇着白色的铃铛，党参因上党而名，自古这里的党参就是上品。

小小的睡莲，一个个团着身子，还在水中长睡不醒。外来的红蜻蜓，来来回回拉着直线。蓝色的蝴蝶，把蓝抖成了弧形。怎么还有苇，浅滩里跳着群舞。哪里起了蛙鸣，没有看到身影，却有一群蝌蚪，聚成墨色的莲蓬。

踩着八道水中的石头逆流而上，攀悬崖上高岩，过龙洞再过朱砂洞，就感觉天际越来越远，渐渐远成了一线天。峡谷在收窄，两侧峭壁就要合起来，水流被挤得急速涨高，眼看天地昏暗，无处可逃，却发现崖上一条栈道，紧忙手脚并用，攀缘上去。岩石上有凿出的蹬脚处和把手，还有高处垂下的藤蔓，可做荡索摆渡。悦悦说这叫九栈道，段段惊险，要格外小心，踩稳抓牢。真让人一忽儿屏气，一忽儿惊颤，眼看自己的影子慌乱地掉下崖去，人却还留在上边。

听见鸟儿的鸣叫，恰恰的音声荡来荡去，最后在哪里消逝。

拐上一个斜坡，激流正将一处处岩石冲成旋涡状，像是在做壶，且是流水线作业。一个个壶都是半成品，多少年过去，还在细致地打磨。一道道回旋，一道道亮闪，不怕不细润。

另一处山体，是水带着石块在石凹里打转，直到将石壁磨穿钻出。钻出去的地方，水变得丝一般光滑柔曼。

忽而一道山泉，从平整的岩石层涌出，如纱机吐出的布幔。悦悦说，这样的山泉已经过山体自净，富含多种矿物质，可以直接喝。有人立时就伸了脖子。

好容易到达八道水发源处，峡谷猛然宽阔起来，东侧绝壁露出黑龙洞的威严。

悦悦说，如果坐缆车就可以一览众山。那是一个峡谷之上的世界，辽阔、奔放、沉静。放眼望去，苍翠的油松在推波助澜。

云气被它们一点点推升,而后泻向一道道山谷,山谷满了,又翻上来,变成淡蓝的飘带。

悦悦满心都是八泉峡的好,她还是个实习生,却因热爱做成了金牌导游。一路跟着她,地上走,水中游,天上瞰,云中行,最后再乘三百米直立电梯落到地面,真个是来了一个地上天上的大回环,像亲身感受谁在泼墨挥洒,将奇峰异谷、流泉飞瀑挥洒成一幅旷世长卷。

三

亿万年前,这里还是一片海,躁动的海在翻涌,直到翻涌成今天的模样。造物主要留给中原一片神奇的屏障,以制造某些豪情与志向、感慨与诗章。公元206年,八泉峡不远的峡谷间,来了一队辚辚车马。曹操率大军一路驰骋,到了这里却不由得慨叹:"北上太行山,艰哉何巍巍。羊肠坂诘屈,车轮为之摧。"又过多少年,经历过蜀道难的李白豪情满怀地来了,那个遗世独立、洒脱飘逸的灵魂,在这里竟然也有了苦楚:"北上何所苦?北上缘太行。磴道盘且峻,巉岩凌穹苍。"

这里有人生的大书,随便翻开一页,都是一段醒世恒言。

这里是太行山的腹地,是太行山的精髓。东坡有话:"上党从来天下脊。"得上党即得天下,所以日本人一次次觊觎,却从没有达到目的,居住在此的太行山人,用坚硬的石头做碾,做磨,做石磙,做成世世不灭的生活,也做成生生不息的性格。早在1938年,八道水发源处就建立了兵工厂,支前、参军当模范,太行山上,始终昂扬着民族气概。

秋天还没来，有些树已经红了，一片片地渲染了这个初夏。高处看到，麦浪正在山的那边泛黄，如若将画幅再放大一些，就成了八泉峡的另一种色光。

我想，八泉峡是八扇屏，屏蔽之间，有幽之意味，画之妙境；八泉峡是八卦阵，沉入其中，如入迷宫；八泉峡是八面鼓，沉郁紧凑，激越浑厚；八泉峡更是上党人的八段锦："左右鸣天鼓，二十四度闻。微摆撼天柱，赤龙搅水津。"

没有谁能一下子消化这些深沉、这些荡漾。这里没有杂质，只有纯净；这里没有污浊，只有透明。真的，梨花月，烟花雨，柔情泪，不如来这太行大峡谷走一回。

黄昏降临，夕阳以它庄严的表情，将这片山水做成一柄黄金如意。

车子慢慢下山，仍旧是迂回盘旋无限深远，像是离开了一个幻境。

谁在唱歌子："最好不相见，便可不相恋。最好不相知，便可不相思……"

哦，八泉峡，此次一遇，将永生难忘。

日　照

古人说条条江河归大海，大海是那般宏阔的胸怀，在这样的胸怀里升起一轮红日，该是什么样的景象？

现在我正走向海。我知道有一个叫作日照的地方。日照的名字多么直白，又是多么神秘，日照香炉就会升起紫色的烟尘，日照大海会升起什么？我仰望着那个地方。我穿越齐鲁大地，走过孔子的曲阜，走过泰山沂蒙。

大海终于展现在我的眼前，它就像中原的千里沃野，麦浪赶赶地涌，散发出浓郁的味道。白云似一群从远方跑来的绵羊，我听到了它们的喧嚷。很长很阔的沙滩，我小成了沧海一粟。

我还没有看到日出，但是我知晓了这里是"勿忘在莒"的古莒国，莒同齐鲁曾构成山东的三分天下。生活在这里的先民，也是人类最早的先祖。他们使用的工具，同黄河流域先祖使用的没有什么两样。我站在一个图形面前，那是一个日出的图形，先祖对于日出那么崇尚，刻在生活的器皿上。那时他们就知道通过日出判断四时，将其用于农业和航海。《山海经》记载的羲和祭祀太阳的汤谷和十日国就在这里。我看到一个号角，那是陶做的，这里的黑陶是原始文化的瑰宝。我们的祖先，曾面对苍茫的大海，吹亮了东方第一缕晨曦。

我见到了茂密的森林，本应属于高山的森林，却出现在海边，那高大的杉木将氧离子泼洒得到处都是。我还见到了茶园，一片不是很高的墨绿，日照和海风使这里的茶尤为独特。我还看到一棵巨大的银杏树，我在一片雨中走进定林寺，那四千岁的苍然立时热烈地向我迎来。一群女孩子在树下避雨，我想到那个传说：一个书生看到这棵大树，搂了七搂还没有搂完，转过来一个少妇靠在树前，只好在她旁边又拃了八拃过去。这树围就成了"七搂八拃一媳妇"。过去了多少年，树围更粗了。有人想再搂一下，那就得将一群女孩也算入单位，有人笑说是"七搂八拃一群未来媳妇"。我站在它阔大的枝叶下，钟声訇然散落，抬头望的时候，竟然望到不远处刘勰读书处。那个独成一派的大理论家，就是在这里以他智聪的文心神雕艺术之龙的吗？

天晴无雨，我早早跑向海滩，清风振衣，潮水激荡。

云蓝得出奇，云边渐渐透出了红光。海在这时发生了奇妙的现象，海顷刻间变成了一汪红色的颜料，那颜料越来越浓，越来越多，似乎是从日出的地方涌出。而后太阳微微地露了出来，露得不声不响。一开始它没有发出亮光，只是一轮滚圆的炫红，那么近，那么大，蹚水过去就能触摸着。我很少看到这么纯净这么圆润的太阳。正呆看着，它突然发出一股绚烂的光芒，我的周身立时感到了温暖。

海浪已似红鲤翻江。一眨眼，有些红鲤竟然跃动起来，而后变成了一叶叶羽翅，慢慢看清，那是一群兴奋的海鸥。

太阳还在上升，它已经变成金黄的车轮，隆隆轰响，烟尘迷漫,天地摇动。没有什么能阻止它的上升,它将天穹昂然顶起,让世界为之高明。我的血脉偾张,好像太阳升自我的胸间,整个大海涛涌连天。我想大声地喊:"日月之行,若出其中;星汉灿烂,若出其里!"时光变幻,生命轮回,秦皇汉武寻仙访道的踪迹早已不见,曹孟德豪情一腔越去千年,唯大海潮涌潮落,太阳常隐常新。

日出唤醒了热情。海上运动基地的帆影片片,切割着红色的光线。细沙滩上有人练排球,健美的身姿在腾跃。阳光更多地镀亮了捡海的人,皮影样贴在海滩的玻璃上。

整个新城都亮了,像一艘豪华巨轮在起航。太阳照在那片树林的时候,树林里一片光怪陆离,叶子在光线里舞蹈。鸟儿叽喳,翅膀像闪电,这里闪一下,那里闪一下,等到它们飞到林子上面的时候,一下子都被渲染了,包括叽叽喳喳的叫。我知道,太阳也照到了那棵银杏树,深沉的光芒撒播着一片静默。天台山上,古老的太阳节或在举行,香烟缭绕,鼓钹隆重,供台摆放新麦做成的太阳饼,万众叩拜太阳光耀大地、福泽民生。

站立大海之上,旭辉之间,古人在我的耳边发声:"念我日照,虽偏居海隅,却享有琅琊之名,天台之胜,背依泰沂,怀抱东海,更兼仙山缥缈,河流纵横,自古为日神祭祀之地,黄老成仙之乡。"那声音伴大海涛涌,随红日东升,缭乱了我的思绪。

我真实地感受着日照,日照是一种光合作用,日照是一种置换反应,日照不仅是一个名词,还是一个动词或形容词。

我又想起了那个日照的刻画,海上日出,曙光先照。日照,那是一种恢宏的意境,一幅东方大地的挂图。

鲲鹏之树

一

云蒸霞蔚的浮来山,有一棵庙宇香烟供奉、雷电风涛朝拜的大树,其托高浮来山的天际线,冠荫上千平方米,人说那是煌煌四千岁的"银杏之祖"。

我的目光从日光初照的时刻开始,远远望见那片金黄的绚烂,如十万旌旗迎风。站立其下,又感觉它像一只昂然展翅九万里的鲲鹏,你看它硕大无朋的翅膀,在快乐的晨阳下闪亮地舞动。那鹏鸟世上罕有,这老银杏也是人间少见,它立于浮来三峰之间,根系深扎灰岩之地,一直伸向崖下的清泉峡与卧龙泉,凸露的根脉,如虎踞龙盘,定力无限。古人早就有"十亩荫森更生寒,秦松汉柏莫论年"的感叹。它那磅礴的气势,如何不是从浮来山上腾起,"绝云气,负青天",朝着东方逍遥地飞翔?庄子再生,也会重新发一番"若垂天之云"的慨叹。

数万年前,海浪退却,山脉隆起。再后来,距今最近的一次冰期结束,大地回暖,新的生命随之诞生。历史使命一般的老银杏，人称它是冰川时代留下的树种，因而，要以神圣的基座托起它，要以东方的第一缕晨曦映照它，要以沐泉之波推涌它，要以钟鼓的梵音烘托它，还要以雄浑的史诗与思想陪伴它。

仰望这棵老银杏，它是沂蒙的映衬，是日照的地标。各种鸟飞过蓝天，到这里会猛然惊讶，或停留或绕过或再努力一把，让翅膀越过它的崇高与辽阔。

伴随着金黄色的钟声，落叶像鸟儿一般纷飞。身临其境，有一种隆重的感觉，甚或宗教的感觉。落下的一地，是那巨大羽翅的倒影。

有些目光中，这棵老银杏是雄性的，粗壮粗狂而放浪；而有的目光里，它又是母性的，慈悲慈爱且安详。

许是命运的安排，以《文心雕龙》名世的刘勰的故居就在近旁。他在树下读书，在树下徜徉。他们互为知己，他吸收了树的精神，树也带有了他的气象，那是灵魂与灵魂的交融，信念与信念的碰撞。随着树的视野，他能望见重叠涛涌的境界："神思方运，万涂竞萌……登山则情满于山，观海则意溢于海……"

刘勰的思绪，或大树的思绪，或山海的思绪，亦如鲲鹏一般。

二

或是因了老银杏树，才有了庙宇。数十级的台阶上去，首先看到的，不是殿堂而是一棵树，就让人先有了一种神圣感。它只在下面是一柱躯干，到上面已分不出哪些是干哪些是枝，那是枝干互绕，横出旁逸，交错纵横，完全是一座层峦叠嶂的奇伟山峰。风吹过来,树浪推涌,叶片翻飞,萧萧的声响威震四方,又让人想到波涛起伏的大海。

它飘散的种子,落得哪里都是,有一棵自唐代长起,在上面的庭院,已经长得气势非凡。还有一些在它的怀里长出,亲密地依偎着它。

仰头望着的时候,会生出某种幻觉,似乎它已不是一棵树,它老成神老成仙,老成了一座仍在生长变化的文物。拜佛的人,总是先拜树。它不光是树的老祖,也是生命的启示。从一粒种子开始,就是一个例外。它时时能听见体内山峰裂裂的脆响与天空勃勃的云涌。它怀抱着热情与自信,不断发出葱绿的叶片,岁月中始终有静好的歌声。它活的是身体,长的是精神。没有所求,没有所取,春华秋实,风雨雷电,不以物喜,不以己悲。何时掉一枝就掉一枝,劈一块就劈一块,该长还长,该蔓还蔓。它以思者的梦幻,诗家的气质,展现着无穷的力量、蓬勃的生机。据说,它气量博大,每天都能吸纳两吨山水。

一股云气浮来,氤氲在老银杏的四周,远看,似是从它的身上腾起。老银杏是一部活的历史,有人在它的身下制陶,以号角吹出曙光初照;有人在它的身下谈判,谈到最后握手言欢。它见证着古老与文明,见证着不屈与强大。纷飞的叶片一次次将无意义的争斗与掠夺掩埋。世事变幻,朝代更替,莒国、鲁国、齐国的烟尘消散,只有这棵老银杏,挺立于大地与天空。

有着精神光度之士,每个人心中都有一棵大树。在莒县展览馆,我看到了斑驳如树的老人,那是制陶与望日的后人。面对日寇的狰狞,他们豪壮地挺起不屈的脊梁,被称为沂蒙之魂。大树具有地域特质,也具有普遍意义。丁肇中带着家人远涉重洋,一次次来看大树的故乡，他对他的儿子说："别忘了，你的根就在这里！"

老银杏树，有说它是莒城的帆影，看到它就看到希望与力量；有说它是日照的灿光，见到它就见到透彻与绚烂。

老银杏树，它有时是沉默的，有时是喧哗的。它与夜融在一起的时候，夜有时也会恍惚，恍惚这是更深的夜。夜深人静时，它会发出声音，那声音似沉吟，似低吼，似长啸，又似雷霆。我说，那纯粹是它夤夜飞翔的气韵。

三

老银杏有时也上演人间喜剧，比如让一个少妇在某场雨中站立其下，让一位进京赶考的后生，感兴趣地打量它，而后围着它转，一抱抱搂过，一把把拃过，最后出现那个"七搂八拃一媳妇"的故事。

好在是一个媳妇，若是一位少女，故事或可发生反转。一棵让人愉快、值得托付的大树，一个满腹文墨的少年与一位琴书俱佳的佳丽，在一场一直不停歇的雨中相遇，雨与树还有这一拃让他们有了目光与心灵的交会。大树也许乐意使青春焕发比想象还要热烈的美好，让生命享有比生活还要真实的激情。

现在，走来一群孩子，有序地站在树下，高声朗诵："岁有其物，物有其容；情以物迁，辞以情发……"这是从小就受到大树与文心感染的孩子。我问其中的一个，可知道"勿忘在莒"？他自信地点头，并且说莒文化与齐文化、鲁文化并称，说莒地陵阳河遗址出土的陶文，比甲骨文还早一千五百年。说完他腾跃着跑去，带起无数金黄的叶片。

　　菩萨在树下打坐，钟声再次响起。金黄的叶片还在慢镜头一般地落着，像雨，也像羽，每一片都带着安详的佛光。地上的叶子多了，翻涌着发出海样的声响。

　　它还会存在多久？没有谁知道，或许会到地老天荒。在它的不远处，有一堆老藤。老藤将一棵老树缠死，又将另一棵老树缠死，直到自己也轰然死去，却没敢来纠缠这银杏王，只是以自己的腾挪翻卷，以自己的虬曲苍劲，衬托着它，仰视着它。

　　片片下落的叶子，闪亮一级级下山的路。

　　再次回首，望向那蓬辉煌，我不能将它看完全，就像我不能将泰山与大海看完全一样。它那豪放如鹏的庞大格局，像一首大气磅礴的诗篇，超越了整个时空。

崂山的道骨仙风

一

船行走起来,越走越辽阔,越走越深蓝。白色的浪像甩尾的大鱼,忽忽而成排天之势,直把一个崂山铺排开来。

崂山是造物主专为青岛精心设计。多少年前,这里是海天一色的蔚蓝,青岛是这蔚蓝边上的一块浅滩。猛然间海底山岩如日月涌起,涌出好一派雄伟壮观。因直接从海底钻出,论起来海拔也最划算,也就显出高不可攀的巍峨。早有一句古话,说"泰山虽云高,不如东海崂"。那是千年前的史书《齐记》中所载。

怀着无尽的好奇与向往,我又一次走向崂山。我已记不清这是第几次顺着海的声波,探寻它的奇伟。我先乘船走海,这样可以先从外部看到它的面貌。

大海是古老的,它就像一片地老天荒的沃土;而它又是年轻的,每一天的波澜都是万里奔涌而来。

海鸥的嬉戏与追逐,让这片海和这片山顿时活跃,我们的心也跟着活跃起来。它们是崂山的一部分,是大海的一部分。它们是永远自由欢快的音符。

　　头天晚上宿在崂山脚下的将将湾。这里紧靠着海，躺在床上能闻到海独有的味道，能感觉到它那沉实、稳重的呼吸。你感到心脉也如此地沉实稳重，很快进入了梦乡。至清晨醒来，才知道下了一夜的雨。开门就跑向了海。海上的云还是浅灰色的，像一铺未叠的梦衾。渔家的船已经离港出发，这个时候是早上六时。有的直向着海的正前方，有的斜向了南面，让人觉得那是一些有志向的船。

　　海上一抹红霞，沾了水样地洇散开来。天空仿若海的倒影，一层层的云的浪痕。浪痕浓烈处，猛然间射出一道金黄的追光。开始它不是向下射，而是直接射向了高处的云团。几只大雁不声不响地穿越这金黄，它们不告诉你去哪里。

　　早晨登船，从南往北行驶。崂山的东部和南部陡峭，西北部连绵起伏。有人说崂山有两条脉络，一条向海，一条向陆。崂山往西走，过了胶州湾就慢慢变缓。我们在崂山的东方，正面远对着的是韩国，崂山头在东南方。很大一片区域内，都是不错的海洋牧场。

　　远远地看崂山，就像一堆堆堆砌的凝固的浪。船在向崂山靠近，越近波浪越大，船晃得厉害，觉得那水在翻涌，下一波就会将船淹没。但是只是一种幻象，什么都没有发生。随着波浪送过来的，是那山的岬角、岩礁、滩湾的奇观。你能看到层峦叠嶂的山石林，看到壁立千仞下的深涧幽谷，看到斜立崖头的劲松，看到缓坡里错落有致的屋舍。镜头在拉近拉远。若全景式地抓拍，那一重重的山便是一簇簇的秀眉亮闪。船上的人也真的是兴奋异常，拿着手机相机不停地跑前跑后，跑上跑下。一些平常看似矜持的女子，飘散着长发抖动着围巾可劲儿地疯。崂山，够她们劳忙的。

过了八仙墩，风速变大。船拐向西南。石壁像经历过一场天火，显露出红黄的颜色，一只鸥鸟跃然而起，把这颜色划出一道白痕。一些石头像一群手拿各式武器的武士，立于海边。山崖下又出现了一片黑色礁石，那是试金滩。还有晒钱滩，一大片平铺着的花岗岩。为何都与金钱有关，难道很多年前，这里有海盗出没？水击在山脚，击打出一层层的白沫子。堆得多了，又会被猛然而来的浪涛冲得无影无踪。

假如在高空看崂山，会看成什么样子？也许那就是一片迷人的莲花，海上的莲花。

下船后坐缆车上去，巨树和巨石从脚下掠过，感觉像时光在飞驰，飞驰得心慌意乱。把目光往远处放去，就发现这崂山不同于别处的山，它像是每天都享受到钟点工的拂拭，每块山石都那般光洁、干净。而那些形状各异的石头，多么地娇憨可爱，有的像一群绵羊，有的像一群猕猴，有的像一只小象，有的像一头狮子。他们极不安分地跳跃、腾挪，更有一些直起身来眺望大海。它们身上都似藏满神话与传说。

山顶还是有风的，那风潮潮的涩涩的，时刻带来海的问候。风是具象的，它挂在树枝上，挂在石棱上，呜呜地唱。风又是抽象的，它带着思绪一起飞，带着梦幻一起飞，飞得无影无踪。

二

崂山是一座让道教通体浸染的山。

在崂山的怀抱修座庙宇，面对叠映的碧海青山、变幻的云光紫气，让心灵在这里安栖，让烦嚣在这里沉静，让迷茫在这里清醒。

那层层叠叠的一百五十多间殿宇，每个院落都有独立的围墙、单开的山门。建于北宋初年的太清宫，被称为清净之界、"神仙"天堂。

小时看《崂山道士》，觉得崂山上的人都很神奇，他们可以在壁上赏月，可以邀嫦娥与舞，而且深藏仙术，最小的法术竟然能穿墙而过。那个时候，还真有去学仙道的异想。去了一定要耐得住寂寞，不怕天天上山打柴。那个时候，崂山就已经被嫦娥唱成仙山了，可想崂山的名气有多大。自蒲松龄之后，来崂山求仙的人络绎不绝。你看今天庙堂道观里的香火，是那么氤氲缭绕。偶见一个道士模样的，不是静静打坐，就是来去匆匆。怎好向他们学问些什么？

主人必是知晓了我们的想法，一忽儿来了一位清癯矍铄的高明鉴道长。他一袭灰色长衫，黑白相间的长发束于头上，很是干净齐整。往当年那个道士身上想，却怎么都觉得这是一介凡人。凡人多么地和蔼、沉静，凡人说起话来却又脱俗得很。他将崂山的历史、道士的生活、庙宇与自然的关系还有伟大的老子和孔子，都讲成了典故。

他讲，战国后期崂山就已成为享誉国内的"东海仙山"。他说，这里盛时有"九宫八观七十二庵"，被称为"道教全真天下第二丛林"。那些有名的道士如丘处机、张三丰、徐复阳、刘志坚、刘若拙，都在崂山修过道。

当他的目光越过高松之巅望向崂山的时候，我们看到一束异样的阳光罩在 36 米高的老子身上。在道长眼里,那一定是御风鹏飞的先贤。我们随着他的脚步,一级级向深处走去。都是崂山道士们平时修行的地方,这些安静而整洁的所在,同那些草木,都成了崂山的点缀,或者说升华了崂山的神秘与优雅。

树可真是多,尤其是黑松、赤松、落叶松,高大地衬托着庙宇的森严。有两株古柏是汉代所植,两千多岁了。还有唐代的榆树,宋代的银杏,清代的石榴。又有一些黄杨、蜀桧、盐肤木、紫薇、九月黄、山杜鹃等如过眼仙子,还有竹子——那么多的翠竹,也傲然其间。

来这里的人,谁都不会忘记去蒲松龄住过的关岳祠看看。那里有一株山茶,为世界少见。还有一株白牡丹,高及屋檐。传说当年蒲松龄寓此,与牡丹、山茶相对,孕育出美丽女子与书生相恋的故事,也就是《聊斋志异》中的《香玉》。400 多年树龄的明代山茶,成为花神"绛雪"的原型。山茶也叫耐冬,还是青岛的市花。

转过神水泉,来到一处院落,看到一廊的书画,不少出自道士之手,这或许也是他们的法术之一。再往深里去,转过厅堂的一角,竟然听到了一阵悠扬的曲调,似是天界飘来的梵音。细听了,像是竹箫的音声。此时人们已经遁去,我悄然留在后边,一个窗户一个窗户地寻找。终于知道是从哪个屋子里发出。但是窗户太高,无法望到室内,也无法望到吹箫人的神态。只听到那竹管的声音水样地跃动。后来到了崂山下的北九水,我感觉又听到了这竹管的脆亮。那可真的是将九水都化入了一种神思之中。谁能想到呢,平日里在这崂山深处,还有这等雅趣。在我发愣的时候，几片叶子在地上旋起来，配合着箫音直往空中飘去，我才发现我已经独自站在这个院落里许久。慌忙寻找路径出去，见几个人正在急急地找我。我笑了，他们只知道我歉意地笑，而我知道我的笑里还有什么。

走进一进进"神仙之宅，灵异之府"，似乎走向了某种思想的深处。一切都是挺拔着，蓬勃着，向上着。上面总是有层层的石阶，从下边看，像是高到了天界之上。有人说，还有龙潭喷雨、明霞散绮、太清水月、那罗延窟呢！看不完了，那么就在下边仰望吧，看一片屋瓦锦绣，看一片藤萝漫卷，看一片繁花缤纷。

三

一座山如果没有水，是绝对缺少一味情趣的。崂山不仅有水，而且这水还是那么地明漪迂回、滋润缠绕，缠绕成繁复多彩的九曲的浪漫。真的，初听到"九水"会想到"九妹"。

> 你好像春天的一幅画，
> 画中是遍山的红桃花。
> 蓝蓝的天和那青青篱笆，
> 花瓣飘落你身下……

当你接近崂山的北九水，你就知道，这如何不是在唱《九妹》？

九水实际上是一水，一水的九种姿态，一水的九种表情。深入九水之中，你的脚步步步迟疑，你的惊叹叹叹不已。你到底想不明白，这如女子的水，怎么会这么细致、这么柔亮、这么幽雅、这么深邃。九水，怒放的生命，给了我无限的力量，让我不知走了多久多远，不怕由此误入野径歧途。

这里的水太不在意自己，它不知道掩饰、收敛，不知道含蓄、躲闪，它就是那么奔放洒脱，完全地放任自然。九水不像海，它不急，它要缓缓地流，要一路把崂山的好都细细品味，还要把自己的好一点点留给崂山。

此时的北方应该是草枯地阔、木落山空，这里还是一派生机。似是刚下了一场雨，湿漉漉的。其实来一场雪也是不错的，踏着碎琼乱玉是另一种情致。

水弯弯曲曲，树也弯弯曲曲。一些树斜在水上，黄黄的叶子不时地飘下来，在起伏的水中像一群闹嚷嚷的雏鸭，旋转了一阵子，最终把自己划向了远方。有些瘦瘦的水从山隙中下来，像一条白练，哗啦啦地闪。什么鸟被惊飞起来，翅膀抖着水滴，化在了上游的闪光中。

树、石、水构成的山水画，一忽儿是局部一忽儿是全景式地展现。有些山石由于水流的冲刷，变成了层层叠叠的梯田，上面长满了青苔和阳光。水漂亮得有点不真实。有些水深的地方，泛起了蓝色的光和绿色的光。有些地方像是一块块变形的翡翠或一团团胶着的琥珀。

九水也是与生活有关的。路边老旧的石磨，还有模有样地摆在那里，黛眉样细瘦的叶子掉落上去，被新雨一冲，冲成一幅现代的工艺作品。沿着九水，能看到许多的房屋，一代代的人，在这里生长。他们得崂山的气韵，享崂山的风水。他们知道九水的好，用九水来沏茶煮饭。名泉胜水是崂山一大特色，巨峰顶上的天乙泉、太清宫的神水泉、上清宫的圣水洋都是崂山名泉。崂山矿泉水早已名扬天下。当地山民都喝崂山里的水，他们喝不惯自来水。

湿润的气息里有一种植物，汲取山中泉水，浸润海雾紫气，生就了色泽翠绿、香清味醇的气质，那就是崂山茶，早成为绿茶中的上品。好水泡好茶，九水岸边，多有茶水小摊。茶水并不收费，茶水摊上有着各种等级的新茶。你喝了他们的茶水，就会喜欢上那茶的滋味，必是要买一些去了。

前面有一个年轻的女孩，不时抬抬头低低头。风鼓舞着她的黑色的裙衫，远远看去，若水边翻飞的黑蝶的羽翅。女孩在对着水画画，不，她对着一座山，那山在她的画布上雄伟地起伏着，而山峡的水却在她的脚边一直流向很远的地方。那是一个很静的女孩，偶尔撩一下头发的动作也是很静的。画画的女孩都是这么静的，尤其是水边的女孩，尤其是山前的女孩。

还有一位老者，也在画画。他在女孩的不远处，对着一块高高的画板，一支烟拿在一只手上，或者说端在一只手上，另一只手不停地在油彩和画布间迂回。那支烟快燃灭的时候，他的手会从身上再抽出一支，重新燃上。他的嘴的周围都是胡子，像山峡中随意蔓延的野藤。他在画这条水，水被他渲染得更加灵动。走了很远，想起两个人的画意，女人和男人的视角，竟然是有性别的。

一只蜻蜓牵着阳光飞过，阳光像另一股水流，同九水汇在一起，瞬间显得热闹起来。水流弯处听到了笑声，有人在拍婚纱照。两对新人被人簇拥着在山石间跳来跳去。一位新娘选了白色的婚纱，另一位新娘选的是红色的婚裙，在这青山绿水间都特别地出彩。

潮音瀑是北九水乐章的高潮部分，如果从里往外说，也是起始部分。那这个起始可谓震动人心。这里峭壁环绕，只有东南裂开一道缝隙，一股瀑水银花细雨般泻下，直泻得盘空舞雪、山谷轰鸣。北九水就此开篇。

顺着水流往下，看到一块光洁的石上有"俱化潭"三字。这个潭名，同此时的心境那么地融合相知。

溪水潺潺流向永远，清新的空气中，听见一个男孩将手做成喇叭状，对着溪水高喊："九水，我爱死你了——"一些站在石头上玩水的年轻人也跟着喊叫，像是一同在向一个女孩子表白。

四

崂山的风透着仙气，崂山的水透着灵气。崂山的美是每一个人的感觉，也是每一个季节的感觉，你冬天来和秋天来，那感觉是不一样的。而大海始终是这种美的忠实的陪衬。

我知道秦始皇、汉武帝都曾来过崂山，而更多的帝王错过了良机。现在到崂山来的，每个人都做了一回帝王。既有眼福，又有口福，还有心福。过去说崂山这地方大欠不欠，大乱不乱，所以千难万难不离崂山。现在有人打起了崂山的主意，想把家安在这里，那么就去九水边上看看吧，或许那里还有你的好运气。

远远地看着崂山。崂山以另一种姿势向蓝天出发，那不是泰山沉稳于大地的姿势，也不是昆仑托雪于高原的姿势。崂山，你的一切非凡皆是因为海，没有哪一座海拔超千米的高山能像你一样，与海相依相偎、互冷互暖。

崂山是需要来一次的，来清清心，清清肺，也清清嗓子。回去让人生变得昂扬，和沉稳起来。

留一个夜晚,给婺江

一

船已进入婺江的怀抱。

婺江是有温度的,夕阳刚才还将自己的余热涂在江面上,让江绚烂成一支金钗。在过去,这是一条黄金水道,婺城就是一点点被水道拉扯大,直到如此丰满成熟。

夏日的夜空格外透亮,星星掉落在水中,水有些慌乱,船被这慌乱挤得一阵歪斜。不断有鸟鸣,将长空划出万紫千红。

很难想到,一个地名会天水相应。婺城的正上方,不定什么时候,会看到婺女星在闪。这便是婺城的由来。也会把婺江想成女性的江,你看这个"婺",怎不是个文武兼修的女神?

都说一江春水向东流,女神却随太阳从东向西游动,耍够了,才化入富春江的"山居图"中。

微风漫起,缭乱这南方柔软的丝绸,丝绸缀满两岸的豪华与古朴,或许还有游子隐秘的乡愁。

在哪个拐弯处,会有鱼儿猛然出水,弄出些响动,之后便复归平静。

有一种香气,说不清是桂花还是茶花,裹在夜的衾囊中,不时含蓄地撒出一点。

二

在这条水上,自然要仰望婺城,很多的城都毁弃了,这里还有难得的一段,就像一段凝固的婺江。

吕祖谦的雕像对着江水,金华学派之祖似还在回味。婺学的精髓,串起婺窑、婺剧、婺派名菜、婺派古建的明珠,婺江一般深邃辽阔、迂缓激荡。

文化的滋养需要时间。你看八咏楼,多少风烟在其上覆过,多少诗章在其间翻过,已俨然挺过1500年的沧桑。

岁月飘过1134年的秋天,50岁的李清照,素衣素颜,一路颠沛流离而来,在八咏楼附近一所民居栖身。那时的婺江,同李清照的心境相照,她必常常来在江边,向西流动的江水,更应了她心中的苦意。

婺城感慨这次相会,李清照的到来,让婺江多少年都波翻浪涌。她登上八咏楼,凭栏眺望漫漫江水,随手写下了那首咏楼诗,虽然诗中不乏忧叹,但末句"水通南国三千里,气压江城十四州",仍显现出女词人的气韵与才情。

我曾踏着青石小路,穿过保宁门,走入金华府的旧街老巷,也走进了高高的八咏楼,在那里望去,依然能望到婺城的一派文化气象。沿着石板小街,进入一家书院,豪雨留人,茶也留人,那就坐下,品着婺城老茶,守着天井垂下的雨帘,感觉融入了古色古香的旧时光。

远处是万佛塔吧，正烛火一般闪亮。婺城的人说，那是三国时孙权为母亲庆生时所建。孙母好四处出游，烧香求祈，她走遍了吴越大地，唯喜婺城山水。那么，这婺江绝对是加分项。

船在水中游荡，思绪也在游荡。有了这样一些斑驳的册页，婺城更像想象中的婺城。

夜已经有些困乏，船上的人仍过节般兴奋，前面还有片片农田，以及农田旁边的村庄。李英说，春天你们来才好，两岸开满了黄黄的油菜花。哦，那又是另一番景象！现在那些田野、竹篱、竹篱上的藤蔓，还有老井、老井旁的水车，还有防火墙、墙头的黛瓦，都沉入了夜。雕花的牌坊却在村头迎受霜露。那些霜露渗入花蕾，有些花等着开放。

更老的寺平村，是以七星伴月来规划的，明代的月，七百年前就伴随了水边的生活。现在，夜在条条窄巷里留了一道暗光，给那些石板或石板上偶尔出现的脚步。

远方隐约传来抑扬的声调，那是婺剧，在整个婺江区域，人们喜欢金华火腿样喜欢着这种声腔。我专门在婺剧院看过，真的是一种绝好享受，这中华独有的剧种，那般勾魂摄魄。李英说，几乎每个村子都有婺剧班子，经常会在晚间演唱。

声音渐渐顺着水波响亮起来，这就知道，有些村子还没有入睡。

婺江的周边，会有一些美妙的地名，苏孟、安地、梅溪、莹石，听了都会起联想。婺江够不到的地方，便分派些白沙、梅溪样的支流去。

岩头村安详地坐在梅溪旁。白天来的时候，芦荻拭浪，飞鸟经天，户户面山枕水，老树相依。一座从唐朝走来的灵岩禅寺，深奥于婺剧传奇中。

进入一户人家，竟然围一圈秀雅女子，素花蓝衣，飞针走线，缝制着一个个可人的香包。看见我们，顺手丢一个过来，人人乐得别在腰间。

坐在溪旁的还有灵岩书院，厅堂内，正有一架架的书和桂花酒、清凉糕、金华酥饼等着你。

江边出现了沉沉的一片，比夜色还要浓重，近了看出是些高大林木。白天在浓郁的绿色中，总见更大的一团擎高了天空，其中就有婺窑小镇的千年古樟。

多少年前，婺江在雅畈镇流过，汉灶村的土地上还有温度和记忆，拨开时间的浓雾，能见到窑火点点。古河道两边，六百多处婺窑遗址，层层叠叠满是瓷的声音。随手能捡到釉彩的瓷片，有一种乳浊釉，深蓝似江水。婺瓷还在烧制，在陈新华等人的手下，泥坯正把婺窑的新奇呈现。

远处，更加浑厚的墨色，是琅峰山、九峰山和金华山，它们是婺江姿态的衬托者，也是婺江水韵的供养者。

水在船的左右，借着夜光，能看到推推涌涌的起伏，稻浪一般起伏成一片声响。这时又想起一个人，山水画一代宗师，他一定见识过这种起伏。真的，在黄宾虹的画中，会找到故乡的水声。

三

船调转回来，现代版的婺城在水中荡漾，渐渐荡漾出无尽繁华。

前面是八咏桥了,各种灯光将桥身闪烁成一弯虹影,虹影入水,水也变得绚丽。江岸两边,人头攒动,夜游散步的群体,在八咏桥上交汇成快乐的流光。

能够感受到,婺江的夜晚是属于婺城的。婺城拥有了一条江,幸福指数便高了许多。

船还在前行。

婺江不可速读,一壶茶再加上夜,一点点地去消解。其实,茶尽兴的时候,婺江还是没有尽兴。

明湖春柳

　　济南多泉,济南人就像生活在泉上,随便哪里挖一下,就会冒出一股水来。此话不夸张,看看老府志,就能看到这样的记载。泉多出水,水聚成湖,最有名的湖是大明湖。清冽的泉水汇流在一起,水的明,天的明,明前一个"大",可谓到了极点。还没见湖,眼前就一片浩渺澄碧的景象了。

　　何况还有绕湖一圈的柳呢!柳喜水,所以济南多柳。"家家泉水,户户垂杨",那是当年历下古城的风姿。柳也就成为济南的市树。市树在大明湖最鲜明,堤柳夹岸,就像一圈茸茸的睫毛。济南人爱说"四面荷花三面柳,一城山色半城湖"。山是千佛山,一山的信仰,远远地成了湖的映衬。湖与山本就是相合相照的两物,造物主又那般巧妙地将"大明"和"千佛"安排在了济南,济南有福。

　　早上来时,大明湖一片迷蒙,像布满缭乱的炊烟,人说那就是春气。深吸一口,那气息瞬间就把肺叶淘洗一遍,清爽得想喊。还真有人喊,只一嗓子,就将大明湖的早晨喊开了。水升腾着烟,烟环绕着柳,柳撩拨着水。弄不明那色彩到底是青灰、淡蓝还是浅绿。阳光从云层里放射出来,将云雾穿透成一个隧洞,而后又穿透成一个隧洞。雾气弥散。照在柳上,柳瞬间成了闪电,爆裂出不同的形势。

在这样的环境里走,会觉得有时这棵柳揽了那棵柳在耳语,一忽儿笑得腰弯了几弯,逗引得其他柳也跟着笑。但你听不见她们的笑,那些笑落进水里,被鱼儿啄走了。

有时你正走着,被谁轻抚了一下肩膀。生疏地方,哪里来的艳遇?却是柳。待你回头,身子一扭又跑了。由此给你带来一种他乡遇故知的感觉。柳,自古以来就是有性情的。要不也不会有那么多人缠绵于诗,缱绻于文,将她当作感情的化身。

我一直以为柳是一位弱女子,却不知她能坚守到季节的最后阶段。真的,待其他树上的叶子落完之后,你再去看柳,柳还是散着一头浓密的长发,在那里迎风,任雪花飘舞。雪反倒像柳绵,我闻到了洋溢着的清气。

一个女孩在前面走,长发同柳融在一起,渐渐地,已闹不清发丝柳丝。或许也是在这样的春天,另一个小女从柳絮泉走来,沿着熟悉的小路一直向前。湖畔的柳丝正拂出如花的絮,她轻轻踩过,放眼看去,这时她看到了大明湖的全景。小女转过身的时候,后人说,她就是扫眉才子李清照。清照的童年在这里度过,所以她会经常走到湖边来。明湖春柳,影响了她的性情和诗风。

在她的身后,走来一个人,就是情怀激烈的辛弃疾。他出生时,中原已为金兵所占,因而他眼中的湖光山色另有不同,心中翻涌着两种波澜,一种是对大好风光的赞叹,一种是对失去山河的悲愤。所以他有"斜阳正在,烟柳断肠处"的词句。辛弃疾终在二十一岁聚起两千人仗剑起义。两个世上最著名的词人，竟然都得到了大明湖的滋润。

湖边的小路被柳扭得弯弯曲曲，柳叶一撇一捺地书写着清明。隐约中看到了铁公祠，那是纪念与济南城共存亡的铁铉的，可见大明湖的胸襟和情义。

一只鸥鸟在水面划，像快要掉落的风筝，一忽儿又升起。我一整天都在大明湖徜徉，一会儿坐船，一会儿上到岸上。柳的颜色已不是晨时的颜色，她像换装一样，一忽儿葱黄一忽儿红绿，上边缀了些湖光云影，或朝霞晚艳，还有熙熙攘攘的樱花。这些美景已存在多年，但似乎是给我预备的，等我来慢慢消受。

时光又倒流回去。这年夏天，历下来了一位客人，李北海自然要在风景如画的海右亭宴客。这位客人不一般，于是就有了"海右此亭古，济南名士多"的诗句。宴饮必有好酒，诗中也就带了酒，酒飘散在柳上，现在还有那种酒香。

当然，这里不仅杜甫来过，李白、苏轼、曾巩都领略过她的秀美，而且曾巩还做过济南的知州。出于对大明湖的喜爱，他亦如苏轼对待西湖，亲自勾画改造过大明湖。还有元好问，来了就不想走了，"羡杀济南山水好""有心长做济南人"。既然杜甫说过"济南名士多"的话，真就有许多名人在这里生长，在这里留下。不沾什么边的，也要来走一走，到历下亭坐一坐。你看，乾隆饶有兴致地题写了"历下亭"的牌匾；刘鹗呢，留下了一部《老残游记》；郭沫若来得算是较晚的了，他有一副对联挂在亭廊上："杨柳春风万方乐极，芙蕖秋月一片大明。"

树在天上画着素描，暗红色的光晕了一圈淡紫。风一吹，画布动起来。天渐渐晚了，湖水泛着暧昧的光。偶尔一条鱼蹿上来,那光瞬间化成了一圈圈的涟漪。

沿着湖快走出去的时候,一排柳歪着扭着地浸在水里,像是一群撩起裙裾、仍在梳洗的少女。真的就有了唧唧咯咯的笑,从哪棵树下传来,倒是辨不大清楚了。

嵩岳绝响

一

专辟的道路直达嵩山脚下。道路两旁的灯光远远看去,像两溜萤火虫提着灯笼赴一个共同的约会。

敦实的蒲团上已坐满了人,蒲团或成为一个象征。

夜幕拉开,星月迷蒙,嵩山巨大的暗影投注下来,将所有的神秘罩在崇敬之中。灯光沉灭的一刹那,一股巨大的压迫力在空气中凝结。钟声。金色的声响一环环催打着这种沉静。而后是长久的无声。所有的声息仿佛凝固,时光不再走过。

少林禅宗音乐大典开始的一幕,竟这般深刻地印在每个人的记忆里。

水声溅溅,月光皎洁。柔指的撩拨中,水竟然能泛出如此奇妙的声响。这种天籁之音与远远传来的木鱼声汇合,把一个禅字渐渐放大。

木鱼的声音次第响起,如一条条鱼,蹦出夜的水面。声音由大而小,再由小而大。那发声的木头震响了整个山谷。不知道最初把一截木头做成木鱼的人是何动机，是为了让烦躁沉入这木头之中吗？是想让心绪在这种击打中碎裂吗？

木鱼声声洞穿了岁月。木鱼声声，在心壁上折射而去，渐渐的，耳中只剩了这木的声音。

如来打坐，僧人在练武，梅花桩、二指禅、飞檐走壁的神功构成了少林独特的风景。古琴每根丝弦上跳跃起嵩山深处遗失的乐音。那种全音和半音纠合的鸣响，让人想到曲曲弯弯的流水和曲曲弯弯的岁月。

依然有炊烟，有羊群，有牧羊人的吆唤和村姑的甜笑。

当文字最早把"石"这个字命名给一种坚硬的物质，它便与"山"紧密地联结在一起。石生山，山生石，代表着巍峨、峥嵘、峻拔，代表着坚实、沉着、厚实。山与山联合成起伏的山脉，石与石撞击成激越的鸣响。水和风将更多的石头贡献出来，石头将理解贡献出来。水的击打，风的击打，又构成另一种饶有趣味的时间之鸣。

座中人在这种鸣响中，感受到不同的碰撞、组合乃至分裂与研磨。声音贯透天界，由细微到粗犷，由粗犷又到细微，整座山在这声音中跌宕起伏。人们甚至相信那就是发自嵩山的声音。

古寺与村舍相映，佛经与笛声和鸣。满怀信仰的小和尚与单纯秀雅的村女相遇，陌路兰桥之上，山涧野溪之畔，点染的是一幅洁净无邪的画面。

水从山间流来，柔软与坚硬构成了一种和谐。石可以改变水流的方向，水可滴而穿石，万事万物相偕而生。水潺潺，水盈盈，水涣涣，水荡荡，水的各种各样的声响，揉成一曲古老嵩山的优美曲调。花流水，积极向上的音声，痛快淋漓的表达，绝非落花流水春去的哀唱。花流水，花的流，水的流，水拥着花，花携着水，一山的烂漫，都在水中。

风从亿万斯年吹来。草在动，树在摇，山在晃。一时时一天天如此，一季季一年年亦如此。风把一切吹倒又吹起，吹起又吹倒，把一切吹长又吹落，吹落又吹长。风是什么？风是树的摇动，风是山的影子，风是那女孩的歌声。风看得见也看不见，摸得着也摸不着，无处在又无处不在。

我们追不上风。

光在变幻，那是天的光，佛的光，是境界与精神之光。禅宗故事在光中闪烁，飞天的武僧驭光而升。光让天地在明亮与暗影中解说大有大无。

远处归来西去取经的高僧，红黄的袈裟绚丽成耀眼的光束。

二

嵩山气势磅礴，称万山之祖、五岳之尊。这里不仅能看到"五世同堂"的地质风貌，还能领略中华民族八千年历史进程。嵩山不但是声名显赫的佛教圣地、禅宗祖庭，且是闻名中外的少林武术发源地。在这个地方设置少林禅宗音乐大典，实在是一种文化创举。

整个演出音乐以禅为宗，实为精妙。禅透显的是一种智慧，一种空灵，无欲无求；禅解说的是空间时间，对应的是世界与生命。时间的逝去，不代表时间的无常；生命的存在，即显现生命的价值。山海松涛，苍云雾雨，于禅来说只是物象的一瞬，而这一瞬，凝合成一种音乐，便会轰然入心，濯洗凡尘，真正达到一种至高的品赏艺术。

这一切，都被一个叫谭盾的人以超然的音响所表现。这是怎样的一幅中国古典画卷，一曲山人合一、佛心共鸣的人间佳音。数百武僧和高僧亲自上场突出真实与庄重，600名嵩山当地群众演员的阵容增添了中原民俗风情。还有众多马牛羊真实场景的营造，更显鲜活自然，加之演出中声光电的现代化运用，使这场实景展演惊天动地、夺人心魄。亲临此现场的人，无论你来自何方，有着何等经历，都会心去烦嚣，在这种大静大默中、大典大雅中深受洗礼。

语有"醍醐灌顶""如沐春风"，这样的音乐让我明白，纯真的质地是心中的光束。在这月夜里静坐，在这音声里沉醉，在这由禅与佛的寓念中沉思，回到童年或童年以前，真就是明月朗照，清风入心，细雨润怀，飘然遁世。

一切都像在梦中。天明之后，再不知归处。人走了，心却留在了那个山谷。巨大的禅音，时刻在头顶轰然有声。

辑六

塬 上

"陕"在哪里

高铁列车出郑州一路往西,不一会儿就把大平原甩在身后。那不断起伏的莽莽黄土,一个接一个的长长隧道,简直不让人有半点喘息,好像你到陕地,就是体验起伏与黑暗来了。

让人奇怪,造物主当时发了什么疯,把这么多土堆积在这里。这种堆积带有点随意性,无规无则,无深无浅又无边无际,使黄河南岸这一片地域或裂为一道道沟壑,或隆成一丘丘山塬。

列车又在过一个山洞,那么快的速度,竟然钻了好半天。出来后便是三门峡了。

这样,我就想到了那个"陕"字。你知道"陕"在哪里吗?你或许会说了,陕西,陕西的简称就是陕。哦,我要告诉你,错了,"陕"在河南的三门峡,古时称为陕州。再往西,就是陕西了,所以说陕西的简称是借用了。

那么,这个"陕"就让人有了诸多兴趣。陕,狭窄逼仄,险崛奇特。陕之地块,在黄河南也只有两条狭路可通东西,而后相逢于函谷关再莽莽西去。

这样的地方,如何不为兵家所争?煌煌历史,不知有多少卷崤与这里有关。著名的秦晋崤之战,即发生于崤山天险,骄横的秦军,偷袭郑国不成,回来时遭到埋伏在此的晋军覆没性打击。

从洛阳伸出的丝绸古道,至今在这里留有一段斑驳痕迹,人称崤函古道,是上面提到的两条狭路之一。石道上马蹄踏踏,车辙深深,多少年都在诉说着艰难的交通史。我踏着夕阳和深深的枯草,在几次迷路之后,才找到这条古道。风在每一道车辙间拉着深秋的多弦琴,一步步踩上去,不小心会崴伤了脚脖子。现在看这条古道,都有些想不明白,它是怎么由天险深处走来又没入天险的深处。而就是这条古道,秦皇汉武东巡的车辇,骑着青牛的老子,诗人李白、杜甫们,无不在其上蹒跚过。

更为神奇的是,就在这一片险峻无比的陕地,在高高的山峡之上,由于崤山千仞巉岩的挤压、黄河万里怒涛的冲撞,竟然硬生生挤托出三道平平展展的土塬:张汴塬、西张塬和东凡塬。

那塬亦如崤山突兀高耸,同黄河一般色泽浑黄,却是不含任何杂石乱碴。虽然干旱少雨,可如何不是造物主送给人类的一块宝地?于是土塬上有了一种奇特的生活和居住方式:地坑院。

所谓地坑院,就是在平坦的土地上下挖一个六七米深的长方形或正方形土坑,然后在土坑的四壁再凿出八到十二孔窑洞。从地面上看,很像一个下沉的四合院。

在这个坑院的一角,有一个窑洞渐渐往上挖开,就是坑院通往外面的通道。通道口就是洞门,外连着一个长长的斜坡,斜坡有直进的、曲尺形的或回转形的。斜坡上做成小小的阶梯,一是下雨下雪不滑,二是牲畜、车子容易进出。

地坑院都是独洞独院,一大家子十几口人也能轻松住下。只有个别人家,兄弟分家后十分亲近或因其他缘由,会将坑院的一孔窑挖通，连起另一个相邻的坑院。

　　这种向下挖坑、四壁凿洞、与大地融为一体的构建，可谓别具匠心，而且不费什么材料，只费点力气，还防震、防风、防火、防盗，冬暖夏凉，四季宜居。它的窑洞顶上平于地面，远远望去，一马平川，除了各种各样的树和蓬蓬棵子，再看不到什么。但是地平线以下，却潜伏着成千上万座农家院落。

　　多少年里，先民们在山上过着封闭而自足的生活，才不管山下发生什么事情什么变化。

　　可以想见，在古道山峡间不断重复呐喊厮杀时，在黄河波涛一次次淹没城郭与田园时，三道塬上的地坑院一直四平八稳地独享天地一隅。

　　"下院子，箍窑子，娶妻子，坐炕子。"这是流传陕塬的民间小曲，描述了无数庄稼汉的理想生活。黄土塬上的人们有了地坑院就有了安定的家，男人在土地上耕作刨食，女人在坑院里生儿育女、绣花纺织，逐渐形成了地坑院的生活方式和民俗风情。

　　直至我来的今天，三道塬仍有近百个村落。坑院上方冒着的炊烟表明，这里始终延续着民族的文化因子，传递着独有的心灵密码。

　　这里真该被称为塬，它高险平阔，雄踞四野，站立其上，山风扑面，大河入怀，心胸顿开。站在这样的地方，应有诗吟诵。唐代李隆基旅次陕州，很快吟出：“境出三秦外，途分二陕中。山川入虞虢，风俗限西东……”他当时驻跸哪里呢？想他一定没有住地坑院，如若在地坑院留宿一晚，诗中情怀当更为不同。

　　多少年来，外界对地坑院这种居住方式知道得并不多，以致听人说起，都会露出惊奇的神情，要找时间来走一走，看一看。

而长居于此的人们也不知道，他们的所在，成为祖上留下的自豪和骄傲。后来的宣传中，已经有了这样的表述：作为中国六大传统建筑之首的生土建筑，地坑院已是人类居住发展史的实物见证，是人类文明进步的活化石。

掘出的第一镐

地坑院确实比地面上的屋子利于防范,这是豫陕之间或者更为广阔的地域少有的乡间景象。我们平常所司空见惯的窑洞,只是在土崖的一面挖洞,当地人把这种窑洞叫靠山窑。这种靠山窑,空间利用率较低,防护性能也不强。那么,有人便考虑,有没有一种可能,以靠山窑的形式,四面集中在一起,成为一个单独的家庭建制?他们最终找出了答案,那就是选择一块平塬向下挖坑,然后四面凿洞。

必然有这样一个人,凭着大胆的设想开始了第一镐,向下掘出的第一镐是多么地有力而决绝。那种持续叩响大地的声音,比后来长安和洛阳宫殿的金石之声都要响亮。挖出的土方在一点点扩大,一个深坑开始显现。

这位先人的举动,一定不是为一己之私,他是为了整个家族以及整个山塬的传续。这种念想是让人兴奋的,于是有了众人的参与。那是一个改善居住条件的跃进年代,也是长久的穴居方式的一次革命。

据说有国外的卫星把地坑院与福建的土楼都误认作导弹井之

类。巧的是，它们都是出于中原人之手。在战乱频仍的时代，河洛人迁居他乡。南方多山，无法下挖，只有上垒。

福建的土楼和陕州的坑院运用的是同一种概念：围守、安全、舒适、照应。当然，同样耗时耗力，精雕细琢，体现出愚公样的实诚、老子样的智慧。它们一北一南，一个地下一个地上，遥相呼应，构成中国民间建筑的奇观。

重复着一个事情

住在塬上的时候，慢慢会有一个发现，几乎每一个坑院里的人，都喜欢重复着一个事情，那就是每天早上都要在坑院转转，坑院里转了以后，再到上面转。

他们也就是转转，并无别的事情，转转才心里踏实。实际上坑院里哪里掉了一批老土，哪里出现个蜘蛛网，他们是清楚的，只是那并没有影响他们每天的转悠。

我也有了这样的感觉，每天早上不转转心里总是闷得慌，在下面转够了，赶紧到上面去转。转了心里才宽敞，才舒坦。哪怕什么也不做，什么也不说。

当然，在塬上住着的时候，无形中还有了一种渴望，就是渴望跟人聊天，遇到每一个人都有这种渴望，哪怕是很小的小孩子，或年岁很长的老人。

有些话我能听懂，但也有听不懂的，听不懂也要听，更加认真地听，因为好不容易找到说话的。我不住地点头，送上微笑，这样做的效果是使对方产生快感，因为他的话一定在家里讲完了，在村里也讲完了，再没有人喜欢听。一个外来人却没有听过，他就找到了话语的价值，那价值连带得手也挥舞起来。而我总是依靠想象来消化他的话语，用微笑来换取那个价值。

其实豫西的话语还是挺好听的，有一种土塬的瓷实，只是出过门的、见人多的和没有出过门的、接触人少的，在表达上还是不一样。当然想象的空间一大，你从那个人的话语中便有了多向度的收获，就像小时候读一部古书，认识的字有限，却在读完最后一页时有一种十分的满足感。在这里，我与对话者都会满足地招招手离去，有时候还会握握手，那更有一种乡里乡亲的感觉。

有人说，真正理想的生活，是避开车马的喧嚣。或许你避开了世上的喧嚣，内心却仍然未能安静下来，便也达不到二者的统一。因而，既要怀着一种排斥而来，还要心静神安，才能真正消受这地坑院的孤寥与寂寞。

有人住住就走了，待不住。不知道是因为太安静，还是因为有事情。嫌安静倒是可以理解，人在凡世惯了，猛一到这里，还真会引起神经衰弱。如果是后者，那就不可能放下了，因为人间的事情是忙不完的。你放下了这个，还有那个。我想，现在能够住在地坑院里的人，同庙里人的境界也差不多少。

一个坑院里渐渐上来一个老人，老人的后面还有一个老人——他的老伴。他和老伴的中间是一辆小型的架子车。老人在前面拉着，他的老伴在后面推，费劲地将那辆车子一点点地弄到了塬上。

两人的头发都白了。老人的孩子一定没有在家，或者没有在这个坑院，也就只有两位老人干着这个费力的事情。

由于离得远，起初并没有看出前面的老人在做什么，等看到另一花白头的时候，两人已经将那辆车子弄了上来。随后，后边的老伴就坐在了车子上面。

老人拉着车子，走在了平坦的坑院中间的场地上；而后上了村路，再穿过一个个有着拦马墙的坑院、一棵棵蹿出坑院飘洒着芬芳的树冠，一直朝村子外面走去。他的老伴就么坐在车上，一缕花白的头发柔顺着风。

我的目光像追光灯似的追着他们，追着一幅很幸福的画面。在这个早晨，我自己也有了一种幸福感。真的，那绝对不是晚景凄凉的感觉，那是朝霞四射的感觉。

虽然儿女们不在身边，可只要他们在外边好好的，不给老人添麻烦，老人就是安心的，快乐的。你看他们多安逸呀，一大早地出门，一定是做什么大事情去了，要不这么早出去干什么？没有孩子照顾，也没有什么，两个人不是挺好的吗？开始不就是两个人吗？开始不就是这么简单吗？后来才有了孩子，才有了一大家子的事情，有了不厌其烦地劳作和操心。终于又回到了原点，尽管一头青丝变成了华发，但是回到两个人的世界，从繁忙的一大家子的琐事，变成了简单的时光，就该好好享受一下两人世界了，老来伴的意义也就在这时体现出来。

我想，他们的孩子回家看到这样的场景，也是会感动和欣慰的。他们也会站在远处，看着这一对幸福的老人一点点地从坑院里冒上来，一点点地消失在晨光初照的小路上。

太阳已经挂在塬的一头，一切都还是湿漉漉的，益母草、马兰菊、凤仙花水珠迸发。

我又看见一个人远远走来，是一个女人。她手里没有拿什么东西，也不说话，只是在路上走，一直走过我的身边，看了看我，走过去了。

但过一会儿，她又出现了，又往来的路上走去。这回她说话了，她的话丢在了身后：天明了再说，天明了再说！

天已经明了呀，她要说什么呢？这让我觉得，她是个特别的人。我对这个早晨出现的第三个人关心起来，尽管后来她离开了我的视线。

这时又看到了一个人，还是位老人。他从我左边的地坑院里升上来，他的手里端着一摞摞在一起的塑料筐子。见了我，看看不认识，话语却出了口：

你上啊！

我没有听明白他的话，但赶紧回应：

你老早啊！这是干啥去？

把桃子摘摘，一会儿人家来收了。

这是我起来一个时辰后说出的第一句话，不，是我自昨天住进坑院后的第一句话。我为我的声音吃惊，那声音里，竟然有一种见到亲人般的亲切与感动。其实，刚才我也想对那个女人说话的，只是她的眼神朝我这里瞟了瞟，又滑过去了。

这样我就知道，今天外面的人来收桃子，刚才那一对老人可能也是摘桃子去了。

摘桃子的时候，是一个秋天的童话。

后来见到了村长，我忍不住问起那个女人，原以为村长不知道我说的是谁，村长却立时给我讲出了她的事情。她从这村子里嫁了出去，过得极不如意，受丈夫虐待，老挨打，就跑回来了。男方也不来人，只让家里的小孩来牵着她，看她回不回。她还不是为了那一口气？也就不回去。心里不顺，就激出病来了，这样人家越发不来了。这是个无助的女人,也是让村里无助的女人。

说话间,她又从哪里过来了,仍然是有一句无一句地说着。

天大亮了,仍然在村子里随便走。

又遇到一位老人,老人打招呼说,你上啊?我哦了一下,想起遇到的前一位老人似乎也是说的这句话,当时并没有明白老人的话语是什么意思。一般在我生活的农村,或是问:你吃了?或是问:去哪里?还真的没有这么简单的话语。后来又见到一个人,他也是说,上啊?我就知道,他们没有简化什么,这就是当地的问候语。

于是我见了人也是这么说一句,上啊?人家就会很高兴地同我说话,问我几时来的,是否再住一阵子。当然,他们一定是把我当成这村里谁家的亲戚。这句问候语我到后来才明白,"上"是一行为或者结果,"你上啊"就是你正在上啊,或是你上来了啊。

我知道后心里笑了半天,真的是好亲切的话语。

这句话被我在村子里乱用一气,还真没有用错地方。

鸟在春天的快乐

你还会感到一种惊奇,不知从哪里一下子来了那么多鸟,好像是一夜间来的。我认定有些鸟儿不是塬上的。它们把春天的快乐,写满了山塬的天空。

塬上人早已熟悉了鸟的叫声。该逗孩儿的逗孩儿,该睡觉的睡觉。啥时候一阵小风刮过,才想起那些鸟来。鸟在塬上总是很随心,很舒展。你看,你看着那些鸟从天上跌下来,眼看就跌得头破血流,竟然一扭身,挓挲着翅膀又旋了上去。很多鸟都会玩这样的把戏,有的像一块土坷垃直直地向你砸来,你都想着躲闪了,它却猛然现了原形。它们恣意得很呢。有些鸟喜欢群聚,树叶子一样,呼啦啦从树上刮下来,又呼啦啦地还原到树上。

我最初听到鸟叫,天还没亮。一只鸟在我窗外的梨树上,把我叫醒了。我开门出来,紧贴着窑屋轻轻走向过道。它果真没有发现我,只顾在那里叫,好像这个坑院是属于它的。

我上来坐在一块靠近坑院的老树疙瘩上。这个时候你就听吧,满塬都是鸟的叫。像小学在晨读,像剧团在练声,还像是在赶露水集。那个热闹!好像它们知道这个时候就该热闹。简直热闹成一疙瘩蛋了,跟年夜塬上的鞭炮有一比。但是并没有聒噪感,反而让人有一种兴奋,你要是只鸟儿,你也加入进去了。

各个坑院各个树上都有鸟叫,你不知道那是些什么鸟,也不知道它们怎样发声。仔细听的时候,又会发现其中的特点。你能听出它们的性情、它们的语调、它们的意趣。

一只鸟尖着嗓子在拉腔:咿——咿——咿。那边也有一只亮着嗓子附和:吔——吔——吔。一个压着声音问候:咋啦,咋啦?接着一个沙哑的回应:不咋,不咋。有的很干脆又很亲切:你吃啦,你吃啦?那边回答:没有,没有。有的鸟很能让舌头绕弯,那拖着的长音像是懊恼和埋怨:你要把人急死哩,你要把人急死哩!下边你等着,还真的跟来一声不紧不慢的闷音:别慌,别慌……

这些都是同一类鸟吗?不见得。但是在这群鸟大会上,你听见的鸟声怎么就那么默契!

有些鸟叫的声音,像是谁的布衫子被树枝挂了一下,挂住了又猛地一扯,很清脆,又很拖延。有的声音像是往瓶子里倒玉米粒,扑扑叮叮的,扑叮得人心里痒痒。有的声音像老婆儿咳嗽,咳又咳不出来,听着都为它着急。

春天的鸟儿一准在恋爱。它们也是有感情的,像人一样,知道该主动就主动,该配合就配合。不过,也有失意的,这是自然界的自然。我是在夜晚获得这个秘密的。两只鸟没有在一块儿,中间隔着好几个坑院。这一只离我很近。它们都把坑院里的人忽略了,或者说已经顾不得许多。

这边的看来是主动搭讪的,但不知为什么不到另一只的跟前去。开始还不错,它刚说完,那边就回应了。但回应的声音没有它的洪亮。我一开始以为是它的声音在远处的回音,后来才分清楚,那是另外一只的。这样你一句我一句说得还可以,让人渐渐忘了那是说的鸟语,竟感觉听懂了那话语的内容,而且听得真真切切。不过,不久却听出了问题:这位说完以后,那边的回应消失了。为什么消失了?难道哪句不合意,就不想说了,或是飞走了?你听,无论这位如何重复着那声亲昵,那边就是不再有声音。这一个为了招回那个声音可谓耐心至极,它叫得有些拖音,甚至有些沙哑。我都有些感动了,你看它刚才还是柔情满怀,现在却伤感满腹了。

它还在沙哑而吃力地叫着,又叫了好一阵子,突然停止。最后的声音在夜空中划了一圈,在哪个地方消逝。就像谁关掉了开关,整个世界霎时静寂,静得有些苍凉。

敏感鸟鸣

这些天,我对于鸟鸣格外敏感。在东凡塬,我听到了一种新奇的鸟叫,像是布谷。但是布谷鸟一般是芒种时节才会飞来,声音像泥咕咕吹的,"布谷布谷"四声。眼前这鸟却只是短促的两声。我说,这不像布谷吧?他们说在哪里?振宇说,我也听到了。于是都支着耳朵等待。又听到了,是咕咕的两声。

老赵说,哦,是咕咕。咕咕是什么鸟?朋娇说俺这里就叫咕咕。老赵说,这鸟叫的声音会改变,三月就这么叫,咕咕,咕咕。到了五月,叫声就成了咕咕——噔,咕咕——噔。看到他认真的表情和形容,大家都开心地笑了。

这时我又发现了一只鸟,它扑棱着翅膀,从一座毁弃的坑院飞上去,挂在了崖顶。我赶忙又问。于是大家又往那里看。振宇说,看见了,不小呢,好像是喜鹊。朋娇说,是乌鸦吧?但是那只鸟并没有显形。我们再次走近,这下它呼啦一声从乱蓬蓬的崖上腾起来,落在一棵枣树上。终究没让人看清。

我说这个时候还有什么鸟叫得欢?斑鸠。老赵说,斑鸠是灰色的,鸽子大小,却有着一副好嗓子,音域很浑厚。还有一种不大的鸟，叫金翅，黄色夹着黑色的那种，喜欢落在柏树上。为啥？柏树密呀，好做窝。老赵说，再过些天，就会听到"吃杯茶"的叫唤了。

我知道这种鸟，大清早四五点的时候就开始叫，生怕你听不见。其实勤劳的人们那时正起来下地。农家五月人倍忙，一地的麦子赶着人呢。劳力少的人家，总有外边工作的回来攒忙。你还没进村，就听见"吃杯茶"的叫声。那声音亲切哩。它一边在你的前面扇着翅膀，一边不停地叫：吃杯茶，吃杯吃杯——茶！早晨的阳光里，老人守在村口，一脸的笑。茶早就倒好了。塬上人管白开水叫茶。麦忙季节，人们拿着镰刀担着水到地头，钻进麦垄里可劲地干，不多时就汗透衣衫。慢慢伸直累酸的腰，就听到了"吃杯茶"的叫唤，走到地头舀起一碗水咕咕咚咚喝下去，那个舒坦。

我在塬上还认识了一种鸟，叫的声音是"吃馍喝汤"。那个吃的发音是"乞"。这里的人说吃都发乞的音。乞馍——喝汤，声音在乞馍的后边拐一下弯，先乞馍后喝汤。我学不来，你一想就想出那个音来了，乞馍——喝汤。叫得很细很甜，像一个女人在喊，喊那个人回家吃饭。走一路喊一路，也不说名字，那个人就知道是喊他的。不过，听到这声叫喊，很多人都有了回家的念头。

天空的关注者

在这片塬上,可以说几乎所有人都是天空的关注者。无论早起还是睡前,都会朝天空望一望。他们是霞光与月光的亲密者,没有谁比他们更在意天上的事情。

在那个小小的四方院子里,仰着头朝上望,是塬上人特有的姿势。

我早起走出窑屋的第一件事,也是下意识地朝天上看。

一朵白云一边扭动着身子一边往前奔,一只鸟在白云下,比白云跑得还快,几片叶子招招摇摇,想落又不想落就过去了。一声牛哞从这边开始,哞到那边还没有哞完。

你说,怎能不是小天地,大世界?其实不需要把世界看得那么明白——其实站在大天地里,仍然不能把世界看得那么明白。

在这片小天地里,塬上人活得自在而清醒。

这天早上,塬上起雾了。

塬上好起雾,雾大的时候,你会什么都看不见,就看见一团一团的雾气缠绕在这里那里。而有些雾气是那么凝重,凝重得化不开似的，就那么一团一团地凝在那里，那是雾气中的雾气吗？不，等稍稍散开的时候，你才知道那是一棵棵的树。

那些树此刻正在消化那些缠绕的雾气，它们周身要么结了薄薄的白霜，要么就悄悄地滴洒一些细碎的汽珠。

有些不是太浓的雾气，就像是三月的柳絮，一嘟噜一嘟噜地聚在一起飘。飘到哪里就粘到哪里。有时候你觉得是粘到了鸟的翅膀上，那些鸟扑扑打打的，升不起来，只从这棵树飞到那棵树，尾巴一翘一翘的，叫的声音也是潮潮的。

最爱凑热闹而又最灵活的是那些麻雀，赶早集似的，沾着潮气，呼呼地一群群地低飞，像乱刮的树叶子。

这样的雾气里，人们出去的不多，出去了也干不成事情，还是缩在家里，慢吞吞地抽几袋烟，等太阳出来，就啥都过去了。

雾气过去以后，再出去看，坑道边上的白茅茅、墙头上的喇叭花、伸出坑院的梨树叶子，还有从哪里冒出的南瓜花什么的，都挂了一层油亮的珠珠。那都是雾气留下的，告诉你，它早上来过的。

城里很少见到这种雾气，这种雾气一般也不去城里逛，它拖着带着露水啥的也不方便，或者也是怕被城里的霾纠缠住，毁了清白的名声。

塬上的雾气确实是清净的，不信你走上塬来，冲着雾气吸一口，那是一股清爽的朝露的感觉，绝对不是夹杂着啥子颗粒的粗重的霾气团子。因而塬上的雾气就是带有野性的塬气，是同那些黄土那些人一样的，具有朴素的本质。

因而塬上人不戴口罩的，塬上人觉得戴口罩的都是医院的人，感觉是很神圣的事情，但也是很憋气的事情。在塬上吸还吸不够呢，咋能堵着自己的呼吸，不叫透透那清净的气息？

一群蚂蚁

这天早上,一群蚂蚁进入了我的视线。

我最初发现它们的时候,以为是谁遗落的一条小绳子。这小绳子很长,歪歪扭扭地扔在地上。等我细看的时候才发现,这条绳子的内部结构有些问题,它在动,它是由一群蚁的物质构成的。

我随即对这根蚁绳产生了兴趣。我发现它们尽管有来有往,但大多是朝向西北移动的,这绝非随性的旅行,而是一次大规模的移民。它们有的带着自己的细软家什,有的什么也未带,但都表现出决绝的架势。我看见有的几蚁相缠,前呼后拥,像是扶老携幼,甚至救死扶伤,抬着不能动的同伴。它们似乎不想把谁落下,它们完全发扬了集体主义精神。

有的蚂蚁很奇怪,在滚滚铁流之中,竟然逆流而下,被冲撞得横倒竖歪也矢志不渝,或许是走失了什么亲人。还有的散落在队伍外面,像孤雁离群,走走停停,一副精神恍惚的样子。

毕竟洪流不可阻挡,亿万蚂蚁大军正万水千山急步向前。它们应该有雄壮的吼声或歌声,只是我听不到。

可笑的好奇心驱使我想知道这条"绳子"从哪里来,到哪里去。

我先顺着它的来路去找寻,走了很远,过了几个地坑院,下了两道沟坎,竟然看到一股变成了两股,一股翻下了塬沟,一股翻上了塬坡。它们是如何进行了联络,又是如何达成了一致?最终是谁下了一道命令?这个谜太大,我一时无法解得,而且永远也无法解得。

那么拐回去再看它的所往,这支神圣的队伍,走的途径竟然带有宗教色彩。哪怕前面在摸索中拐了好大一个弯,后面的也跟着迂回,不变初衷,那个弯拐上一个高岗,拐上一堵拦马墙,拐进一片荒地。而在这些地方,我都看到了队伍中略微的混乱,那是有的攀登者失足掉落引起的。而且在绕过一棵大柿树的时候,有的以为到了目的地,顺着树爬上去,发现不对又爬下来继续追赶队伍。

从那种不辞辛劳的果敢来看,还没有谁想挑头留下打游击。这群去意已决的蚁,究竟是为了什么?难道真的像人们说的,是为了躲雨?那么原来建窝就没有想到会遇到雨吗?该会有一场什么样的大雨,使得它们如此行动?可以看出,这绝非一个蚁窝的出动,而像是一个蚁族的集结。

我在离它们稍远的地方站着,生怕惊扰它们,更怕伤害它们。这里没有食蚁动物,它们在塬上,该是安全的。正因为安全,它们才产生出如此多的生命,这些生命与坑院共居,而且还将共居下去。

我已经走了好远了,还没有找到这支队伍的尽头。

前面,一定有一个吹着集结号的。

天又一次黑了

天又一次黑了。

黑,其实与人毫不相干,盼也这样,不盼也是这样。

夜晚,地坑院的灯光透不到大地上面去,整个村庄隐没在一种神秘的气氛中,显得安详而沉实。偶来的夜行者可能会不适应,因为等同于进入了失去航标的黑海,不定哪里会有海沟和漩涡。

地坑院与大地紧紧地拥抱在一起,同呼吸,共冷暖,你说,还有哪一种人类建筑与黄土如此亲密?它真正成了大地躯体上的一个部位。头一次住进这坑院时,站立其间,只觉得离天尤其近,轻轻咳一声,声音就直直地蹿了上去。每一个坑院上方都像是一口古代的方鼎。鼎里炒着星星,煮着月亮,有时烟气缭绕,有时云雾迷蒙。

在地坑院里看夜,感到那是一种简单明了的观景框,在这个观景框里,你会看到月亮的变化,初一一根线,初二看得见;初三初四像蛾眉,十五十六大团圆。等团圆了就再从头看起,没有人能够像塬上人那样熟悉月亮的变化。

这个时候，其他坑院的人在干吗？可能也如我一样，院中对空闲坐。他们在那一方世界里，如何不是一种独有的享受？以为自己的这个框里的天空，是最美的。

有时会有音乐隐隐传出，是谁在哪个坑院里拉胡琴。并不十分响的丝弦奏的是陕州老调，带动着蛐蛐、知了、咕咕喵的声音，南瓜花、扁豆花、茄子花的声音，形成一种塬上天韵。坑院的上空就越发显得静，这种静里，一定有人暗暗地流着泪水。

天黑严实的时候，坑院就成了一种暗物质。我想，这种暗物质虽然各自独立，在塬上却是相通的，它们有着几乎相同的空间、相同的门窗和相同的火炕，内部所进行的事情也大致相同。所以第二天走上坑院见面的第一句话还是，上了？

其实要我说，这暗物质也有着自己的光亮，是的，它始终映照着塬上不灭的人性与灵魂。

巨大的安静

偌大一个坑院,九孔窑的坑院,人们都走了,只留下我一个生命,不,还有老鼠、野虫或其他的活物,只是我看不见。我只看见我自己,在这窑院里让孤单和恐惧发酵。

我本不是塬上人,如果我是从塬上走出去又走回来的,我就不怕了。我对塬不熟悉。正因为我对它不熟悉,彼此间就显得陌生,于是恐惧产生。我必须加速让这些消失,让亲切来到我们中间。

我不停地走,用脚,用眼睛和呼吸说话。我开始发现了渐变的效果,我的嘴里开始哼出小曲,那实际上是发自心中的。我的心已经温暖,温暖迅速向全身蔓延,就像抽血的右臂猛然松开橡皮筋。我的一部分血液,已经流向了这个山塬。

我的眼睛累了,看了一天,一天都不曾停息,我想去睡觉,在那宽大的硬实的炕头上躺一躺,该是多么地舒坦。

穹顶的窑洞,给人一种包裹的感觉。我明白,我已钻到了地下。我不能再犹豫,我得进入梦乡,不知道这里的梦会有什么色彩。

窑洞上边是厚实的大地,像一床厚被子,盖在地坑院的上方。这个坑院的边缘,即是一道深深的沟壑。现在这道沟壑也一定填满黑暗。

无限的厚、无限的重挤压下来。声音还在从四处传来,听得十分清晰。其实也没有什么声音,无非是些虫儿,再就是树上筛下来的风。在这远离喧嚣的乡间土塬,还能有什么声音?我早已把门窗关严,那些声音爬了一窗栅,虫儿们或许正在恋爱。

我对这个晚上的记忆是如此深刻,那种巨大的安静,让夜溶解得贴切而真实。城里总是寻求静,真的遇到静,却十分地不适应。你看,这个时候又来了一声鸟鸣,什么鸟呢?莫非是猫头鹰?我的眼睛再一次睁开,又再一次合上。

却仍然睡不着。

那种静将你的觉打碎了,像一堆碎玻璃,一直拾掇不起来,你甚至忘记是怎么下到这个地坑中来的。哦,是经过了一个入地的拐弯的斜坡,再进入一个窑洞,把门关上,就把一切关在了外面。

四合式的院子里只有一个方井向上,将一片天空收纳进来,同时收进来的,还有一束月光。月光游移,像谁挥着一把笤帚,扫着夜的尘。

如果月没入云层,整个坑院就黑透了,黑成整个的一团,如没有开挖之前的状态,瓷实,浑厚……

辑七

时　光

大海·夕阳

一

近些年，奔辽宁营口的多了起来，其中就有人来观看夕阳与大海演奏的乐章。那是因为，营口是全国唯一西朝渤海的地方。

不少人在攀登。这是一个纵深向海的观景台，据说在这里可以看到大海最美的落日。一层层的台阶真的是多，越着急越显得多。刚开始上得还快些，渐渐体力不支，有人开始掉队。我听到了自己的喘息声，同周围的喘息合在一起，像是机器在愉快地轰鸣。

整个下午都有点儿兴奋。许如谁所说，如果只是见过海上日出而没有经历过海上日落，你的人生或不完满。正好有了一个机会，来体验这大自然的至美之一。时间还早，先去看营口港，东北地区最大的货运港。一片繁忙，大大小小的船舶，起起落落的吊臂，让人眼花缭乱。再去鲅鱼圈中心广场，在湿润与洁净的时间里徜徉。觉得差不多了，才往这里赶，像是与夕阳商量好的。哪里想到竟是如此艰难。

钢架里攀爬看不到景象，只看到下面越来越深的海。还有最后一道斜坡。那坡度更陡，一个个台阶望上去，天梯一般。好像故意要设置这样的高坎，让你知道美好寻求的曲折与艰难。有人到了这里放弃了，说有恐高症。有人立定在那里，不知道下一步往上还是往下。一个少妇歇了歇，又抱着孩子上去了，边上边说，可累坏妈妈了。一对老夫妇，相互搀扶着，也在一级级坚持，每上一级喘一喘，抬头看看说，不远了。

终于上来。哦，风如此狂野，瞬间把人吹透。人们将围巾衣扣都系严，还是被吹得周身呼啸。

视野真是辽阔，整个天下都装在了胸间。太阳还在大海之上盘桓，似乎知道你急，等着你。

海泛出淡蓝的光，填满整个大地与天空。这样的大海上，唯有一轮夕阳，穿幕电影一般。那些海浪，你看着的时候，起了变化，出现了夕阳临近的效果，感觉是一片金黄的稻穗，饱满而羞赧地推赶着。这时出现了云霞，丝丝缕缕飘飞的云霞，使得夕阳有了动感。一只只海鸥，在这动感中划着弧线。

夕阳不那么耀眼，可以直视它，直视它的安静与温润。实际上，黄昏与黎明同属于美丽的时段，没有日落就没有日出，太阳无非进行了一次轮转。这个轮转，有起有落，有作有息，调理修整，是一种辩证，二者相继相承，日落的意义由日出体现，日出的意义由日落完成。那么，如果你将落日和朝阳并在一起，想成时间的两面劲鼓，有节奏的击打中，你便听到了生命的律动。

有人说李商隐的情绪出了问题，怎么能是"夕阳无限好，只是近黄昏"？我想，伤感看到的就是落幕，乐观则是满眼绚烂。也许这位爱写《无题》的朦胧派诗人的意思，是"夕阳无限好，只因近黄昏"。

二

被黄昏打开的海愈加沉寂，那种宏大的沉寂让人觉得不像在人间。如果不是紧紧抓住冰冷的栏杆，我感觉我在飞升。

旁边一个女孩，不停地拢着自己的长发，风将她的长发和裙子吹成了旗。若果有一群这样的，平台就成了旌旗猎猎的西炮台。她举着手机打着手势，自拍不成，让我帮忙。太阳再下落一会儿，她又让帮忙。问她是一个人？她说是，从上海来参加亲戚婚礼，听说这里能看夕阳坠海，就一个人跑来。她冷得够呛，却不愿离开，在平台上扶着栏杆一会儿到这边一会儿到那边。夕阳变红的时候，她又兴奋地要求帮忙。镜头里的她乱发飘扬，一忽儿竖起两指，一忽儿打开双臂，张扬着激荡的青春。

我理解这个忘乎所以的女孩，在这一刻，她觉得生命更有色彩。不同的人看夕阳有不同的感受，我想我如果回到从前，我的眼里会流出泪水。

看到了那位母亲，她将孩子紧紧地裹在怀中，而后不停地说着，让那一双大眼看着这壮观的景象。这位母亲，要把自己的喜欢，传递给自己心爱的孩子。

太阳还在下沉，一边下沉，一边打开宝匣，将里边的红艳泼洒出来。此时的大海，完全被那红艳所染，染成了接天红莲。

忽而听到李叔同的《送别》：晚风拂柳笛声残，夕阳山外山……问君此去几时还，来时莫徘徊……我竟沉浸到歌声里，风的笛声若隐若现，夕阳落照，海之外，还是海。

我看到了那对老夫妇，此时那位老者须发飘扬，身体微微晃动，我以为他惧冷，没有想到是他在哼唱！他的目光早已接亮那盏红艳。他的老伴右手扶着他，左手打着拍子配合着。两人幸福的神情，悄悄进入了我的镜头。

忘记时间的繁华与衰败，爱，胜过一切形容。享受一时天真，是人的真实，只有在异常的情境之中，才能显现出本性。有时候，对人生的感觉，就在瞬间完成。

夕阳必不是一样的，于是就总有人看夕阳，看不够的夕阳。这高矗于海的平台也就成为一种向往。营口港能看到这个景象吗？西炮台那斑驳的老墙，也将镌刻上凝重的色光。还有望儿山，霞辉会为远望的母亲披上一件大氅。

三

我不知道是太阳的下坠，还是海的引力，使得二者如此地拉近，再拉近。那般鲜红而硕大的浑圆，与苍然的波涛，终于完成了一次宏大的和鸣。

夕阳坠落的瞬间，掀起了风，风将海浪鼓动，将霞光鼓动，将所有的鸥鸟的羽翅鼓动。我似乎听到了一种隆重的声音，那是夕阳沉落的轰鸣，还是大海迎合的回响？那声响来自我的心底。

一缕红纱留在了天边，红纱幻化出丝丝缕缕的细纹，而后消失于暗色的混沌之中。大海，变得古老而深沉。

整个世界陷入静默。这个时刻，竟然没有人说话，甚至小声的喘息都没有。人们在发呆，每个人的时钟似乎都有那么一刻停摆。刚才的那位姑娘，此时也愣愣地站在那里，只有一缕乱发在飘摇。而那位老者，俨然变作了一尊铜像。

　　回头的时候，一轮明月已然升到了半空。这让你明白，落日之美，还连着月夜之美。其比日出多了一种哲学意味。日出连着越来越明晰的天穹，日落却给人带来无尽的遐想与可能。"月上柳梢头，人约黄昏后"，即是可能之一种。

　　这个时候你将眼睛闭起，你的眼睛里仍存了无限的夕光，那光彤红而润黄、明艳而沉蒙。等你打开目光的时候，它们还在，巨大的黑成了它们的光环，那光环起码在大海的五环以外。

　　山海广场响起了音乐，配合着落日而来的舞者，在享受海滨的快乐时光。月牙湾浴场，有人在游泳，强壮的臂膀划开层层波浪。观海堤上出现了更多的情侣，快乐的笑带着香风。大海中，鲅鱼公主手中的明珠越来越亮，成了独具特色的航标。辽河老街的霓虹开始闪烁，百年建筑内外早已人声熙攘。

　　仍然有人来，站在海边听铜片翻卷的水声。许多人围坐在这声音里，感觉祥和与安宁。仍然有鸥鸟在低飞，像时间的音符，演示着今晚的不确定性。

　　激荡与悠然，古老与年轻，烛亮了营口的夜空。

扬州慢

一

扬州,在二十四桥的吹奏中成形,在扬州八怪的醉梦中丰满。李白三月的烟花,还开在缥缈的水上。胡须长长、白发苍苍的扬州,仍是那么灵气十足。

我来的时候,下了一路雨,到扬州还是湿漉漉的。我感觉这正是我要见的扬州,她一定是润泽的,水汽蒙蒙的。尽管朝代更替,时光荏苒,但是扬州的韵味没有变,那是一种自古渗出来的韵味。这种韵味可从唐诗宋词中钩沉出来,从明清画意中寻找出来,从飘在扬州上空的馨香与轻歌软语中感觉出来。

而且你一来就会发现这里到处是水的繁华、草木的繁华。瘦西湖是多么让人安心的存在,少了瘦西湖,美丽扬州就少了内在气质与空间效果。这养眼的所在,好比街头一个女子迤逦而往,摘走了你发呆的目光。

瘦西湖就那么汪着,柔着,自然地流入你的生命。你知道,每个人心中都有一个仙境,但是到了这里,必会与心中的景象对接。你看，瀑布在山间流，白云在湖中浮，寺与塔、船与桥、阁与楼，搭配得多么自然。生活在扬州的人，多在湖的两岸，静静的，站着或坐着，他们似乎在等待什么，又似乎从来没有什么可等待。欸乃声中，时光轻轻拂过了。

喜欢扬州的人，总是能很快融入扬州本身。他们行走，腿脚的摆动不是无奈的奔波；他们坐船，岁月的颠簸与船上的晃悠成为两个概念。他们湖上住住，林间转转，拜拜佛，燃燃香，登登塔，把忧烦拂去，把急躁放下，让清香与清水的缭绕放慢心的节奏，似一种禅修。

桥上一个女孩在打电话，声音细巧而又张扬，似在极力向谁释放自己的快乐。而后她抬头看天，天上满世界的蓝。扬州是一篇散文。按照过去的说法，散文是形散神不散，实际上，我这捡拾散文的，在扬州是形散神也散了。

二

又一场雨后，湖水现出空蒙气象，似覆了一层薄膜，与天上的气团相照应。似有若无，娉娉袅袅，到了高处又没有了。只有细细地长时间地凝注才会发现。

这时你感觉湖是有温度的，它在呼吸，或者说在喘息，很轻，凸凹的地方涌动尤为明显。你很想上去触摸一下，那种触摸必是带了感情的。

太阳不知何时升上来，它越过那些树，霎时就像树上开出来无数金针，若果有声音的话，不知它会发出什么样的声音。

一只小船划过，拖带着长长波纹，一下子勾起我对故乡的回忆。许多游子的心中，一定都有这样的船儿，无声地穿过。

我有时会想，你是谁呢？你是我见过的还是没有见过的哪位？你走过江南的雨巷吗？你甩过飘逸的水袖吗？你把一湖碧水，瘦成了一首曲水流觞般的诗，一曲优雅婉转的水磨柔腔。

三

必是要在水中划一划船的。船是近距离接近瘦西湖的最好方式。

湖中的船像一条条游动的鱼，波翻浪卷，花草喧腾，扇形的鱼尾纹，让湖一次次活力张扬、春华回荡。

船上的感觉真好，两岸亭台楼阁，一路鸟语花香。过了一座小桥，雨竟然停了，只有一些余音，还自垂柳的梢头滴滴垂下，敲打着水面。阳光赶着过来填补雨的空隙，实际上为雨打过的地方，上了一层釉，越发夸大了雨的作用。阴与晴的循环往复，构成了瘦西湖的另一种审美，渐渐湿润，微微暗淡，而后又猛然开朗，瞬间清明。

船一会儿在光影之外，一会儿又在光影之中。钻过一片柳的时候，柳把一串水珠连同阳光甩进了船里。

进入了狭处，两岸的草木能拉起手来。光线也便阴晦，那种阴晦绝非让人压抑沉闷的阴晦，而是有了一种微妙的感觉，你或许就是需要这种感觉，在大明大亮之后，在大平大顺之中。瘦西湖妙就妙在这里，有时看着前面到了尽头，却腰身一扭转入了另一蹊径。这样走着，你会觉得那些冈、那些弯，还有柔着那些冈和弯的水，就是女人做的，女人的腰，女人的胸，女人的臀，女人的各种姿态的媚，构成了这个湖。天下西湖三十有六，唯有此湖言"瘦"，瘦得这般有味道。

　　人说，芳土孕育千年秀，扬州自古出美女。岁月匆匆滑过的香裙丽影中，飘闪出多少日月山川所钟情的尘世精灵？那美女，也是要算上林家黛玉的。黛玉从小在扬州住过，说得一口扬州土语，她喜欢扬州的景致。瘦西湖与一个柔弱女子，该是怎样相知相照。可惜后来她不得已离开，再没有回来。扬州人说，若黛玉留在扬州，就不会陷入什么劳什子情感旋涡，不会把命搭进去。黛玉某些地方，是和瘦西湖合在了一起。黛玉走后一直没有再来，只把那声慨叹留下：春花秋月，水秀山明。

　　在湖上久了，会发现湖总是在变化中。有时候，湖上静得没有一丝风，燕翅低低斜过，擦玻璃似的，把水面擦得越发明净。有笑声传来，树荫下有人在拍婚纱照。真的是选对了地方，美景良辰，寓意和幸福全在其中。

　　湖岸边有着各种姿态的柳，有的整个弯进水中，像在濯发，有的仅一长枝落下，似在垂钓。传说当年杨广在扬州遍植垂柳，柳树在扬州也就越发地多，至今仍是扬州的市树。柳树中间，怎么钻出一株凤凰树，像谁撑一把红伞在眺望。还有金丝桃，调皮地蓬勃在桥边，根根金丝朝上翘着，垂着的花，蝶一样晃。

　　真有蝶舞，在这个五月，如絮一般，纷纷扬扬，弥漫双眼。那一群白蝶，似来自花草，或来自湖水，舞着舞着不见，陡然又起。

　　还有一种白花，扑扑棱棱从假山石上漫下，像止不住的瀑，流到了湖中。

　　莲花桥处，竟然听见了蛙鸣，一声，两声，千万只青蛙的合鸣让人兴奋。而你还看不见它们，它们在乐池里构成群体力量，将二十一世纪的正午奏响。虽然它们比之唐宋明清仍然是老调重弹，你却觉得那么新鲜而富有震撼力。

四

清脆悦耳的棹声与沉郁浑厚的号子远去了。早在唐代，扬州就是长安、洛阳之后的第三大城市，前两个属北方区域，独扬州彰显江南风情。而且她依傍长江又襟带运河，这就更使得各方才俊趋之若鹜。

顺着瘦西湖一直往前，就是比瘦西湖更老的古运河。经过千年翻腾，自是没有瘦西湖明秀。到达便宜门附近，就看见了康熙、乾隆下江南拐入的水道，多少次，那条水道波翻浪涌，掀起扬州一个又一个高潮。

康熙和乾隆一次次下江南，都要在扬州停驻，不唯要住下来，还要走动，还要作诗，每一回都灵感闪烁，光乾隆写的诗就有两百余首。那种喜欢，只差没把墓地选在这里。

突然听导游说，再往前就是瓜洲了。我以为听错了，瓜洲，那个文学中的著名坐标，怎么会在这里？"汴水流，泗水流。流到瓜洲古渡头。"从我所在的中原出发的汴河可直达瓜洲古渡，而后并入长江滚滚入海。那么，江南运往中原的货物，也是在这一线北上。尤其在宋代，沿汴河入首都开封的船只可谓舳舻相接。"楼船夜雪瓜州渡""京口瓜洲一水间""瓜州棹远荻花秋"，儿时，吟诵着这些诗句，总不知道瓜洲在哪里，原来就在扬州地界，可想瓜洲对于扬州是多么给力。

我久久地看着湖水,我想看到它的深处去。它的深处有什么呢?瓦砾、箭镞、皇冠,抑或诗书?或还有钱币的铜锈,商女的泪水。我看见来自西域、东洋甚至更远地方的人士,一波波地来了又走,走了又来,还有一些人留驻下来,直至老死,彻底融入这片滋阴养阳的水土。

我的记忆有句:"腰缠十万贯,骑鹤下扬州。"我觉得鹤是在天上飞,自然是"下扬州"。到了这里,才知道读古文时的记忆谬之久矣。应该是"上扬州"。一个下和一个上,不一样了。多少年里,人们把上扬州看成一种幸事,来沾商气,沾文气。你就看吧,那些沿大运河南北来的,顺长江东西来的,挤挤拥拥的樯橹丛中,他们一个个上岸了。

苏轼来过扬州吗?苏轼在哪里,哪里就是有幸的。反过来说,他去的地方,都渗入了他的生命。苏轼还真的来过扬州,我为之庆幸。

还有欧阳修,做扬州太守时在这里弄了个平山堂,让视野和襟怀更加开阔,同醉翁亭异曲同工,醉翁之意不在酒,平山堂更是建在了山水之上。

而出生在扬州的鉴真法师,十四岁随父于扬州大云寺出家,一生的大部分时间都是在扬州度过。

星云大师呢,他来扬州,开口第一句话就是,我是扬州人。

朱自清也有话,我家跟扬州的关系,大概够得上古人说的生于斯,死于斯,歌哭于斯了。十八岁的那年冬天,朱自清在扬州结婚,女方也是在扬州长大。

扬州,是一个避不开的地方,总有人与扬州搭上什么话题。

那么,在扬州出现扬州八怪不为怪事。这一群奇人怪才,喝着扬州的水，熏着扬州的风，迷着扬州的人，醉着扬州的月，把自己融成了扬州一景。

五

水边上岸，岸上等着一树琼华，硕大的花儿张开来，像一朵笑，扩展着这个早晨。花儿碗样大，瓷样细，玉样白，如出水芙蓉。

正看着，一瓣花悄然落下，一群草赶忙捧住了它。有些瓣儿落在水里，立时如舢板，带一身皎洁，漾漾划走。

这是什么花呢？莫不是过去所传扬州独有的琼花？"无双亭上多铭记，都在长吟感慨中。"于谦所看的琼花，与韩琦所说"四海无同类"的花是一样的吗？"我来曾见花，对月聊自醉。"看来扬州真有过天下独一无二的花，此花不慕权贵，独向人间，人称琼花。一个琼字，可想而知。

还有那么多的鸟儿，有些知道名字，有些叫不出名字，更多的躲在树荫间，是只闻其声，不见其形。这些鸟儿是扬州的活体监测员，不断地发布着环境报告。

一颗枇杷果落下，砸在潮湿的地上，立时碎作一团鹅黄甜香。抬头看去，才知有一只白头翁，正在叶子间啄那些果。啄得疼时，果子忍不住落下。果子落的一刻，白头翁会喧腾起翅膀，表示不解与惊异，而后啾啾叫着，再去找另一颗果子。

枇杷的名字，可是从掉落的声音里来？

车子环绕在一片葱茏之中，人说是蜀冈西峰。好半天钻出来，见到一片典雅建筑。建筑前面，一个简易的阳棚里，竟然是新发现的隋炀帝陵寝。遂感到一阵惊讶。

隋炀帝也该是喜欢扬州的，他那个时候，在扬州闹腾得动静还大。我们当然不能把一项举世瞩目的工程单一地认作杨广的个人私欲，从一个国家元首的角度看，他应该想到的是水的开发和利用，是江山社稷的大问题。只是修好了大运河，一高兴把事情搞过了头，使得功劳也埋没在了河底。唐代诗人皮日休很早就说了公道话："万艘龙舸绿丝间，载到扬州尽不还。应是天教开汴水，一千余里地无山。尽道隋亡为此河，至今千里赖通波。若无水殿龙舟事，共禹论功不较多。"

多少年后，这个在扬州因运河而得大名甚至丑名的隋炀帝，又在扬州悄然睡下。扬州的繁华中，没有人知道那个叫杨广的躲在蜀冈一隅，看岁月如梭，朝代更替。

杨广陵此前在多地都有，不知道哪个为真。直到扬州有了新的发现。扬州觉得，这里确乎应该是他的最终居所。那么，就请在这里好好看着吧，大运河还在发挥着作用，运河边又出来一个瘦西湖，比他当初的扬州更多了气质和品位。

六

又一天时光过去，我看到了西天涌动起一汪金水，夕阳在那汪金水中泡着，泡得黄黄的。正是这浓烈的金黄，使整个蜀冈顿时镀上了一层非同寻常的光。怎么会有这样的夕阳？夕阳大都是红色或白色，它却不着一丝红白，金黄炫目。

此时，我正在大明寺的石阶上，看着本来就黄色相围的寺院，如披一件艳黄艳黄的袈裟。时间并不长，这种景象便消失了,这是我来扬州见到的短暂的令人悸动的景象,现在,黑暗已经渐渐挂上了栖灵塔的塔尖。晚上出来,站在香风馥郁的桥上,听晚风吹响一孔孔半明半晦的月光。人们说这里是欣赏月色最好的地方,月来满地水,水中无限银。扬州看月,或许是人们的一种共识,不同时期的人物,都发出了他们来自内心的慨叹。"二十四桥明月夜,玉人何处教吹箫?"杜牧的月色明净优雅、旖旎馥郁。"春江潮水连海平,海上明月共潮生",扬州人张若虚铺排了一个花香四溢、潮涌明月的大场景。"天下三分明月夜,二分无赖是扬州",徐凝更来得直接,把一种感情的明月都给了扬州。

始终弄不明白二十四桥是一座桥,还是无数桥。当年的沈括如我一样迷惑,他认认真真地一座一座去寻,一直寻找到了二十一座,还是差了三座。

我宁可相信那是二十四位玉女,在明净的月光下,让一片箫声响起,使喝了酒的晚唐诗人,望不清桥的形态,也没有弄明白自己说的什么,以致后来的人们,同样被桥、玉女和明月,也许还有醉意搅乱了心绪。

七

月高高挂在天上,照着回家人的方向。我总觉得,扬州是梦的起点,也是梦的终点。"十年一觉扬州梦",是杜牧说的,他在扬州十年,匆匆促促,如梦初醒。而我到了扬州,一觉睡去,却空旷无痕。窗帘启处,一湖烟波,无限江山。

鸟儿斜过,拽来一抹朝阳。我回想半天,才明白这是在早上,这是在扬州,一个魂牵梦绕的地方。

哪里传出了琴声,似是飘散于历史的风烟中,仔细再听,翠竹掩映之处,淙淙铮铮,确是那种古琴的鸣音。忽而想到古曲《广陵散》,是嵇康弹奏过的绝响。那位传于嵇康的神人,可与扬州有着什么关系?"千家养女先教曲,十里栽花算种田。"多少年里,扬州人一直都是这么生活的么?湖的四周氤氲着一股甜润的气息。你甚至感到,这就是湖的气息,多少年都是这种气息。每个来游湖的人,都躲不开这种气息,以致在这种气息里泡久了,自身也沾染不去。走去后,像一枚叶子,带有了瘦西湖的特质。

真想在这里如梦如幻地待下去,扬州,你不是让人敬畏的,而是让人亲近的。

我不能带走瘦西湖,只能一次次地走,又一次次地来。

道口·书院·秋声

一

我的记忆在涨水,我曾经来过道口镇。那个时候我还很小,我天真地寻找着那个道口。一定是有一个道口的,它在摆渡着来往,引导着方向。

可是我没有找到。

现在我依然在道口徜徉。有个声音告诉我,欧阳书院就是道口的标志。我看到一扇门无声地开启,一股清风灌了满怀,我的怀里立时温热起来,心里在荡舟。

我曾经找过的那个历史的道口,就芳香四溢地站在四通八达的地方。

二

滑州,你是作为一个音符在那里发着骨感的声响吗?你的卫国的月光里,飘着许穆夫人的裙裾,一曲未经化妆的绝唱,在时光深深的庭院里舞蹈。

醉翁之意在乎山水之间，也在乎"庭院深深深几许"。他找到这里的时候，"星月皎洁，明河在天"，一缕秋风正在流浪。他记住了那个朴素的路碑，正如多少年后我们循着那个路碑，毫无偏差地找到你。

三

我试着像欧阳修一样在秋声里沙哑地歌唱，真的，我真的在那种歌唱里越过了灵魂的高峡，在一片清澈而亲切的水上飞奔。

水的四周是辽阔的北中原，中原一派玄黄。一个个经过无数次痛苦和愉悦而繁衍的村庄，把这玄黄连缀起来，就如汉赋、唐诗、宋词的连缀一样，将广袤和丰收连缀起来。一个人从广袤和丰收里站直弯着的腰身，甩出一串汗水，那汗水变成了飒飒秋风。

带着秋香的风吹过大地，大地上一片繁忙。欧阳修来的那天，是否也是这样的景象？我去过欧阳修的家乡，正是"白水芦花吹稻香"的季节。

四

一群学子的声音水一样缱绻在风中，我听到了你们的歌唱。不，不唯是我，我身后那个摇摇晃晃的醉翁也听到了你们的歌唱。他激动得抖动着胡须，陷入了沉沉的回忆，似乎感怀那两次人生短暂的行程，感怀历史的理解和千年中滑州人的感情。欧阳公,六一居士,你始终让心居住在孩童中吗?你的生命里,重叠着那个儿童的节日,我们叫起来是那么亲切。

声音就这么缱绻地流着,我在这流水里偷偷地泡着自己的泪光。我回头看欧阳公,欧阳公的眼睛里映着清澈的天空。

五

欧阳书院已成卫河边的风景,夜晚,我在这里久久不能成眠。

秋风拂过大地,我随风扶摇而上,看一个人怎样地对天惆怅,惆怅中又带着怎样的调侃与放浪。你一定流过泪,没有泪水的男人是不真实的,只是我没有看见。故乡沙溪旁,满头白发的芦花摇出的风,一直吹过卫水,抖乱你的衣衫。

"草木无情,有时飘零。"人生不可能长驻春天,那就在秋天里扎下根,把春天重新孕育。绵州、夷陵、扬州、滁州、滑州,欧阳公,你把坦荡和豪情种植在这些山水的深刻部位,让它们长出思想和灵魂,长出文字和墨香。没有人知道你的痛苦,一如不知道你的快乐。你看,童子都睡了,你露出了宽怀的笑意。

深秋的风重复着重复着,一直重复到现在。

其实我不该想起这些,我应该想起醉翁亭的快意,想起蝶恋花的清香,可我还是忍不住。我还想起你的直率,你的不屈,你的无愧。就让我这样多想一些吧,想得多了,我就离你越来越近了。

不,我一点都不怀疑你的意志,你只是借助秋风放飞一下自己的思绪,就如你放飞吹落的一根胡须。"人为动物,惟物之灵;

百忧感其心,万事劳其形。"谗佞的草在你的跟前,早拂之而色变,《秋声赋》后不知去向。

滑州,让我搬运些秋声走吧,我要把它扎成生命的篱笆。

六

在欧阳中学,我看见那些不老的风,在雨中丝丝落地,长出又一茬嫩苗。风雨之间,千岁欧阳依然在夜里读书。

欧阳书院,请允许我作为你的一位晚来的学子,坐在那方舢板样的小桌前,用我满腹的激情诵出:"初淅沥以萧飒,忽奔腾而砰湃……"

官渡怀古

一

　　槐树冈的槐花刚刚开过，楝树便以淡紫的馥郁摇醒了朝露。再过一天就是小满，地里一天天变样了。街坊会说，没听布谷在叫"快黄快熟"吗？叫得人喜喜慌慌的。布谷鸟一叫，官渡最好的时光就来了。

　　真的是大平原，风一吹就吹到了天边。除了树木和庄稼，没有什么遮挡和起伏。难怪这里有一场大战，人马和战车跑得起来呀。看着一望无际的绿，偶尔会想起那场厮杀。

　　福泉说官渡之名来源于一条水，官渡水，它连着古人开挖的运河鸿沟。鸿沟西达广武和虎牢，东下汴淮和泗水。如此，南倚嵩山西依邙山北临黄河的官渡，绝对是袁绍夺取许昌的要津，许都不保，曹操也就没戏了。袁绍当时统领大军十万，气势汹汹。曹操只有两万兵力，在非势均力敌的情况下，为保许都，只有迎头在官渡布阵，同袁绍决一雌雄。

　　这个时候，刘备属曹操麾下，多少还有些优势可言。但是刘备走了机会主义路线,在曹操部署作战时,突然举兵占领下邳,并联系袁绍合力攻曹。这给曹操和袁绍各带来一个坏消息和一个好机会,得坏消息者努了劲也要拔除肉刺,有好机会者却不听田丰"举军而袭其后"的建议,致使刘备单挑而溃败,曹操征讨后从容回军官渡。这个后悔药袁绍到死都没吃完。曹操此役还迫降了关羽,如果曹操对待吕布样对待关羽,刘备后来的大势就很难说。反过来,刘备不叛离曹操,两股力量相合,也许中国早几百年统一,不会有三国纷争、两晋动荡及其后三百年乱世。当然这是臆想,历史上的事情难说。

结果是,袁曹两军你争我夺相持近一年,袁绍不能取胜,曹操更是力不能支。但曹操还是抓住机会,两次烧了袁绍粮草。那个即将见分晓的倒计时,起于曹操舍命率队偷袭。此时,在茅庐中冷眼观望的诸葛亮不免感叹:"曹操比于袁绍,则名微而众寡。然操遂能克绍,以弱为强者,非惟天时,抑亦人谋也。"是的,曹操用人又信人,使得荀彧、荀攸、许攸都在关键时起了作用。也有史家说,曹操攻淳于琼烧粮草,固然是有胆气的孤注一掷,但他的能耐,还在于长久坚守而挫了袁军锐气。

大平原给了曹操放马驰骋的天地,官渡之战炼铸了曹操的性情与格局,并影响其后的抱负,包括文学上的认知与施展。

二

福泉所在的官渡桥村,是同官渡最紧密的地名。几位老人在颇有规模的官渡寺前闲待着。同他们聊起来,知道这里原来还有官渡台,当地人称"曹公台",而官渡寺也是一个屯兵的地方。

官渡桥还辖一个小村逐鹿营。提起逐鹿营,老人们兴奋起来,七嘴八舌地说着。曹袁两军对垒的时候,曾为争一头小鹿在此发生激战,结果曹操的人争得了,因而群情振奋,最终扭转乾坤。这是逐鹿的结果吗?这么说,那头鹿或是上天投下的制胜砝码?

我的眼前奔跑着一头仓皇的小鹿。对于鹿来说,死于谁手都不是一个好结局。

问起周围的村子,说还有草场村,是曹操粮草的屯积地,还有仓砦村,也是当时的战备仓库。还有吗?一位老人手一指,前面的水溃村,曹操水淹袁绍的地方。不免慨叹,只有在这里,才能深切感觉到这些村名伴随的铁马黄尘。

天空飘起细雨。在官渡大地上行走,时光留下了诸多回味。曹操一生征战,劳心劳力,官渡让他扬名,赤壁使他名誉扫地。闹腾的结果,江山成了司马氏的。司马氏闹腾半天,江山又到了别姓手里。曹操若有知,会觉得此前一切争斗都毫无意义。

三

自古道得中原者得天下,难道中原就是意象中丰润纯美的鹿?中国八大古都,中原占了四个,还有两个没算上,一个商丘一个许昌。官渡恰在其中央。这些地方都在逐鹿中原中毁毁立立废废兴兴,一个个朝代也像地里的苗,一青一黄地过去。青黄中的官渡却愈加繁盛,愈加葱茏。昔日的战场变成了闻名遐迩的大蒜和西瓜产地,变成优雅芬芳的园艺场和绿博园,变成乡情纯馨的雁鸣湖和牟山湿地。人们从八方来,来享受清洁的气息和融洽的色彩,也算是一种文明的衍变吧。"神龟虽寿,犹有竟时。腾蛇乘雾，终为土灰。"曹操所引发的慷慨雄豪的魏晋风骨，倒是一个提醒，打打杀杀只能留下一个案例，和平与文化的影响，才能进入恒久。

　　一群游人由远而近，笑闹同细雨搅在一起。随风飘来谁的歌声，悠扬而沉郁，声声砸在厚实的土地上："暗淡了刀光剑影，远去了鼓角争鸣……"

太姥山

一

无论多少传说,这座山都与一位女子有关。这些传说中,我最喜欢的,是那位让人感到亲切的劳动者。人们叫她蓝姑,她在山上种蓝,还种白茶。蓝的果可以吃,叶子可染布,白茶能治病健体。这简直像一首诗。后来人们将这位给尘世带来吉祥的女子称为太姥。

黎明时分,一声鸟叫,引燃了山顶众鸟欢鸣。想象太姥在世,会在这鸟鸣中开始种她的茶和蓝。茶与蓝一片片地铺展,催响了寺院里的钟声。

梵音直泻而下,海浪涌起,烘托出一抹玫瑰烟霞。烟霞腾挪,渐渐变得浑厚,太阳的金轮从浑厚中隆隆而出。

大地顿时一派澄明,满山的浓郁涂了一层葱翠。葱翠中看到与中原不一样的桐花,这里那里,像是丽人出浴,雪亮的芬芳,融化了天际。

海鸥是我见到的第一批游客,它们从海上飞来,自在地在葱翠间撒网。

这时回头，太姥山像一尊佛，披了红黄的袈裟。

二

对于大海而言，太姥山是一个独特的存在。多少年前，它从大海的母腹中轰然而出。海的感觉非同寻常，当它耸立云天的一刻，海听到了接天连地的脉动。那么，也可以这样说，那些嵯峨的山石，即是凝结的海的浪花。浪花纯净圆润，每一朵都透着坚实与浪漫。

石与石之间的缝隙，被雨滴敲开。太多的鸟鸣灌进去，灌满再溢出来，满山谷流淌。

一块大石差点惊落万丈深渊，晃动了两下，又被风扶住。风肯定是太姥自家养的，携着芳香只在山里转，笑笑闹闹把每一个角落都转遍。

山洞是要居住仙人的吗？一个个洞穴，哈出一团团雾气，雾气变成云朵，随山瀑流向很远。

岩上钻出来一棵小芽，岩以自己的湿润供养它。很多这样的小芽歪斜着、挺立着，与山岩共同诠释友好与信念。

前面是一线天，峡缝很长，人们却喜欢与自己叫板。女孩从峡缝攀到上边，刚打开一把青花伞，就被透彻的雨线覆盖。再细看，竟然是云隙间射出的一柱光。

千峰万壑，总会有黄瓦红墙隐在其中，香烟缭绕着木鱼的清响。往往这时会变得步履轻盈，气韵宽展。

还会突现一湖水，像是太姥山的瞳孔，闪着幽蓝的晶明。这时有人大呼小叫,湖把那些叫喊滤了一遍,连声带水甩到很远。

山石也会捧着小潭的清涟,人们叫作天水。天水似一个个茶盏,茶盏内时而飘进几许叶片,那是野生白茶。仙境中的茶林,已是著名的白茶宗源。茶林一忽儿在云上,一忽儿在云下,采摘的时候,会连云气也带回来。

有姑娘在潭边煮茶,穿着麻衫的俏丽身影,让人想到那位太姥。在这里喝茶,与在下边的感觉不一样。高山上就着天水,挨着茶林,品的是自在与天然。

一路攀登,有人说看到了金龟爬壁、银鼠跳崖,或是玉兔听潮、九鲤朝天。可我看到了一个世俗世界:农妇在弯腰提水;孩童在赤裸洗浴;牛卸了耕耘的农具,扭身望着夕阳;一个麦场不大,石磙却不小;一只蛤蟆,看到我竟毫无顾忌,仰头大叫,只是叫声听不见;有人害羞了,红着脸背转身去,像第一次出来赶集的村姑;那是些乡嫂吧,聚在一起,也不管姿态雅不雅,摇头晃脑,伸腰拉胯,肯定上演着什么好戏;还有穿长衫的绅士,挺胸凹肚,高谈阔论;远远的可是老子?像在那里思想,又像送别刚刚问道的人。

这片区域,几乎聚集了所有个性独具的顽石,它们放浪形骸,亦仙亦幻,构成太姥山的洒脱从容、磅礴大气。

我感知到太姥山的自然与亲切,它连同大海,带给这个世界更多的深沉与浩瀚。实可谓毓秀海天三千韵,钟灵仙境九万重。难怪汉帝封其为"天下名山第一",唐宗又赐"仙都圣境无双"。多少仁人因之膜拜,多少墨客为之慨叹。太姥山的荣敏说得好,它既是一部自然经典,又是一册人文巨著。

三

夕阳落去,大地沉睡,有些故事还在延续。

换一个角度,就看到了爱情的影像。那山石,怎不是一个人冲着一个人跑去?还有,一位在弯腰,要拉起下边的一位。还有,两个人依在一起,头顶正过流星雨。

在这里,或许会明白什么叫山海奇缘,什么叫一生一世。太姥做证,一切都成了永恒。

这时再看月,月只剩了半弯,正收割着丛丛云气,直到现出一片净土。

转过山弯,那月已是一枚篦梳,别在女子的发髻上。这女子背对着我,腰身舒展,正享着那番清雅。

太姥山,一座低调的山,它不浮躁,不虚飘,充满了沉宁的内涵。真的是饱经沧桑的老母,什么都了悟。你来了,同她坐在一起,不消说什么话,就会陷入她的深刻。

你也会变得明白起来,纯净起来。你甚至也想变作一块石,在这里打坐,看云起云落,任潮退潮涌。

潍坊的风筝

一

云和风筝换了位置，或者说，云为那些风筝腾了位置。喷薄而出的朝阳中，一下子喷薄出那么多风筝。那是开在天上的花。越开越多的花，成为故乡的风景。

潍坊的别名就是鸢都。从"潍坊国际风筝节"放飞的风筝，差不多飞了近四十年。

中国向欧洲传播的重大发明中，英国学者李约瑟把风筝列入其中，表明风筝最先起于中国民间。明代潍坊就有了放风筝的习俗，潍坊靠海，这一娱乐工具或从海上传出，融入不同国家的民众生活。

整个天空生动起来。

所有的风筝都没有想到，它们会变成另一个世界。它们以单纯的自我，组合成群体的庄重。

它们有的天真，有的老成，有的是戏曲中的脸谱，有的是栩栩如生的造型：婀娜的嫦娥，耿直的郑板桥，黑脸的包公。更多的是动物：蝴蝶，瓢虫，蜻蜓。还有一个大章鱼，那么多的须尾，简直让人怀疑它能否升起来。可它竟然一点点起来了，而且离地面越来越高，多么不可思议。那不是借助风，是借助它自己，巨大的天空容纳了它。

还有蓝宝石风筝，这一定是昌乐人放的。还有一对儿大萝卜，倒栽在云朵中。"烟台苹果莱阳梨，不如潍县萝卜皮。"放飞的，可能就来自大萝卜的产地。

只有在这里，才会上演风筝传奇。他们说，有一只一百二十公斤的大蜈蚣，被十几个人扛着来了。这也能放起来？试试呗，在这风筝之都，谁不想玩一次浪漫？喊着吼着跑着，嗬，真的让那庞然大物飞起来了！

他们说，有一个小女孩，抻拉着风筝不放，反被大风筝拽到空中去了，人们还以为是一种飞人风筝的表演呢。惊魂甫定，小女孩露出了快乐的表情。

云端的气流大起来，带着一种冲撞，将一些鸢尾冲得抖抖颤颤，使得场面更加好看了。有小鸢在如盖的大鸢中间挤来挤去，有的如一轮月周围团着一圈流星。

"不解藏踪迹，浮萍一道开。""流波将月去，潮水带星来。"谁的诗句在心里排开？这些人间的美好，此时都显现在了天上。

二

风筝之都，人们不仅是喜欢放飞，还喜欢制作。有人统计，世界上70%的风筝都出自潍坊。随着二十世纪八十年代风筝节的举办，潍坊就有了大大小小的风筝厂。我在杨家埠看到一个场面，厂子有设计的、制作的、描绘的、包装的，还有负责试飞的、网上直销的。大大小小的风筝琳琅满目，那可都是欢乐的载体。就等着一阵风。

可以说，潍坊是一个独特的存在。潍坊人会说，我们这里，南依泰沂山脉，北濒渤海莱州湾，绝对是人杰地灵之地。潍坊人还会说，为官清廉的大学士刘墉是潍坊人，著有《齐民要术》的贾思勰是潍坊人，还有大画家张择端，也是潍坊人。是了，他的《清明上河图》中就有放风筝的景象。

这里的人还会告诉你，欧阳修、苏轼、范仲淹、李清照、郑板桥都曾在这里任职或居住，留下美名也留下好基础。这里已成为全国瞩目的花卉产地、蔬菜产地、食盐产地、蓝宝石产地。

如此说来，这里的人喜欢放风筝，是因为他们的生活充满了自信与满足。平时他们神情含蓄，踏实本分，高兴时尽情享受，释放快乐。农民沈孝业，从小就喜欢风筝，他从放风筝知道了很多道理，实干巧干，不向命运低头，后来做起了乐化油漆，做成了知名品牌。今年的风筝节，就是他出资赞助。

这是一片浓缩的天空，浓缩了所有的美好，智慧与热爱：敢于幻想，敢于实践。永远在辽阔里奔跑，永远以热情迎接春天，引颈向上，昂首向前。

毕竟是孔孟之乡，礼仪之邦。凡客来，便邀喝酒，再邀去放风筝。在潍坊，带你放风筝如带客人去钓鱼一样，是一种生活品位，你享受了，他便高兴。于是更多的人带着他们的风筝来了，那些风筝里，有东北的豪爽，西北的剽悍，江南的柔情，还有世界各国的风情。

每年的阳春三月，你就来潍坊看吧，所有的灿烂，全开在天上。

三

这个辽阔无比的海滩上,到处都似在狂欢。无论是放的还是看的,个个都是喜气洋洋,好像他们本人在飞天。在这里,总有一种情愫簇拥着你,感染着你。

那些放飞的风筝也都有了说头,不是被存进了博物馆,就是被整到网上,成了网红。

听到了一种充满田野气息的曲子,熟悉又有些陌生。是响自哪里呢?仰头侧耳,哦——曲子竟然出自那些风筝中,不知道是哪一只发出,又像全跟着和鸣。

你一定会被那若隐若现的乐曲所打动,并且理解了那曲中的意味,那意味深沉而醇厚,像沂蒙小调,又似是大海渔歌。

我也想做一只风筝,升到高空去看天下景象。想起一种游乐项目,快艇拉了绳伞疾奔,把人高高拽起,人就在空中使劲儿地笑啊叫啊。好风凭借力,送我上青云。在天空能看到什么?或能看到大海东来第一山的沂山,看到古火山那闪现过奇幻色彩的峰峦;能看到大片的盐滩,大片的花海和绿色蔬菜,还有潍河、虞河、弥河、小清河、白浪河数百条河流的晶莹与活泼。

那么朋友,你想寻求邂逅,可以来潍坊;你想寻求浪漫,可以来潍坊;你想寻求安逸,也可以来潍坊。在这里,你会失去自我或找到自我。

潍坊的风筝,已经不是一个地域的概念,它已经飞越了整个中国乃至整个世界。

很长很长时间了,我还在看着那些仰头看天的人。我敢说,他们是一群在地上生活、在云里写诗的人。他们放风筝的那种豪情,那种自在与自信,让你觉得,就是一片大海,他们也能放起来!

系缆或解缆

———

一

一朵伞在人群中飘，慢慢飘到我的视线里。

它是从一条巷子里飘出来的，那条巷子里全是各式各样的幌子，幌子在风中摇，摇着摇着就摇出了这朵伞花。

伞花顺着一条石径往前，曲曲弯弯的石径将伞花引得也曲曲弯弯起来。伞花是淡绿色的，上面有红与白构成的硕大的花，我看不出那是一种什么花。

那花飘上桥又从桥上飘下去，一直飘到水边的码头，而后上了一叶小舟。小舟起桨，无声地飘走了，就似飘到了天上去。

二

宋时汴河的码头，会不会也有这样的一朵伞花，在一个早晨的雾中解缆下船，悠然远去？我想是会的，何止是一朵伞，何止是一条船。

生活就是这样,必然要在不停系缆和解缆中度过。上岸或者远去都是一种必然和必须。伞的作用,船的作用,水的作用,都是作用于此,正因为有了这样的流动,才有了各种可能。

李煜在这里上岸了,为南唐的前程画上了一个句号。宋朝却刚刚解缆,前面的行程还很远。李煜上岸后便不敢独自凭栏,望那阑珊的春意,更不知春花秋月何时了,将自身陷在一片往事中。他吟过了《乌夜啼》,接着还吟《子夜歌》,"故国梦重归,觉来双泪垂"。听了这些吟唱,谁都会心软的,只有一个人心硬,直至要了李后主的性命。慨叹一个帝王的命运的同时,也慨叹,一个渺小的帝王失意,却成就了一个伟大的词人。

那么,解缆远去的宋朝呢?也是经历了一次次的波涛汹涌,弄不清多少帝王被淹没在这汹涌之中。最后让人记住的一个,是宋徽宗,在一个陌生的地方系缆上岸,命运同多少年前的李煜差不了多少,甚至可以说更惨。只是这个同样与李煜有着十分精到的艺术手艺的帝王,却没有李煜那样有着文学史上的幸运。人们快把他忘了。

还有一些云鬓花颜,皓腕金环,轻裾随风。或浣纱弄水,或望人远去。珠帘沉落,琼轩独倚,玉钗灯影,露浓花瘦。没留下名字,只留下些许笑声和泪痕。

包拯似乎在这条水边走得最多,他走得一身正气、两袖清风,走得光明磊落、铁面无私。因而他的知名度最高,以至到现今都还是黎民百姓呼唤清官盼望治世的精神寄托,成为最具号召力的公平正义的化身。

人们记得有一个叫柳永的人,醉醺醺地在一个码头下船。"今宵酒醒何处?杨柳岸晓风残月",那是他的呓语吗?那个时节，如柳永样多才多情的大有人在。开封的奢华和热情能够接纳一个个将艺术细胞抖落得叮当作响的柳永们。这一拨来了，那一拨又走了，来这里赶考，在这里受任。凡文人骚客，无不要闻闻汴京的仙风，沾沾大宋的气息。那风气里有侠骨也有柔肠，有豪酒也有艳笑。那个时候，整条汴河，宋词都在璀璨地荡漾。

苏轼走的时候，有着诸多的感慨和痛心。一次次在这里上岸，又一次次不得已下船。命运的小舟一直向南漂，小舟上有他的朝云，有他的诗，所以漂到哪里也不怕，漂到哪里都有情。有山吃山，有水吃水，有荔枝吃荔枝。开园种地，建坝修堤，越走越远的船，高扬着那面支天撑地的帆。

金兵入据中原时，境遇孤苦的李清照也在这样的码头解缆了，行程上梧桐更兼细雨，凄凄惨惨戚戚，风住尘香，眼见得一只舴艋舟，载不动许多愁。在南宋遥远的岸边系缆时，已经是人比黄花瘦。

从汤河边来的岳飞则是一心要强兵复国，他时常是壮怀激烈，仰天长啸，豪情一泻满江红。可惜河山壮志，终以忠身朝天阙。岳家军往回打的时候，一路夺关斩将，很快打到了开封边上的朱仙镇，并在这里大破兀术的金兵，再往前一步就可完成饥餐胡虏肉、渴饮匈奴血的夙愿，却横来十二道催命金牌。汴河那天亮出一道清涟，随即又浊浪翻卷。

倒是指南针起了作用，指着大宋一路向南行。火药兵器也很厉害，"霹雳炮""震天雷"十分威猛，那么先进的东西，最后伤的还是自己。印刷术呢？倒是使一个大宋永远印在了历史的长河中。

三

现在那朵伞越飘越远了,那般艳丽的伞花,变成了渺渺的一点波光,终是看不见了。

想起一个赫赫王朝,也像一朵伞花,飘然而逝。

辑八

发 现

驿路梅花

花瓣纷纷扬扬地飘下来,像一层层的云,驿路在云中伸展。地上片片白了,说不清是雪还是梅。馨香随着山风灌得满怀,深吸一口,就吸进了梅岭诗意盎然的早晨。

梅的降落,像是一个隆重的仪式。梅的落是有声音的,每一个声音或都不同。路石有的凹了进去,凹进去的地方积的梅也多。梅下面是雪,雪化了,就把梅粘住,像一个大梅花。

路前面出现了一个弯,而后又一个弯,拐过去就看到了融在风景中的风景。

能让一个个朝代为之倾目的地方,一定有它的不寻常处。秦始皇派十万大军进入岭南,汉武帝出兵征讨南越,都是翻越梅岭山隘。隋唐以前,中国运销国外的商品,是经长安往西的"丝绸之路"。由于大运河的开凿,从中原沿大运河南下,经扬州、溯长江而入鄱阳湖,再逆赣江、章水,逾梅岭进入韶关,再顺浈水、北江到达广州入海,成为对外贸易的又一条通道。不管是出去还是进入,梅岭都是当时的必由之路,只是自秦汉以来开拓的山路险峻之极,需要拓展得更顺畅。这项不大好干的工作一直拖到了唐代开元四年，唐玄宗安排给了老家在韶关的张九龄，艰难可想而知。写出"海上生明月，天涯共此时"的宰相诗人，硬是率民工在梅岭写下了一首仄仄平平的经典。

四十公里长的驿路使得很多空间和时间变得简洁。吹过梅岭的风，会感到顺畅多了。雨雪也发现了这样的奇迹，它们不再洒落得漫无章法，而将一条路铺展得明净莹白。多少年间，中国的丝绸、茶叶、陶瓷，经过驿路到达世界各地。杨贵妃爱吃的岭南荔枝，也是经过这条路快马送至长安。不知玄宗安排修路时，是否也存了私心。

梅岭，是在梅中开了路，还是因路种了梅？不好找到确切的答案，路与梅就此相伴千年。坚硬与柔润、古朴与馨香和谐地融为一体。一些梅老去，新的梅长出来。石头将梅的根压住了，会抬一抬身子，让那些根舒展；抬起身子的石头有一天走失，新的石头还会补上去。

梅随着明净的雨或晶莹的雪一同洒落，说不准哪位诗人走来，会随着诗句曼扬。路渐渐上升到了一种文化与审美的层次。梅开与未开，在梅岭都会生发缤纷的联想。踏着光滑的石道一步步前行，身上早已汗涔涔的了，有人到亭上歇息。驿路上无数大大小小的亭，当年苏轼是在哪个亭子歇脚呢？陈毅遇险时躲在哪一片林子，有了《梅岭三章》的绝唱？

我转换两次飞机达赣州，又走了很长的陆路才到大余（大庾）驿路，古人在途中要耗费多少时光？梅岭是中原最后一座山，多少人走到这里，都会有辞国望乡的感怀，尤其那些贬谪之士。唐初宋之问贬南粤时，来到华夷分界的梅岭之巅，哀叹不已："度岭方辞国，停轺一望家。魂随南翥鸟，泪尽北枝花。"苏轼、苏辙、寇准、秦观、杨万里、汤显祖,这些人过梅岭时无不神离泪飞。究竟有多少贬官走过这驿路,数不清了,他们成为梅岭一道特殊的风景。其实,过去了,也就安心了,正是一批批的人过往梅岭,促进了南粤文明的发展。苏轼不也有"日啖荔枝三百颗,不辞长作岭南人"的欣叹吗?他在建中靖国元年北归时,梅岭迎接他的,仍是雪样的梅花。还有汤显祖,贬谪的时候,在南安听到太守女借树还魂的故事,方写成一部千古名剧,大余还修了牡丹园念着他。所以还是放放那些沉重的心事吧,"飘零到此成何事,结得梅花一笑缘"。梅孤清高洁,凌寒不惧,报天下春而后隐去,与人的品性如此相合,一切的疲惫、忧烦、离愁都暂时隐退,目光里盈满春的笑意。于是这里又有了王安石、黄庭坚、朱熹、解缙、王阳明的足迹。

晚间照样有行人,很多的事情都在路上急着,所以有词叫"赶路"。好在这驿路有梅相伴,"大庾岭边无腊雪,惟有梅花与明月",这是梅尧臣夜行的感觉;"霜月正高花下饮,酒阑长啸过梅关",陈元晋对月饮花后,酒壶一摔,吼着嗓子走过了梅关。

来往行人多了,驿站邮舍已经满足不了需要,大小客栈饭馆茶亭遍及梅岭四周,大庾和南雄两地也客舍云集,可想当时梅关驿道的兴盛情景。

终于上到了最高处,南扼交广、西拒湖湘的梅关以"一关隔断南北天"的气势,壁立于梅岭分水界上,从这里向南,就是广东地界,一个慢下坡弯向了同样盛开的梅林。虽没见什么人走上来,眼前却呈现出一片肩挑车运的繁忙景象。其间,荷兰访华使团从广州出发,沿水路北上觐见清朝皇帝。九百名挑夫、一百五十名护卫,熙熙攘攘走上梅岭,他们给中国带来了西方的问候,我得给他们让路了。那个时候朝贡或通商的除暹罗、真腊、古里、爪哇等东南亚三十多个国家，还有欧洲的荷兰、意大利等，带来珍珠、玳瑁、象牙、犀角以及狮子、孔雀等奇珍异宝。很长一个时期，这条路也是西方同中国往来的使节路。1816年，英国贡使回国，嘉庆皇帝亲谕，于通州乘船，由运河走，经过山东、江苏、浙江而上，由安徽江西过大庾岭（梅岭），至广东澳门放洋。当时皇帝对这条路线已经十分熟悉。

在驿路的起点，我看到了章水边的码头，老得不成样子了，几棵树歪斜地伸进了水中，树旁还有拉纤的岸路、系船的拴石。一艘艘大船在纤夫的拉扯下靠岸，成千上万的脚夫拥上去，一箱箱一袋袋的货物紧张地搬卸，北中国的特产就连续不断地走过驿路，换回所需的物品。当年文天祥在广东被抓，过了伶仃洋，就从这里下船，再过惶恐滩，被解上北京。还有北伐军的步履，帝国主义的铁蹄，都在这里留下了记忆。很多的博物馆、纪念馆、史籍典章都联通着这条路，很多死去的和活着的人心里都装着这条路，这条路给一个民族带来的东西太多太多。驿路上，叠压着无数的血泪、无数的诗魂、无数的呼喊和叹息，那是抹不去的历史印记。若果没有这条路，中国上千年的丝绸史、茶叶史、陶瓷史，直至交通史、邮政史、军事史，都将无法完成。

香雪海的回望中，眼前跳过陆凯的诗："折梅逢驿使，寄与陇头人。江南无所有，聊赠一枝春。"陆凯南征登上梅岭，正值岭梅怒放，想起好友范晔，就将梅和诗交给了驿使。

你没来，我舍不得折下一枝梅花，就邮赠这篇文字吧。

青州缘未了

一

老杜有诗"齐鲁青未了",他所说的齐鲁,直到李清照来时,还都属于青州地盘。那时的青州气象宏阔,"面山负海古诸侯,信美东方第一州"。青,是让人舒服的颜色,也是让人舒服的称呼。杜甫诗中的青,同青州的青,是一个青。清照的清里,也含着青州的青。清照喜欢青州,更重要的一点,这里是她丈夫的家乡,在京城待得心烦,跟着丈夫来,也就是回家了。

来青州的那年,李清照二十三岁,正值青春芳华。那么心高气傲的女子,却将世上十分光阴,三分留在这里;生命中九重灿然,六重都给了青州。而青州给她的,是天地人文之气血、山水风情之精华,是平生诗词三分之一的灵感与瑰丽。

在内部倾轧、外部战乱的远方,青州成了"千古第一才女"的后院。这是清照的福,也是青州的福。

二

我看到了那个白墙灰瓦的所在。自然不是原来的规制和位置,唯有灵魂,附在阳光里。阳光筛下,筛出一层的雾气,倒是将院子托起来。让人觉得,这就是宋时的院落。轻轻地走进去,一庭芳草,半池残荷,一簇簇竹,一垄垄花,包括墙角的一抹新绿,不都是她的词?"归来堂",带着陶渊明的意绪,表明同丈夫远离京师、决意隐居的心意。屋内的陈设,简单到不能再简单,倒是与"清照"的生活相配。不敢相信,那般素洁的案几上,诞生过一首首珠玑般的华章。

青州的阳光很适合她,她在这阳光里徜徉,将爱情也融进去。两人于归来堂读书、斗茶的生活意趣,被清照展示在《金石录后序》中,那是一种情透纸背的幸福。"甘心老是乡矣!"完全出自她的内心。她和丈夫收集金石古玩,不仅让文物价值不至湮没,同时延续了文物自身的精神。而对琴棋书画的精通,使她对文学理解得更为透彻,每一次填词,都带有对文字的尊重,那是灵感与情感的激发,具有不露声色的冲击力。

冬天的龙兴寺,会落下一场雪。钟声里雪花纷然。青州人在这钟声里踩出一条小道,缭绕的香烟从小道上接续。不知道小道上有无一位女子。清照自打来在这青州,就潜心修身,自号"易安居士"。

我站在云雾飞扬的云门山顶,能望到对面同样云雾飞扬的驼山,驼山下就是唐时的龙兴寺,寺上的瓦,金黄一片。想起青州博物馆的石佛,喜欢金石的清照必是欣赏过的,那些佛大都笑着，人们称其为"青州的微笑"。清照在这种微笑里生活了二十年。金兵来前，四百多尊石佛，被人埋在了龙兴寺前。清照也不得不带着诸多感怀诸多回想，与青州挥手告别，走进凄凄惨惨戚戚的苦雨。

周围还有仰天山、泰和山，这个时候红叶正盛。高处望去，层层叠叠，漫山红遍，就像3D打印的巨大布景。瀑水高高落下，落到下面，变成了烟。

下山的时候，路边更是惊艳，那是一树树的红柿子，在张灯结彩。石头屋子隐在其间，屋上屋下，到处都是晾晒的红色块。

巧的是，这里还有一条黄花溪，黄花就是萱草，清照园子里常见的植物。到了时节，溪水碧绿，满坡的黄花堆积。

青州得益于水，城中的河，不知变换多少方式，缠绕多少道弯，将青州揽在怀中。这个过程，河水很是耐心，包括耐心地接上汹涌的弥河，再奔腾入海。这些柔亮的南阳河、北阳河、东阳河，如何不使一座古城灵动润泽？由此也润泽了喜欢"兴尽晚回舟"的女词人最美的年华。

三

什么时候下了一场雨，被雨淋湿的河泛着点点荧光。河的两岸倒是鲜明起来，绿柳扬波，花草蓬茸。顺着河再远些，是大片的花木基地，此刻赤橙黄绿，直接天际，成为一座古城的装饰。

太阳一如既往地来，霞光从云层射下，一束束的，像倒开的花。高大的城门矗立着，挡不住的夕阳，从墙垛踱进来。

年华轮转，秋风几度，古城好像还是老样子，灰色的瓦一层层地叠压着,书写着斑驳的过往,也书写着青州波澜不惊的静好岁月。光亮的石板路,每一条都通往普通的日常。云门春酒的甘醇,传统酥饼的味道,新茶的芳香,老戏的声腔,全通过它消融后传向四方。一株株老树,吸纳人间烟火,吸纳了近千年,也早被人间烟火所浸染。秋天的钟声一响,金黄的叶片群鸟样纷落,落成一地绒光。

芳草斜阳间,清照也会走向老街,去体验"庭院深深深几许",不是喜欢穿庭过巷,而是喜欢醉翁词中的那种妙意。欧阳修先她在这里住过,清照将他的秀句拿来,用在自己的平仄里。还有做过知州的寇准、范仲淹,都为她所敬慕。人走了,她悄悄做了他们的邻居。

她沾染着先辈的文学意味,也沾染着青州的文化意味。市井中,她看踢花毽、抖空竹,也会上前试一试,并试试焚香烙画,让一根细香,变作纸的知音。她还学做鲜花饼、花果茶,用本地产的豹斑玉器酿制菊花酒。青州人说,清照也一定用过黑山红丝砚台,那是当地的传世佳品;她还会去青州书院会会文友,去另一个场合会会棋友,她下得一手好棋呢。

青州的闲适,清照是慢慢消受的。她词中的那些情那些景,那些山那些水,那些巷子那些花,无不来自生活的宏大背景,来自内心的细致体味。

当然也会有孤独,那是赵明诚做官以后。此情无计可消除,才下眉头,却上心头。尽管地方不算太远,在清照看来,也是海角天涯。一个真实的人,只有在异常的情境中,才更显其本性。

孤独成了她一生取之不尽的财富,等待或者寻觅,不惟为一束阳光,也为一个灵魂。女性的等待与寻觅,往往要比男性深刻得多。只是，离去青州后，一切都渐渐为空。后来的愁，与先前的愁，不是同一种滋味。

或许是传统，多少年过去，这里依然有青州的微笑，依然喜欢花草，喜欢书画，喜欢诗词古玩，与清照相照相应。

四

月升了上来，水发出淡蓝色的光，水木青州一半在了河中。一忽儿真实，一忽儿疏离。一个个幌子轻飘着，屋瓦隐入夜色。有的店铺还开着，露出惺忪的光，有的店铺正在打烊，声音落在水里，随着月光慢慢漂走。

南阳河上的万年桥，以前是木结构的虹桥，同京城汴河上的虹桥相似。清照经过，或会引发联想。现在，桥上桥下，全是细碎的清辉。

谁指着一条巷子，说李清照曾经在里面住过。我听了一愣，所有的幻象变作了一个行动，不顾同人已远，拔脚就拐了进去。

夜被挤压在窄窄的巷子里，像一条深邃的时空隧道。身后追来的风，让隧道发出呜呜的声响，声响在哪个部分，偶尔弯曲一下。一切都已改变，唯有石板，显现着长久的存在感。

猛然，吱呀一声，一个大门吐出来一位女子。女子衣袂飘飘，轻盈一闪便不见踪影。

遂心神恍惚，眼前迷蒙。青州的花神，难道，我邂逅了你昨日的灿然？

石　问

一

我正在穿越四千年的时光隧道，我要去看大石棚。

已经进入九月，东北大地还是一片葱茏。最多的是玉米，很少看到大豆高粱。当地人说，大豆还有，高粱稀少了，人们吃上了大米白面，谁还稀罕那玩意儿。高粱是古老的食物，有史籍证明，高粱种植最少有五千年历史。大石棚时代，人们或用其果腹。

车子从大道上下来，拐入小路，小路两边出现了果园，梨、苹果、葡萄，随处可见。野花和蓬蓬草点缀在周围，向日葵也在其间渲染。同车的人说，有一种梨，酥酥的，吃了会醉，是营口特产。哦，是一种古梨吗？朋友笑了，你什么都要同古时想在一起。

小路盘盘绕绕，忽上忽下，当地的朋友虽然来过，却总是迷路，使用的导航有时会失去作用，不得已下车再找。终于越上一道山梁，绿丛中开去不远，已是路的尽头。下车往前，一片青纱帐，仍无所见，扭头时，猛然站住。

阳光如雷电穿云透雾，直接照亮了那个庞然大物。它就在庄稼地里，神坛一般，矗立于天地间——怎不是将天地合在了一起！直让人目瞪口呆，要喊叫出来。如果不说是筑于中国的青铜时代，你定会怀疑是不是地球人所为。

怀着敬畏走去，越离得近，越感到一种沉重的压力。它是如此巨大，四块石头上演了一出建筑杂技：三块片石，突出地面达三米高，挤合成一个"门"，生生将一块巨石顶起。巨石整个如一个大棚，遮严一方天地。（我后来看到了数字：盖石长 8.6 米，宽 5.7 米，厚 0.46~0.55 米，占地约 50 平方米。）无论下面哪个方向，它都留下一块阴影。

辽阔的山顶一片沉寂，大石棚现出凝重的色光，看着的时候，感觉到它的气息，它也在同你对视。重压之下的大地，微微战栗。

二

这里的山离海很近，山后就是海。可以想见，我们的先人能够常常望见大海。大海的辽阔形成了他们的气魄，所以早先的东北人，同样敢想敢干。在中原，除了为解决居住问题向下挖洞，尚未发现有此凡世称奇、仙界惊羡的举动，虽有愚公带领子孙移山不止，却也只是寓言。那时的殷墟，正在铸造鼎之类的礼器；三星堆的鱼凫人，会接起一棵铜制的金钱树。

大石棚的朝向也是向南，这或是祖先早就对自然现象有了认识，顺应天道，得山川之灵气，受日月之光华。在人类历史的长河中，南向已经成为一个被长久遵循的选择。

多少年前，营口发生过大地震，那个时候我还朝东北投去关注的目光，没有想到一年以后，我所在的唐山也未能幸免。这次接到营口的邀请，我立刻想到了那场灾难。大地震摧毁了那么多现代建筑，竟然没有撼动这古代的大石棚。

正看着，旁边的苹果地钻出来一个人。这个人叫徐海，黑黑的，有五十多岁，孩子在外边打工，他在家经营着果园。

徐海说当地百姓把石棚叫古庙，正月十五开庙会，石棚周围的村民都上来，在这里热闹。问这附近的村子叫什么，就叫石棚村。山呢？石棚山呗。石棚存在了四千多年，山名和村子必然都是后来有的，显见对于石棚的关注与崇敬。

周围群山连绵。这庞大的石棚，石料来自哪里？如何开采，如何运输，又是如何矗立？

山地起伏，有的地方陡起来，有的地方斜下去。我问徐海，附近可有河？徐海说有浮渡河，还有三道河。我听了有些兴奋，果然有水，而且这水入海，说明水不小。陪我的朋友说，在营口地区，石棚的建造地附近几乎都有河流，那些河多通辽河。

我第一天入住宾馆，进门看到窗纱飘动，好奇地近前去看，窗外竟是一条大河。河水像土地，满是斑纹，对岸是一片田野。我觉得我认识这河，一问，果然是辽河，一条滋养辽宁大地、奔赴大海的母亲河。

我指着三道河方向问徐海，河水附近的山上可能采石？我想听到一个满意的回答，徐海却说近处的石头不能用，质软、粗糙。那么，大石棚的石头会来自哪里？徐海说，这种石料应该在东边，那里有老帽山。他手指着。远远的山，有些绿着，有些裸秃。离这里多远？二十多里吧。那座山上的石头是青石，可以整块地开采，然后从河里运过来。我有些相信，但是我怎么觉得这石头不像是青石，而是花岗岩之类，而且，四千年前的运输条件不可能承载这么重大的石料。找不到研究资料，我满怀着好奇与渴望。当地搞宣传的朋友也说不出什么。大石棚周围，应该有说明文字，或博物馆之类，让世界走来的人了解我们祖先的智慧与勇敢。现在，我只能凭借有限的知识，展开自己的想象。

在没有超大起重设备、运输设备的情况下，或者等河结冰，在冰面上运行；或者走旱路，在冰道上运行。无论怎样，最终还是走冰道。要使得旱路冰层十分厚实，必须不断洒水，使之层层冻结，成一个整体，而后靠人力将石块推进。

那必是一次部落群体行为，河道以及道路两边，野树、杂石都已经清除干净。然后，民族的智慧与力量起航了。圆木在大石下面转动，并不断地铺展，整个大地訇然有声。那是一条斗志昂扬的血汗之路，没有什么可以阻挡这庞大的石头。

目的地到了，怎样上去，又是一个问题。这个问题同样没有难住我们的先人，他们不断地取土，直到将土填垒到足够高、足够结实，完全地挤住了立石并在侧面做成斜坡。斜坡上依然洒水凝冰，而后起运。

寒冷变成冰，而后变成呼喊，变成众志成城。数十吨的坚硬硬不过一滴汗水，土筑土堆，代表当时最先进的攀高设备。我不知道有多少人成为这个筑石大军的一员，他们没有留下姓名，每一个人都凝成了永久的姿态。是的，我甚至看到了他们的表情。领头的在呼喊，那是一种什么号子，亦如后来我们听到的搬运号子、抬船号子、上梁号子、拉纤号子？我随即听到了群体的应和，如排山倒海，如雷霆滚动。藤葛道道，树杠排排，臂膀丛丛，一整块的巨石在同太阳一起上升。在此之前，它已经经历过利器的揳打，烈火的炙烤和冷水的淋浇而与山体分裂，再经历水、木、冰的间奏，经历风、雷、电的和鸣。庞大无比的巨石，终于带着无限信仰，安妥在无限的不可思议不可解说中。

我分明看到洒在其上的信念以及属于盐的物质，这就是那逝去了无数生命的生命，时间一般长短与坚硬。

在看着的过程中，又有了新的疑问，这么大的石料上，竟然没有任何凿打的痕迹，它怎么会双面平整如砥，而近乎四方的边沿如何切削成形？我的想象受阻，无法往下进行。还有，这片地域，紧靠着山河与大海，绝对是氏族部落集中生活之地，他们在此耕种猎取、休养生息，或许在石棚不远处，一声啼哭会震破黎明。那么，建造石棚，究竟有何目的？有说石棚是先祖葬地，有说是祭祀所用，我比较接受后者。如果建造石棚是为安葬长者，那么，该有无数长者的石棚聚在一起，不可能孤零零一个。

无从知道大石棚的工程，到底经历了多长时间，中间许有停滞，设计与实践发生了矛盾，就再合计，再试着进行。我们的祖先有的是时间，同样，也有的是力气。只要意志坚定，就不会改变。许多的人类奇迹，都是如此完成。肯定会有伤亡，现代艰难的工程尚且会发生意外。血汗的代价是后来的欢呼和雀跃，那是一个辉煌的展现，直到今天。那么，它如何不是一个标志、一个意义？

三

　　压顶的石头顶部有谁画上去的画,仔细辨认,看出是龙。旁边的石壁上,有凸起的石刻,像象形文字。还有"天下太平"等刻画,更多的地方叠压着不同年代的字迹,难以分辨。

　　徐海说,原来这里正对门有一棵古松,很多年头了,古松有九枝,就像九条龙伸向天穹。树上挂着钟,上工的时候用,也许更早些还有别的用处。有一枝干搭上了石棚,人们就从那里爬到石棚顶上去玩,尤其是小孩子。我说你上去过吗?他说当然,周围村子的孩子差不多都上去过,谁也不甘落后。徐海说上边还有画的棋盘和其他格子,他们就在上边玩棋,跳房子。我想假如生在这个地方,童年也会与这石棚结下不解之缘,同他们一样,玩耍蹦跳捉迷藏。晚上敢来吗?月黑风高,在周围钻来钻去?别说那时,现在也未必有这个胆子。后来呢?后来树让小队给砍了。小队就是后来的村民组。徐海说,那是棵神树啊,砍的时候冒血。

　　现在院子里又长起来一棵松树,徐海说这树也有十来年了,但是比原来的差远了。原来门前还有旗杆,旗杆上飘着杏黄旗。我看到现在门口立着两根铝合金旗杆,徐海说这是后来有人自发立起来的。

　　顺便问起了果园的收成。徐海说还算是风调雨顺,就是水果不大好卖出去,苹果一块五,桃一块,葡萄一块,成熟得早点儿还能卖贵点儿,现在就有些晚。说话间,地里又钻出来一个人,是个比徐海大些的女人,她说是另一块园子的,从这里过。问她是不是石棚村的,她说是,但不是原住民,是从别的村子嫁过来的。那时也常到这里玩,村里没啥好玩的地方。

从山上下来不远,是原来二台农场的场部所在。一个台阶上,坐着三位老者。张大爷的耳朵有些背,听不大清。旁边的人说,他差两岁就满一百了。那你们呢?一位八十四,一位七十一。三个人就那么坐着,让黄昏的阳光披在身上。你能够想到,平时他们就是这样,常常坐在这里,没有什么话,也无须说些什么话,见到来人,就有些兴致,聊到大石棚,就更有了兴致,好像那是他们的熟人。

张大爷说,那大石棚子,一丈八长,一丈八宽,以前后边还有观音坐像,正月十五庙会,都是人。说到那棵老松树,张大爷说他小时候,那树就跟大伞一样,撑出去好大一片。树上挂着钟,一人高,声响能传二十里。以前有人惦记石棚下面,曾经挖过,就顺着立着的石头往下挖。有人怕挖倒了,哪知道下去一人深,还没有到底。石棚里铺地的大石板是一整块,也被动过了,现在一块块的,有些不整齐,也是因为有人想知道下面埋着什么。张大爷说,过去这么多年,这么多朝代,保不准有谁惦记着。他们说的,与山上徐海的话有对应处。

旁边的老人说,那个时候,有人砍了老松,还想将大石棚弄翻,用它的石料。可是无论如何整不了,想是触怒了神灵,加上群众也不愿意,只好作罢。另一位老人点上一根烟说,闹日本时期,这里住过日本人的垦荒团,走的时候也炸过,看石棚纹丝不动,跑了。这样说来,大石棚倒有了一种禅意,它默默打坐,宽和坦然,宠辱不惊,佑护着一方百姓。

后来又来了一位,叫王家成,听我们聊大石棚,话立刻就跟上了。他说你想,那不定是哪路神仙弄的,现在你不用器物试试?你就是使出洪荒之力也不成!所以人都有了敬畏,在那里燃炮焚香,祈丰求福。我记得很清楚,小时候常跟着大人去上香,石棚的后面侧面都有香炉。老王很健谈,也很幽默,他不大乐意坐着,边说边来回地走,问起年岁,看不出他七十有八。这一带人,都活大岁数。

我想,大石棚在石棚山已经构成了一个氛围、一个象征。再没有东西比它更能体现出人对于未知的敬畏。既然生活中有无可言说的痛苦与需求,只有一代接一代地信赖它。

四

告别了老人们再次上路,本想再去看看其他地方的石棚,和盖州宣传部的朋友通了好几个电话,也没有问明路径。他们说,那些石棚都不及这个壮观和完整。只好作罢。

太阳已经下山,离大石棚越来越远了。

我的眼前,依然闪现着它的形象,依然感受到它传递的信息。只是它立在那里,有些孤独。瓜果熟了又落,庄稼一季又一季,围着它的顽童变了容颜。沧海桑田四千年,它只是无名无分,无声无息。走向它的人很少很少,我来了又走了,对它有诸多茫然和不解,不能为它做些什么。

但是,我想告诉你,它或许是在一处神域,怀云袖雾,经天纬地,守望这一方世界。它那般凝重,那般沉厚,诉说着一个时代的开采史、运输史、建筑史,讲说着生活、信仰与图腾,平衡定理、力学定理、杠杆定理,当然还有美学、设计学原理。

　　真的,你应该来看看的,看看这个大石棚。我相信,不同职业、不同身份的人来,都会为它立地顶天的气魄所震撼,会带走无数感想和慨叹。

靖安的发现

一

我的视线越过长江，直抵"落霞与孤鹜齐飞"的地方，然后进入长江的支流潦河。河水如一匹绸缎，稻田在周围绿着，山峦画出黛眉的斜线。

潦河环绕着靖安。阳光紫薇色的透彻中，我看到片片翠绿鲜嫩的叶子，那是桑。"桑之未落，其叶沃若。"春秋之时，桑是宗庙的神木，早已进入先人的生活。

必是有一双手，从叶片上摘取了柔软的好奇。蚕与丝，催发了生活的灵感与生命的品质，使人类走过蒙昧中最美的乐段。而丝绸是女儿做的，因为丝绸，女儿才更妩媚。

车子从靖永公路旁经过，看到一个围起来的遗址。曾经，一万吨的静寂压在上面。千年又千年地过去，没有谁发现。又过了五百年，水口乡村民在山边炸石，山侧传出沉闷的回响。山下或许是空的？暗夜里几个鬼祟的身影，让一个发现石破天惊。

二

李洲坳东边的缓坡上,墓地的封土有十二米厚,一点点剥离,发现了紧贴棺木的硬土,这是青膏泥。青膏泥上垫黄土,黄土经过夯打及火烤。所有的封土清理干净,墓坑赫然现出四十七口整齐的棺木。这是迄今发现时代最早的"一坑多棺"墓葬。

四十七口棺木中,四十六具都是女性骸骨,且年纪在十五到二十五岁之间。她们必然是瞬间入梦的。在草木浓郁的芳香中,她们来不及细品,甚至来不及选择一个绣枕,就姿态万千地睡着了。被发现时,她们有的裹一片麻,有的着一袭绸,有的却裸着身体。身下的竹席闪着清幽的光泽。

不知这些花,因何而谢。四十七口棺木是一次性埋下的,棺中多有绕线框、梭、陶纺轮、漆勺,由此推断她们应该是墓主家的纺织女。

打开30号棺,里面放满了花椒。"播芳椒兮成堂",使用花椒是古人早有的习惯。花椒具有防腐除恶的功效,30号棺的文物因此保存良好。

靖安有名的工匠蔡长远就在挖掘现场,竹席从泥水中渐渐清晰的时候,他的眼睛亮了:这是怎样的竹艺,图案如此精美,还有刀形的小竹扇,也是如此细致,二者皆可称中华第一。他的竹雕上过央视,却还是自叹弗如。他去问其他手艺高超的篾匠,也都摇头。随葬品还有刀、凿等各类小型工具,难道竹席与竹扇出自这些女子之手?

接下来的震撼,来自那些棺木。棺木都是将整根杉木对半剖开，然后用工具掏空制成。主棺圆形榫卯套合最为复杂，那个椭圆就像草帽的横截面。父亲是县上最好的木工，做过上千口棺材。蔡长远去向父亲咨询。看到严丝合缝的弧形截面，老人也愣了，什么工具什么手艺能达到如此效果？

一个个问号和惊叹号还在出现。

我的目光投注在一片纱上，这是方孔纱。通过光谱测试可知，每平方厘米所用经线竟有 280 根，而每根线的直径只有 0.1 毫米。由于染料加入了朱砂，织物仍色彩鲜艳。考古发掘史上，马王堆汉墓的一件丝织物，经线密度才 100 多根，年代也比靖安古墓晚四五个世纪。我还看到了黑红相间的几何纹织锦、狩猎纹织锦，都是那般精细缜密。古人的纺织技术，早就达到了匪夷所思的高度。

把无数根丝线变成一件锦绣，需要一个春夏的流盼，而把一个流盼变成一次惊艳，却经历了两千五百年。这些朱染锦缎的出现，改写了中国乃至世界纺织史。

三

江南地区，很少发现春秋时期墓葬。据 DNA 测定，这些被埋者与现在的靖安人，没有任何脉系上的联结。古时这里是吴、越、楚三国交会地。曾有一个徐国，一度是诸侯强国，后来没落，继而被吞并。究竟是什么国度，什么人，霎时以黑暗剥夺了女孩们的青春？

骨的花，有点刺眼。如果是一次瘟疫尚可理解，如果是一次残忍的杀戮呢？主人偏居一隅，尸骨荡然无存，棺中只有一件龙纹圆形金器。陪葬者不是妃嫔妻妾，也不是深宫侍女。有人猜测,这只是一个"纺织工坊"。更大的墓以及殉葬品还没有发掘出来,这仅是猜测。

在这个春天,她们以另一种方式来到世上。她们曾鲜活滋润,扎着发带的发丝,依然闪着仙人般的光泽。

设想发掘者的心理:毛刷的每一次轻扫,都怕扫疼了她们。对于人生,每个人都应有自己的选择,只是,她们不能做出选择。这或许,就是她们的宿命。

四

《诗经》的溱水里,女孩们自由地嬉戏并追求所爱。

同样是一个水草丰美的世界,天地辽阔的世界,我不知道她们会怎样地生活。潦河中,她们的脸庞及身段映进去,水中艳丽起来。潦河的石头很美,她们许描摹过上边的花纹。我敢说,死之前,她们尽情地享受过生命给她们的自在与欢快。

蚕的生命只有短暂的 28 天,贡献的一颗茧却可抽 1000 米的丝。蚕丝本就具有高贵神秘的人文色彩。一根根蚕丝,从一片桑叶开始,将一颗心植入。女孩们语笑嫣然,采桑,养蚕,缫丝,编织。随乱云飞转,伴光阴流逝。谁能想到,却如蚕儿,复归于丝麻。一群的灿烂,幽深中渐渐合闭。

清明,蓝色的雨在飘,还有蓝色的电闪。桑发了绿芽,采桑的人却一个都没有出现。那是一个喑哑了的河畔。

远处响起雷声,云飞得很低。当年的桑地早变成茶园。

我在园中望雨。雨如箭镞,镞镞入土。黑瓷盏泡着白茶。白茶缭绕的碗底,竟然显出一枚釉光闪闪的野桑。

小沟背

一

进了银河峡,觉得不是人在走,是石头在滚动。谁喊了一声停,就保持了一种姿势,直到今天。山也在那时停止了上升,熔岩和岩灰衬托在一起,让王屋山成为一道同黄河一样的风景。

银河峡前面是黄河三峡,是小浪底。不是英雄不聚堆。

一片的五色石,在山溪中起伏,都是女娲补天剩下的,女娲用不完这些石头。有人大车小车拉到城里去补空虚,那些空虚还是补不完。只好带着来,钻钻堆石洞,过过通天河,上上伏羲台,拜拜女娲庙,不觉间发现空虚不见了。

能上到海拔1929米的鳌背山吗?就如伏羲站在横空出世的神龟之上,傲视群峰。还有待落岭,怎么叫待落岭呢?满岭长松会让这个名字失望的。

悬崖下有人顶起一根根木棍,说是为了让身体健康,人一进山就变得神道了。

夜晚降临,星星顺着山峡跌进河谷,深幽处闪着光芒,让你觉得远去的山溪就是一条银河。

一条狗叫了好一阵子，才把夜叫黑。它可能对我们这些外来人有些不适应。但最终它和我们一同被夜覆盖了，尽管它和我们的梦不尽相同。

一切都显得很静，只有瀑在高处响着。响得夜越发地静。

二

谁在聒噪？似乎刚睡着就被聒醒了。都说城里人觉少，到这里却一觉到了天明。不是那群鸟儿，太阳晒着屁股都不会醒来。

鸟儿也真能聒噪，你声音尖，我声音细；你嘟嘟，我嘀嘀；你嗦啦啦，我嘻哩哩，我不怕嘻哩到山那边去。

这样，你有时觉得那不是一群鸟儿，那是一山的叶子互相拉着；是一峡石头，自己磨着自己。

山溪也凑热闹，在这个早晨分外跳得欢，像遇上河神娶妻。

其间还夹杂着鸡鸣，哪里来的鸡呢？

你就兴奋得鹞子翻身，人没出去心先出去了。留下半截梦，被窝里不知往哪儿去。

早有人在峡谷里叫嚷，那是昨晚捧着溪水偷偷哭的女孩，咿咿呀呀的声音满谷里回应。山把她变成了另一个人。

桐花的紫色盅儿被声音晃动起来，一些露水洒落，甜滋滋地落到脸上。

阳光照来时，像一个人在刷油漆，把旧的绿一层层刷上新的绿，一直从山顶刷到山脚，再从山这边刷到山那边。而后就把刷子掷到峡底，甩丢的一刹那，整个峡谷都亮了。

一群早起的羊，像满山开着的雪绒花。

三

峡谷上面看见了房子。房子很老了，都是黄黄的土垛积而成。也有石头垒的，有些石头从墙里脱落下来，墙就像老者没牙的嘴。瓦上长了一层深绿的苔，太阳将一棵树打印上去。一座屋挨着一座屋，在这山里就有了意味。那是一幅画。挂的时候久了，谁来都稀罕。

原来是个小村，村名像一个山娃的名：小沟背。

一格格的木棂子窗户，仍然是纸糊的，舔一个洞就能看到里面的情景。不会再有情话了吧？那些情话老去了。做饭的炉灶，烧火口不在下面，在锅台上；烟囱也不在房顶，在窗子旁边。不远即是石头茅厕，简陋得只能遮住半截身子。一双米黄的雪地靴蹲在窗台上望风，它的主人不知道去了何处。肥白的猪尚在圈里哼哼，有人说喂猪的石槽比猪都贵。半截树轱辘做成的蜂箱，引得蜜蜂嘤嘤嗡嗡满载而归。

一个老人像时光一样晃过来，七十九岁了，一辈子没有走出过小沟背。但是老人很满足，守着一山青翠，不知道什么是雾霾。你再问，他呆呆地走了，他听不懂城里话。他觉得城里人话多，像山里的鸟语。而鸟的话他能听懂。鸟说"光棍老苦，光棍老苦"，他就知道山坡上那片地该种了。鸟说"吃杯茶，吃杯茶"，他就知道河滩里那片麦子到了包穗的时候。鸟说"石头哥，等等我"，他就一脸的泪水流下来。

老人一点都不糊涂。他记得远去的老伴是最美的新娘，娶回村子那夜，一窗白净的纸都舔成了窟窿。村里人告诉我时，老人已经像一块石头坐在崖头。村里人说，他经常那样。

一阵风吹，空了一半的老槐，在上边抖洒下一身的香。

四

别以为年轻人都进城了，小村正走向终结，老宅子后面，正起新屋。

一个城里人说，真想住在这里不走了，就是怕找不着媳妇。随即有一个女子的声音说，我也愿意住在这里！

满山满谷都起了笑声。

祖　巷

一

来到珠玑巷的时候,就望见了一幅画,画面中有蓝色的河、白色的墙、黛色的瓦。农家正在晒谷,金灿灿一片,从这边铺到那边。浅月挂在天穹,等着与太阳轮岗。远处是水缠绕的田野,有人还在收割,稻浪起起伏伏推拥着,鸟儿在上边撒网。再远是绿色的群山,苍茫无限。

谁能想到呢,这里,就是当今广府人及海外华侨的发祥地,被称为"祖巷"的地方。

横亘粤桂湘赣边的山脉,古称五岭,东首的大庾岭,为广东与江西的界岭,长期阻断了两地交通。按照以前的说法,大庾岭以北统称中原,以南则称为岭南。巧的是,岭北为章水之源,章水入赣江再入长江,溯水至重庆,顺流到上海。岭南则为浈水之源,浈江与武江在韶关汇合为北江,而后入珠江,通广州,达云贵。由此可知,打通了大庾岭,便打通了中原到岭南的通道。始皇帝嬴政深知这一点,统一中国后,选择在大庾岭中段的梅岭劈道开关。

多少年过去，故道已不堪行走。到了唐代，张九龄接受使命，继续在梅岭开山辟路。他的家在岭南曲江，祖上过梅岭的艰难，让他深知这条路的重要性。这样，扩通的梅岭一度成为连接长江、珠江两条水系最短的陆上要道。中原内地和岭南地区的货物输送，人员的往来走动，无不得益于这条古道。史书曾记下当时的热闹场景："商贾如云，货物如雨，万足践履，冬无寒土。""诸夷朝贡，亦于焉取道。"跟着热闹的，还有岭上的梅花，馨香阵阵。

过来梅岭二十公里的珠玑巷，也成了热闹之地。歇脚的、留宿的、久居的……酒肆客栈有二三百间，山珍杂货、粮草药材、布匹烟叶……应有尽有，据说商贩和居民多达千户。

唐宋至元初，世居中原的汉族曾经多次大规模迁徙，避难者有黎民百姓，也有文官武吏。一些人选择往南，他们越过黄淮，越过长江，能安身则安身；不能则再顺着赣江走，赣江到头，弃船上岸，遇到梅岭也只得翻过去，翻过去才能知道未知。

张九龄的祖先便是较早翻越梅岭的人。他们逐山而居，再不受惊扰与排斥。还有一些身份特殊者，也在古道留下了沉重的脚步。苏东坡被贬惠州时走过这里，数年后又从这里返回，在岭头的村店休息时，写诗赠予一位老人："问翁大庾岭头住，曾见南迁几个回？"禅宗六祖慧能从中原来，带着五祖传下的衣钵，也曾在梅关停留。之后，他到了曲江的南华寺讲经说法，永久留在了那里。

还是把目光移到那些人身上吧，那是一群历经数月艰辛的茫然者，本就遭遇了各种各样的磨难，饱尝了苦痛与无助，家的概念,越往南越空。却没想翻过大庾岭,有个珠玑巷等在那里,就像雪中的炭屋。无论哪个屋门开启,都会有一张笑脸相对,偶尔还能听到熟悉的乡音。家的感觉复苏了,珠玑巷周围,又多了一些垦荒者。

如此,珠玑巷与梅岭,就构筑在同一处审美坐标上。一千多年来,珠玑巷聚拢了多少中原人?数不清了,留下的姓氏就有一百七十四个,这些姓氏的后代更是多达七千余万,遍布海内外。百家姓够多够全了,超过一百七十个姓氏的集合,完全是人间奇迹。难怪他们寻根觅祖时,会说远方有一棵大槐树,近处有一个珠玑巷。

二

进了村子就看到了高高的牌楼,上面写着"珠玑古巷,吾家故乡"。我先见到了家乡的花,艳红艳红的,有点儿让人怀疑是假的,一问,洛神花。中原都没有听说过的花,在这里开得这般好。守着花的女子说,这种花富含氨基酸,剥开花瓣泡水,对人好着呢。

八百多年的驷马桥卧在彩虹里,桥下一道水,流得更久。石雕门楼框着悠长的古巷,巷道铺着石子,凸凹的感觉,透进脚心。雨和尘沙,会顺着凹痕滑走。滑走的,还有轰轰烈烈或平平淡淡的时光。

明清时期的老宅子,有些挺立着,有些歪了肩角。灰薄的瓦,干打垒的墙,墙上刷的白灰,掉了一半的皮。一口"九龙井",依然清澈甘冽,酿出的酒、沏出的茶都味道醇厚,制出的豆腐也嫩滑爽口。

慢慢地发现，这些拥挤的房屋都有极高的利用价值，不唯有生活功能，还有团结功能。瞧，屋头大都贴了祠堂的名牌，这边是谢氏祠堂，那边是彭氏祠堂，彭氏旁边是杨氏，杨氏旁边是冯氏，然后赵氏、钟氏、赖氏……

为何有如此密集的祠堂？问了县史志办的李君祥才知道，最近一个时期，前来认祖寻亲的特别多，来了到处打听。大家七嘴八舌的，说不清楚，于是在街上设立了姓氏联络点，以方便远道来的老乡亲。

我踏进旁边的谢氏祠堂。阳光从祠堂后面照进来，满屋亮堂。房屋设计很讲究，会在后方为太阳留下通道，中间为雨水留下位置。这样的老宅气韵祥和，舒适透爽。一侧的墙上贴着红纸，上边写着人名。一位老者从后面走出来，还没看清脸面，先见到露齿的笑。他说来了，谢家的？我说是来看看。老人叫谢崇政，七十五岁了，三个孩子都在外地，自己与老伴在这里，没什么事，就帮助谢家迎迎客人。说话间我已经明白，墙上的名字，都是最近前来认祖的。

告别老谢出来，闪过诸多门口，右手一个门脸扯住了脚步。门上错落画着一个个方框，每个方框颜色各不相同，在巷子里很是扎眼。正奇怪，一个女孩从里面出来。女孩叫刘琼，高中毕业后嫁在珠玑巷，夫家姓徐，想干点儿事，就盘下一个门店，卖些跟古巷有关的物什。我说门上的色块很吸引眼球。刘琼说随便想的，还要在这些色块里写上各个姓氏。哦，仍然同珠玑巷的特色一致。

前面又出现了一座门楼，供奉着太子菩萨，上面的石匾题为

"珠玑楼"。门楼两旁,有不大的摊子,摆着细长的卷烟,竟然叫"珠玑烟"。摊后的女子说,珠玑巷早就有种烟的历史,自家的烟叶收了用不完,便学着做卷烟,就地消化。巷子里还有不少卖腊鸭的,一排排腊鸭挂在阳光下,泛着油亮的光彩,而且都标着是"腊巷"的腊鸭。一问,腊巷是珠玑巷的一条街。这让我立时想起前两天遇到的老者,难道他是珠玑巷人?

我来时,卧铺外边走廊上,一个小女孩让老人跟着她学诗,老人总是说错,小女孩就一次次地教。慢慢知道,老人是在为儿子带孩子,他不习惯守在高楼上,便带着孩子回老家来。小女孩长着一双明亮的大眼睛,一头短发,很是可爱。当了好一会儿学生,爷爷说,我来说一个,你也跟着学,爷爷就一句一句地说着当地的土谣:

月儿光光照地塘,
虾仔乖乖训落床。
虾仔你要快快长,
帮着阿爷看牛羊。

小女孩真学了,学的腔调也跟爷爷一样,引得大家发笑。后来知道他们也在韶关下车。这小女孩叫安安,她说爷爷家在居居。我问老人"居居"在韶关哪里,老人说在南雄。我恰巧要去南雄。老人说,欢迎你到我们村子去看看,现在外边来的人可多了,还有旅行社的。后来才知道,老人的口音引起了误解,比如说村里的人"不傻",实际上说的是"不少"。那么,老人口中的"居居"巷,可不就是这个珠玑巷!老人说他们那里的腊鸭誉满岭南,只有"腊巷"的人做的才正宗。老人说他姓刘,一个村子以前有一百多个姓。当时觉得过于夸张，现在明白他讲的是实话。

我便特意去寻找刘氏祠堂。

这是古巷较大的一座祠堂，深而广，屋顶的天窗不止一个。阳光射进来，里面显出明明暗暗的层次，案子、条凳、廊柱、匾额，使得整个祠堂器宇轩昂。我们进门的时候，一个女子从旁边跟进来，显得友好、热情。她姓沈，嫁到了珠玑巷的刘家，有两个孩子，大孩子已经二十四了，在外边打工，小的在镇上读小学二年级。她说祠堂是刘氏宗亲举行大事的地方。她1994年结婚，也是在这里摆的酒席。娘家在六十公里外的澜河镇。当时条件不像现在，夫家只是租了辆面包车和工具车，面包车接新娘，工具车装嫁妆，直接到祠堂里举行婚礼。她和丈夫是打工认识的，现在丈夫还在打工。我问刘姓在珠玑巷有多少人，她说有十几户。

李君祥说，珠玑巷的人渐渐迁出去，现在留下的还有三百五十多户，一千八百多人。十几户也不算少了，刘、陈、李、黄都属于大户。

为何一个女人家，在这里照料祠堂？她说现在留在家里的人少，又不能冷落了那些外来认祖的乡亲，就商量好一家出一人，一人管一年。问她可有劳务费？她笑了，说给什么钱，都是自家的事情。我也笑了，问可认识一位姓刘的老者，刚刚从湖北接孙女回来。她摇了摇头，说没在意。我突然想起来，说女孩叫安安。她还是摇了摇头。

巷头汪着一泓水，水边一棵古榕，铺散得惊天动地。水叫沙湖，连着沙河。水从桥下流走，顺着古巷流到很远。沙湖北畔，有个"祖居纪念区"，区内是一座座新起的祠堂，有陈、黄、梁、罗、何等几十姓，各姓宗祠风格各异，气势雄伟。李君祥说，外边来的人多，来了都有捐助，原来的祠堂都小，举行什么仪式摆不开，就建了新的。这些祠堂都是仿古建筑，有的还立了牌坊，哪一座都比原来的宏阔。

转到黎氏祠堂，石牌坊那里，我看到一位老太领着一个小女孩玩，小女孩要挣脱老太去追一个男孩，老太拉拽不住，便放了手。我忽而醒悟，难道老者说的不是姓刘而是姓黎？我上去叫了一声安安。小女孩回头，还真的是那个安安。安安好像记不起我是谁。我就念：朝见黄牛，暮见黄牛……小女孩终于想起来了，说你来找爷爷玩吗？我说是，我就跟赶过来的老太说起火车上的事情。老太似听不大懂我的话，我问老太是安安的什么人，她说是婆婆，后来才明白是安安的奶奶。小男孩把安安拉走了，奶奶又紧忙跟去。

我很想见到那位老者，我想问问他，为什么他祖上没有离开珠玑巷。当然，他也许会说这里的水土好，人脉好，留下自有留下的好。

离开有些热闹的街巷，深入进去，便看到了生活的场景。那是岭南特有的乡间景象。长叶子的芋头，在土里不知道有多大。开花的南瓜，一个个垂挂着，无人摘取。墙上翻下的植物像仙人掌，却不长刺。秋葵顺着高高的枝，独自爬过了墙头。一种叫青葙的植物，下边白，上头一点红，蜡烛一般。

一扇扇门内，都干净整洁，有的院里晒着辣椒，红红黄黄的。有的门通着后边，过去看，一间间住房都有人。见了，热情地招呼，问来自哪里，姓什么。

树也多，除了认识的樟树、榕树之类，有一种树，满树黄，以为是叶子,其实是花。还有一种树,扑棱一身粉白,说是叫异木棉。

三

这里不产珠玑,也不是贩卖珠玑之地,何以叫了珠玑巷?可以肯定地说,珠玑巷的名字是有来头的。

还真是,珠玑巷原名敬宗巷,改成现名有两种说法。一个说,唐中期敬宗巷人张昌,七世同堂,和睦共居,声名远播。皇帝闻说,赏赐给张昌一条珠玑绦环。后来这位皇帝驾崩,庙号敬宗。为避讳,当地人改敬宗巷为珠玑巷。南雄的《张氏族谱》中,便对"孝德"格外推崇,其家训除"崇祀祖先"外,还有"孝敬双亲、友爱兄弟、训诲子侄、和睦乡里、尊敬长者、怜恤孤贫",并强调"子孙众多,无甚亲疏""同乡共井,缓急相依",因此为乡里所赞颂。

珠玑巷仍有张昌的故居,故居门口一副对联格外醒目:"愿天下翁姑舍三分爱女之情而爱媳,望世间人子以七分顺妻之意而顺亲。"张家先人张九龄有话:"治国之道,实由家治也。"代代传承的祖训,被张氏家族视为家庭建设之本,族中尤其在意和睦家风的维护。张昌是张九龄后世裔孙。张家人丁兴旺,又孝义和睦,自然有人传颂,得此赏赐,由此而改巷名也是说得通的。

第二种说法是,南宋时,地处中原的开封祥符,许多官员及富商为避元人而大举南迁,越大庾岭定居于南雄的沙水镇。因祥符有珠玑巷,于是将此地改为同名,聊解思乡之情。这种说法也有说服力,而且,在此地洙泗巷东侧,原来还有白马寺,与中原的白马寺名字相同。而广州荔湾区有一条内街，也叫珠玑巷，当地人称这里的先民是由南雄珠玑巷迁来，难忘故园而叫其名。据说，这些有身份的人当中，就有扶助赵匡胤登基的开国功臣罗彦瓌。赵匡胤对这些手握重兵的武将心存疑虑，罗彦瓌只能称病退隐，又怕丞相王溥算计，便沿江西往南，翻越梅关古道，停驻在了珠玑巷。他在这里同先后迁来的中原仕宦与巨家望族相处和睦，对当地土著也体恤有加，受到珠玑巷人的尊重。

无论哪一种说法，都表明珠玑巷不是一般的乡村野巷。巷子的居民，有豪情也有能力，结交那些内地的后来者越多，影响也就越广。此或是珠玑巷不断扩大的原因。

现在，这个改变着一代代中原人命运的地方，已看不到多少当年的痕迹。但一个个远道而来的人，又让我坚信，这里确实是一个寓言般的地方，让你不得不驻足，不得不思索，不得不滋生敬意。说是一条巷，实则是一条通衢大道，那种民族意义、文化意义上的大道。

当地人说，最早这里只是一条巷子，随着一拨拨的人来，不断扩大。即使今天，这里也还有三街四巷：珠玑街、棋盘街、马仔街，洙泗巷、黄茅巷、铁炉巷和腊巷。

我从中看到了中原人与当地人新型的乡亲关系，这种关系具有恒久特质。

你看，时值冬季，一批中原人来到珠玑巷，巷内已经住满了人。好客的珠玑巷还是要挽留他们。一位姓刘的老者来到南山坡上，指着大片的黄茅草，发动众人就地取材。人们行动起来，空地上一时搭起了数十座茅草房，房上渐次冒出炊烟。一大片袅袅的烟气，散出了安逸与清香，就此诞生一条黄茅巷。珠玑巷西侧有条小巷,以生产铁器农具为主。中原人来到这里,看到当地使用的农具十分落后,便开炉锻造犁铧、锄头、镰铲推荐给珠玑巷、牛田村一带的人。这些农具轻便好用,很快受到人们的喜欢。中原人也就不停地锻造下去,以供所需。这些中原人聚在一起的巷子,就叫铁炉巷。

在北面满目疮痍、一片焦土的时候,珠玑巷的茅草屋和铁匠炉刚刚搭起,飘摇的炊烟与铁器锻造的声响,成了新的乡愁符号。它们展现出来的美好,是陌生的熟识,遥远的亲近。岭南在中原人心里,曾经天涯海角一般,他们或许长久地打量过横亘的高高五岭。凡是离乡背井、举家南行的人,哪个不是遭遇了伤害或怕遭遇伤害?那么,来到这里,就不能也不会再受伤害。挽回伤害容易,挽回长久的伤害或长久地挽回伤害,不容易。多少年,珠玑巷都试着做着,以最真诚的态度、最浅显的理念。

他们一定有过对视。来自中原的眼神里,会有七分的犹疑、慌乱与低微,而珠玑巷的眼神含了十分的真诚、友好与温暖。这两种眼神的碰撞与交融,瞬间接通了高山流水、七彩云霓。中华民族,自此有了一个梅香四溢的驿站。

有一个字叫善,"善",念着舒服,听着温馨。过了梅关,就看到了那个"善"。那是梅的引领吗?梅本冰洁、纯粹,不张扬,也不热烈,静静的,伴着一道的风、一岭的雪。看见了,委顿的烛也会灿白一亮,孤冷的心也会乍然一暖。

无家可归的流浪者,对这个善字格外敏感。那是所有的感觉感觉出来的,所有的体味体味出来的。必是一个微笑,一杯热茶,一顿饱饭,而后问你的所往、你的所念,而后会接受你的疑问、你的泪眼。可以说,来到这里的,都会找回渐行渐远的善良和慈悲的天性。一个个的人就这样与善结盟，再以善相传。善，简单而又深奥，深奥而又简单，就像珠玑巷，巷子本没有珠玑，却又满是珠玑。

多少年中，珠玑巷的名字，都在章水与浈水间嘹亮地翻卷。而章水与浈水，名字也是那般美好。这是一个广泛的融合，姓氏的融合，情感的融合，力量的融合乃至家庭的融合。生活在起变化，起变化的还有观念。

善已成为珠玑巷的灵魂，在珠玑巷行走，到处都可以见到像张家这样的家德家风的楹联和牌匾。那一个个刻在石头上、铭在墙壁上、雕在立木上的氏族家训，或长或短的内容，无不传达着友善、和睦、礼貌、孝悌、勤俭。由此构成珠玑巷的大环境，无论大户大姓、小家小姓，只要在这珠玑巷，就是一个大家庭成员。基于这样的理念、这样的教训、这样的行为，珠玑巷才有千百年的凝聚，千百年的灿烂。

转着的时候，我似又感觉珠玑巷少了什么，少了什么呢？——围挡！北方的村子往往会筑起高墙壁垒，而珠玑巷甚至连土围子都没有。你很容易从某个地方进去。一个不设围墙的村子，也就让你没有那么多抵触、那么多犹豫、那么多戒备。

这里也不像我去过的另一个古村新田，一村无杂姓，全姓刘，祠堂有四五处，光宗耀祖的大屋一个连着一个。珠玑巷没有想象中的豪宅大院，没有宰相府、大夫第，也没有谁修的花园丽景。说实在的，能跋涉千山万水越过梅岭的，也必是有过经历、有见识、有主意的人。他们即便携带来什么，也不会在这里玩大。这里是平和的欢聚，平等的乐园。来在这里的人，再狂放不羁，也会约心束性；再柔弱卑贱，也会气定神安。这是珠玑巷的气质使然。

四

老牌楼附近有一口方井,旁边有座岭南罕见的元代石塔,上面有三十六尊罗汉浮雕,这便是有名的贵妃塔。

传说宋度宗咸淳年间,奸相贾似道排除异己,诬陷胡氏兄妹有夺权野心,以罢政要挟皇上。度宗皇帝只得削去胡显祖官职,贬胡妃为庶民,出宫为尼。胡妃为避贾似道加害,乘隙溜出所居寺庙,隐姓埋名,漂泊于市井街头。珠玑巷商人黄贮万运粮至临安,在江边遇见落魄的胡妃,见其虽衣衫褴褛,却端庄秀丽,举止清雅,谈吐不俗,便将她留在了身边。黄贮万身上,有着珠玑巷良善与悲悯的特质。胡妃跟随他山一程水一程地来在这岭南,路上必也享受了新奇的风光与新奇的情爱。回到珠玑巷,两人结为夫妻。

时间久了,善良的胡妃将心底的所有和盘托出,一心一意跟丈夫过生活。当地人不会忘记,这一带遇天灾,饥荒严重时,胡妃看到水里的田螺,便告知乡亲捞取来吃,并亲手烹调,示范食用,让一个村子渡过难关。此后,珠玑巷的煮炒田螺流传至今,成为民间名吃。

日子本可这样过下去,谁知皇帝又想起了胡妃,令兵部尚书张钦行文各省查找。家仆早就知晓胡妃身份,便向官府告发。珠玑巷多有逃难的官员富贾,这回又藏了胡妃,贾似道便以珠玑巷人要造反为名,派兵"清剿"。珠玑巷人不得不纷纷逃离家园。胡妃怕株连乡人,投井自尽。胡妃甘愿终结自己的生命,仍然是出于对珠玑巷的爱恋与祝福。她或许已感满足，过了一段常人的生活，有了那么多的见识、那么多的友情、那么多的认可。珠玑巷人同情她、怀念她，在井旁为她修了七级佛塔，塔毁了，人们还是同情她、怀念她，便又重修。现在的这座石塔，立于胡妃死后七十七年。

除了前面提到的张昌和黄贮万，珠玑巷所传有名有姓的人物不多。有一位受人景仰的何昶。南唐时，何昶与哥哥随父居住在河南孟州。父亲死后，两兄弟扶柩南归老家庐江。守墓三年，何昶被后晋高祖石敬瑭赏识，做了侍御史。高祖崩，石重贵即位，挑起与契丹的战争。何昶进谏无用，便托疾辞官。后晋遂被契丹所灭。何昶又为后周世宗重用，受命持节南下，宣抚南汉皇帝刘晟，被封南海参军。何昶见雄州民情朴厚，风物淳美，便把家安在了珠玑巷。其时这一带盗贼频出，民众惊惶。何昶率兵征伐，粤北得以安宁。南海又有贼匪滋事，何昶再征南海，平定了乱局。因母年高，他常守在珠玑巷孝敬母亲。

何昶所处的年代，属于多事之秋。此后湖南郴州又发生匪寇侵扰，何昶再次奉命出征。他的兵船沿浈水南下，准备到韶州转武水北上。船至韶阳滩时，突遇强烈的龙卷风，可叹一世英豪，与夫人随船倾覆江中。他们的遗骸后来被人收殓葬于雄州巾山。可以看出，何昶忠义勇猛，孝悌爱民，传达的是珠玑巷的普世价值，因而受到爱戴。现在珠玑巷建有何氏大宗祠，成为何氏族人聚居之地。想到那位同葬江底的夫人，不知道她为何要伴君出征，是知道此去前途难测，放心不下；还是陪伴夫君身旁，是她一贯的选择？那么，我们说到珠玑巷的美德传承，也应该提及这位夫人。

还有一个罗贵,被许多珠玑巷人和广府人尊为"罗贵祖"。最初到珠玑巷来的罗彦瓌,就是罗贵的六世祖。罗贵二十多岁时,想求取功名,却被父亲罗锦裳阻止,并被安排与一金家女孩结了婚。珠玑巷前有一座石雕,讲的便是罗贵带领众人砍竹结筏,顺浈江南迁的故事。男人们将家当背在身上,女人则搂着孩子,孩子带着不忍丢下的小狗,所有的眼神,都显得茫然无措。竹筏中屹立的罗贵,悲壮地凝望着滔滔的江水……

由此看到,珠玑巷的人,无论是有名还是无名,是男人还是女人,是古人还是今人,都让人有一种亲和感、一种信赖感。

史上记载的珠玑巷人大规模南迁有三次:一次是宋室南渡时,迫于追兵而集体逃亡。第二次是以珠玑巷贡生罗贵为首的三十三姓、九十七户人家的南迁。胡妃事件则是珠玑巷人的第三次举家出逃,其中麦氏一姓,"携家二百余口"。好不容易找到一个居所,要再次舍弃,实为万不得已之举。迁徙出去的人中,或有黄茅巷和铁匠巷的人,回头的一刹那,该是怎样的心绪?逃出去的散居到了珠三角一带,那里地广人稀,便于耕种,于是开村立族。后来珠玑巷人陆续迁来,成为新的繁衍地。

有人将珠玑巷称为中原人涉足珠三角的中转站,让人想到村口白发苍苍的老母,迎来了儿子,好生抚慰,又不得不将其远送。

珠玑巷,或许也是一个准备场、冶炼地,准备充足、冶炼到位,再去更广更大的地方试水。有人带去了耕种方式,有人带去了经营方式,有人带去了组织方式,更重要的是,几乎每个人都带去了异姓一家、同舟共济、和谐共赢、开拓进取的珠玑巷人品格。大家知道,广东人善交际,不排外,外地人都能在这里施展这些珠玑巷后裔分布在珠江三角洲的二十九个市县以及海外，其中有不少人在各领域产生深广的影响，如近代的康有为、梁启超、孙中山、詹天佑、黄飞鸿等。珠玑巷人的那种文化特质，早深深融入他们后人的血液之中。

可否这样说，珠江三角洲的今天，或与珠玑巷的昨天有着某种关联。

五

那条路已深入黄昏。夕阳在打点行装，云霭正漫步走来。

我不敢在这样的巷子里睡觉，我怕会整夜地失眠。我怕那些叠压着的脚步，分分钟敲打我的耳鼓。我会听到谁的呼喊，比古道还远。

一个小小的村巷，几乎成了一个神秘的图腾。一批批的人来了，怀着说不清道不明的心灵密码。来的人不同，有的是丢了什么来找寻的，有的是多了什么来回送的，有的什么也不是，就是想到这里走走看看，走走看看才安心。

坚守的人，仍坚守着那份微笑、那份情怀，让你感到亲切和欣慰。自此来看，坚守的人责任更大，他们每个人都构成了一个要素、一个意义。

是偶然也是必然，一个个找寻来的姓氏，亲情的横撇竖捺，分都分不开。天空依然高远，夜黑了又亮，太阳依然明媚，并且热烈。鸡开始鸣唱，狗吠得同中原没有两样。

有人在大树下坐着聊天，看见了，就邀你去说话。说话的人，或是一个村子的，或是多个村子的，或是来自更远的地方。树大根深，人走了，树还在原地等着。老了的树死了，新的树又长出来。这棵树老得不成样子了，还在遮望着遥远的思念。树上飘着红布条，红布条上的意思，都懂。跟前的水通着浈江，浈江是更辽阔的水，很多人顺了这水往南去，如果再顺珠江往下走，就入海了。一些人就这样走下去，走成了五湖四海。走了，觉得心还留在这珠玑巷，便絮絮叨叨，恍恍惚惚。老了，又走回来，在这树下在这水边聚聚拉拉，到祖祠里上上香，流流泪。

每个人的心底，许都知道那个故事，流浪的孩子被好心人收留，孩子以一生的辛勤，报答自己的主人，直到给主人养老送终。故事的内涵，与中华民族的美德相通。珠玑巷的故事与之有点相似，却没有相似的尾声。珠玑巷不图回报，却阻挡不了七千万盈盈北望的目光，他们的目光与巷口慈母样的目光汇在一起。

一位老人，八十五了，耳不聋眼不花，说话声音底气很足。他家原来就在开封珠玑巷，那时候战乱频仍，祖辈便拖家带口往南逃。行囊越来越薄，人口越来越少，失望中发现一个同名的街巷，就有了希望，就一代代地到了这里。老人说，过年来吧，过年热闹，十里八乡的人都来，他的儿子孙子也来，漂流海外的也来。一说到这里，周围的人便七嘴八舌地谈论开。我听清了，这里仍然保留着中原古老的节庆乡俗，大年初二便开始舞春牛，舞香火龙，舞双龙双狮，还要唱龙船调，唱采茶戏。节日里，会有酿豆腐、宰相粉、炒田螺、珠玑腊鸭、梅岭鹅王等各种小吃。

我相信，那会是珠玑巷的又一个春天，而且是愈加生机盎然的春天。

我相信，每一个来珠玑巷的人，都会立刻感到熟悉和亲切，自然而然地产生认同感。

  我相信,在这珠玑巷,会建立更多的新型关系,产生更多的友情与爱情,那是因为大家有着共同的根脉、共同的本质。

  走的时候,我不由得回头。我觉得,我应该招呼更多的人到这里看看,领略它的精神气脉,感受它的人文意蕴。我觉得,在厚重的中华典籍里,在道德伦理学、社会心理学、姓氏文化学、民族融合学乃至中华交通史、民族迁徙史、文明发展史等方面,都该有这里的册页。